상하이, 여자의 향기

男人與女人, 女人與城市

王安憶 著

상하이, 여자의 향기

왕안이 지음

김태성 옮김

한길사

상하이, 여자의 향기

지은이 왕안이
옮긴이 김태성
펴낸이 김언호

펴낸곳 (주)도서출판 한길사
등록 1976년 12월 24일 제74호
주소 10881 경기도 파주시 광인사길 37
홈페이지 www.hangilsa.co.kr
전자우편 hangilsa@hangilsa.co.kr
전화 031-955-2000~3 **팩스** 031-955-2005

부사장 박관순 **총괄이사** 김서영 **관리이사** 곽명호
영업이사 이경호 **경영담당이사** 김관영
편집 백은숙 신종우 안민재 노유연 김광연 민현주 이경진
마케팅 윤민영 양아람 **관리** 이중환 김선희 문주상 이희문 원선아
디자인 창포 **CTP 출력 및 인쇄** 예림인쇄 **제본** 대흥제책

제1판 제1쇄 2017년 3월 31일

값 15,000원
ISBN 978-89-356-6972-1 03820

- 이 도서의 국립중앙도서관 출판시도서목록(CIP)은 서지정보유통지원시스템 홈페이지(seoji.nl.go.kr)와
  국가자료공동목록시스템(www.nl.go.kr/kolisnet)에서 이용하실 수 있습니다.
  (CIP제어번호: CIP2016013758)

저녁 풍경은 고요합니다.

우리는 부엌 뒷문을 빠져나와

거실 창문 밑 저녁 빛 속을 줄줄이 걸어갑니다.

뒷마당의 잔디밭은 아무도 관리하지 않아

그 사재기에 의지하여 또 한차례 사치스런 환멸을 일으킵니다.

그해에 거미는 이미 허공에 그물집을 지었지요.

산비탈의 경사면을 지날 때

무역풍이 불어와 마구간 안의 어미말과 망아지를

언덕 아래로 몰고 가는 것을 보았습니다.

– 녜광유聶廣友, 「윌리엄의 편지1」威廉的信1에서

제1부

일러두기

1. 이 책은 저자 왕안이(王安憶)와 협의하여 원작『남자와 여자, 여자와 도시』(男人與女人, 女人與城市, 2012)를 그대로 옮기지 않았다. 원작의 제2부 9장과 10장은 이 책에서 제2부 6장과 7장으로 옮겼고, 이 책의 제2부 8, 9, 10장은 저자의 다른 에세이『공간은 시간 속을 흐른다』(空間在時間裏流淌, 2012)에서 발췌한 글로 대체했다.

2. 중국어 인명·지명 등 고유명사는 외래어표기법 '주음부호와 한글대조표', 중국어 사전의 '병음·주음 자모대조표'에 근거해 표기했다. 20세기 이전 생물의 인명, 잡지와 신문명, 좀더 친숙하거나 뜻을 잘 드러내는 일부 용어는 우리말 한자 독음으로 읽었다. 어말의 산(山)·강(江)·도(島)·사(寺) 등의 한자어는 굳이 중국식 병음을 따르지 않았다.

3. 모든 주석은 옮긴이주다.

제1부

모든 사람이 상하이가 겉모습이 화려하고
염미한 도시라고 말하지만
그런 화려함은 이 도시의 외피일 뿐
뼛속은 강철과 콘크리트로 주조되어 있다.

상하이를 찾아서

전에 어느 소설 첫머리에서 이렇게 쓴 적이 있다.

"우리는 자신이 살고 있는 곳의 역사를 단 한 번도 더듬어보지 않는다."

사실 더듬어본다 해도 쉬운 일이 아니다. 살고 있는 곳은 현실과 아주 긴밀히 연결되어 있어, 그 성격이 일상생활에 녹아 있기 때문이다. 우리에게 이 도시는 너무나 진실하다. 그래서 이론적인 개념들은 전부 허무한 것으로 드러나고 만다. 나로서는 내가 살고 있는 이 도시, 상하이上海를 묘사하는 것이 정말 어렵다. 모든 것의 일상이 개인의 복잡다단한 생활과 얽혀 있기 때문이다. 이 도시는 은밀하고 사적인 의미를 지니고 있다.

10여 년 전만 해도 나는 이를 의식하지 못했다. 어쩌면 아직 벽에 부딪혀보지 않았다고 할 수도 있을 것이다. 당시 한동안 떠들썩했던 '뿌리찾기'尋根 열풍에 자극을 받아, 나도 희망과 용기로 가득 차서 상하이의 뿌리를 찾으려고 시도한 적이 있었다. 나의 그 뿌리찾기 친구들은 황허黃河를 따라 남부로 내려가서 고희古稀*를 넘긴 한 노인에게 마을의 역사와 전설을 듣기도 했다. '뿌리찾기'에 나섰던 어떤 사람들은 그보다 일찍 인민공사의 생산대에 들어가 그 지방에 정착했을 때부터 이미 민간의 습속에 빠졌으면서도 또다시 그 시절로 돌아가 그 속에 담긴 의미를 들춰내고 있었다. 고고학을 전공한 사람들은 과거를 편리하게 이용하여 발원된 지역으로 들어가기도 했다.

이들에 비해 나의 뿌리찾기는 거창하고 위대한 모습을 보이기에는 여러모로 부족했다. 첫째, 뿌리의 시발점을 찾아간 시기가 얼마 되지 않았다. 이 도시가 처음 특이한 형태를 취하게 되었을 때 이미 근대의 모습을 갖추고 있어 '예스러운'ㅂ 이미지라고는 눈곱만큼도 찾아볼 수 없었고 대단히 현세적이었다. 둘째, 나의 뿌리찾기에는 낭만적인 분위기가 없었다. 나는 그저 도서관에서 자료들을 읽을 뿐이었다. 도시의 형성과 발전이 너무 짧은 기간에 이루어지다 보니 역사의 자취를 찾기 어려웠고, 그런 유적이 있다 해도 즉시 새로운 건설에 묻혀버렸기 때문이다. 현대 자본의 집합과 수렴 위에서 탄생한 이 작은 땅은, 그 고고학적 단층이 불도저 밑에서 완전히 산산조각 나버렸다. 그래서 나로서는 자료를 읽는 수밖에 없었다.

내게는 자료를 찾을 방법도 없었다. 나는 전고典故, 색인, 지방지, 도서관학 등을 두루 섭렵한 나이 지긋한 선생님에게서 도서목

* 나이 일흔 살.

록을 한 장 건네받았다. 이 목록에는 『동치상하이현지同治上海縣志』
(전 4권), 『민국民國상하이현지』(전 3권), 『상하이대관大觀』『상하
이윤곽輪廓』『상하이통지관기간通志館期刊』(전 2권), 『상하이연구자
료회편滙編』(전 2권), 『상하이옛이야기舊話』(전 2권), 『상하이한화
閑話』 그리고 쉬자후이徐家滙 장서루藏書樓*에 소장되어 있는 『상하이
생활』 등이 망라되어 있었다.

이 책들은 1982년과 1983년 중국 출판업에서 이 도시의 옛 소
문과 기록들에 관심을 기울이기 전까지는 거들떠보는 사람이 거
의 없어 책장에 잿빛 먼지가 얇게 내려앉아 있었다. 게다가 전부
한 권씩밖에 없는 고본孤本들이었다. 그중 한 권은 이미 다른 사람
이 빌려 가버려, 내가 빌릴 수 있는 책이 없었다. 잉크로 자료를 훼
손시키는 일을 방지하기 위해 열람실에는 필기도구를 휴대하는
것이 엄격히 금지되어 있었고, 일단 열람한 책은 관리원에게 반납
했다가 다음 날 다시 가서 빌려야 했다.

이렇게 전문적으로 관리되는 곳에서 책더미 앞에 앉은 나는, 어
디서부터 손을 써야 할지 알 수 없었다. 책을 한 권 한 권 펼칠 때
마다 내게 필요한 것이 아닌 것 같았고, 무엇이 내게 필요한 것인
지 몰라 또다시 아득해지기 시작했다. 하지만 나는 머리에 핏발을
세우고 계속 읽어나갔다. 그러면서 건축과 고적古跡, 민정民情과 민
풍民風, 그리고 잊힌 일화 등 재미있는 것들을 베끼기도 했다. 이런
것들로는 도시를 이해할 수 없었다. 오히려 나와 이 도시 사이의

---

* 책을 보관하는 건물.

거리만 더 멀어질 뿐이었다. '지방지'地方志를 읽어봐도 구름 속에 떨어진 듯한 기분이었다. 어떻게 하면 상하이라는 이 도시와 연결할 수 있을지를 알 수 없었다. 나의 이런 곤혹감은 주위 사람들을 감염시켜 그들도 나에게 곤혹감을 느끼곤 했다. 한 노인은 내가 열심히 상하이의 속어를 적고 있는 것을 보고는 상하이 방언을 연구하고 있냐고 묻기도 했다. 그가 내게 묻는 것들만 봐도 내가 알고 있는 것보다 훨씬 더 많이 알고 있는 것 같았다. 나는 참괴한 마음으로 고개를 가로젓는 수밖에 없었다. 이 도시에 대한 감성이 옛날의 종이더미 밖에 격리되어 있었고, 그래서 사람들은 철저히 인식을 상실하고 있었다.

오히려 상하이의 지질형성에 관한 대략적인 서술이 나의 뿌리 찾기 사상과 서로 잘 맞아떨어지는 것 같았다. 이 기록에는 이렇게 쓰여 있었다.

"길고 긴 지질시대에 상하이는 여러 차례에 걸쳐 해륙海陸의 변천을 겪었다. 지금으로부터 약 1억 8천만 년 전의 중생대 상삼질기上三迭紀에 상하이는 쑤난蘇南* 지역과 마찬가지로 전부 오래된 육지였다. 7천만 년 전의 중생대 후기에는 마그마가 지금의 쑹장현松江縣 서북부의 동북에서 서남으로 향하는 단열선을 통해 지상으로 솟아나와 풍화와 침식을 거쳐 후대 사람들이 '운간구봉'雲間九峰이라 부르는 산언덕을 형성했다. 신생대 제4기 이래로 2백만 년 동안에는 상하이의 지각에 항상 맥동식脈動式 하강이 진행되고 있

---

* 장쑤(江蘇) 남부.

어서 해수가 큰 폭으로 진퇴를 반복했다. 바닷물이 큰 폭으로 밀려와 시기에 따라 해수면의 위치가 달라지면서 하구의 위치도 달라져 서로 중첩되는 고대의 삼각주를 형성하게 되었다. 빙하기 이후로는 녹아 해양으로 유입되고 해수면이 점차 상승하면서, 삼각주에서 거대한 면적의 육지가 또다시 바닷물에 잠기게 되었다. 오늘날 상하이의 지세는 중부가 서쪽으로 치우쳐 있고 서북에서 동남으로 향하는 산등성이 형태를 취하고 있는데, 이는 상고시대 상하이의 해안 유적지라고 할 수 있다."

이 단락은 약간 시 같기도 했다. 이 글은 상하이에 서사시의 색채를 더해주면서 이 도시에 상고의 신화시기를 만들어주었다.

현실의 일상생활은 이처럼 면밀하고, 심지어 뒤얽힌 채로 우리의 감각기관을 뚫고 들어온다. 사람들은 흩어진 수많은 세세한 사물들을 감성으로 받아들이지만 이를 정리·조직·귀납하여 결론을 내릴 방법은 없다. 이는 너무 가깝게 살기 때문에 생기는 어려움이다. 외지 사람들이 상하이 사람들에 관해 얘기하는 것을 들어보면 맞는 것이 하나도 없는 것처럼 느껴지지만 어디가 틀렸는지를 알 수 없다. 우리에게 상하이는 너무나 구체적이다. 때로는 한 가지 얼굴, 한 가지 소리, 한 가지 맛만 존재할 정도로 구체적이다.

어떤 얼굴형은 이상하게도 내게 어느 거리에 관한 기억을 떠올리게 한다. 이 역시 개인의 이력과 연관되어 있다. 내가 바로 그 거리에서 성장했던 것이다. 나는 문밖 출입을 독자적으로 하기 시작한 뒤로 이 거리를 걸어 다녔고, 제한된 용돈으로 이 거리의 작은 구멍가게에서 군것질거리를 사먹곤 했다. 이 군것질거리들은 하나같이 작은 세모꼴로 포장되어 유리병 안에 들어 있었다. 이 군 것질거리들은 길게 썬 무 조각이든 올리브든 아니면 복숭아든 망고 말림이든 예외 없이 감초가 들어 있었고, 감초에서는 항상 액상 기침약의 달콤한 맛이 났다. 나는 정말로 맛있는 것을 먹지 못했다. 하지만 그래도 계속 사먹었다. 이것이 이 거리에 사는 여자아이들의 생활방식인 것 같았다. 이 거리의 여자아이들은 하나같이 어깨를 나란히 하고 삼삼오오 거리에 나와 이런 주전부리들을 사먹곤 했다. 아주 오랜 시간이 지나 내가 또다시 이 거리에 섰을 때, 거리의 풍경은 이미 크게 변해 있었다.

한 여인이 앞에서 걸어오고 있었다. 그녀는 통통한 타원형 얼굴에 눈은 약간 앞으로 튀어나와 있었다. 눈 밑의 살은 처져 있고, 입술은 약간 밖으로 뒤집힌 채 두꺼웠다. 이런 얼굴은 한 번도 젊었던 적이 없는 것처럼 보이지만, 그렇다고 아주 늙어 보이는 얼굴도 아니다. 항상 중년을 갓 넘은 듯한 얼굴로 보인다. 이런 얼굴은 흉한 기운을 지닌 상(相)이다. 위엄이 아니라 흉측함에 가깝다. 이런 얼굴은 어느 정도 그녀의 신분을 말해주기도 한다.

그녀는 직업이 있는 부녀자는 아니지만, 그럼에도 억척스레 생계를 이어가야 하는 여자다. 그녀는 가정주부처럼 어질고 정숙하지도 않고 직장여성처럼 엄숙하고 긍지가 넘치는 태도도 없다. 그녀를 어떻게 설명해야 할까? 그녀는 속세의 갖가지 세상사를 경험했음에도 여전히 편견을 갖고 있고, 사회에 발을 들여놓은 적은 있지만 변함없이 진부한 규율을 고수하고 있다. 그녀에게 가장 잘 어울리는 생계수단은 길거리 작은 구멍가게의 여주인이 되는 것이다. 이런 작은 구멍가게는 대부분 거리를 향해 난 자기 집 담장을 허물고 조성한 점포다. 이런 거리가 이상하게 느껴지는 것은 바로 이런 점포들의 구조가 특이하기 때문이다.

호화로운 상점이 민간인 주거지 사이에 자리를 잡고 있고, 상점 뒤는 입구가 아주 긴 거대하고 복잡한 골목으로 바로 이어져 있다. 이처럼 작은 구멍가게들은 번화한 시가지에 밀집해 있지만 조금도 요란스럽지 않다. 오히려 대단히 평온하고 안정되어 있다. 가게 뒤쪽에는 종종 그 집의 부엌이 붙어 있고, 그 틈새로 나무사다리가 놓여 있어 2층으로 올라갈 수 있다. 2층은 그저 다락방 같은 공간으로, 주인 가족이 거주하는 방이다. 그들은 항상 가게 안에서 식사를 한다. 이런 얼굴을 한 여인이 밥그릇을 받쳐 들고서 이런 가게 안에서 장사를 하는 것이다.

이런 얼굴은 때때로 남성들의 얼굴에 나타나기도 한다. 다름 아니라 어떤 골목 입구에 있는 책대여 노점 주인의 얼굴이다. 그는 아주 솜씨 있게 자신의 이야기 그림책들을 접어서 두 권으로 만들거나 심지어 세 권으로 만들기도 한다. 책을 빌려다 집에서 보는 비용은 그 자리에서 보는 것보다 비싸다. 그래서 사람들은 작은 나무 걸상이 두 줄 놓여 있는 나무로 된 그의 서가 밑에 줄지어 나란히 앉아 책을 보고 있다. 대부분이 어린아이거나 젊은 가정부 또는 유모다. 그의 이미지는 약간 거칠고 북방 사람 같은 느낌이 들며, 권술拳術을 하는 사람들의 무대의상 같은 옷을 입고 있다. 검정색 대금对襟*

---

* 중국식 윗옷으로, 두 섶이 겹치지 않고 가운데 단추로 섶을 채우게 되어 있는 것.

저고리에 개구멍바지, 원구혜圓口鞋* 차림을 한 그는 눈두덩이 약간 부어 있고 입술도 더 두껍다. 상고머리를 한 모양새가 길거리 이발사에게 깎은 것임을 한눈에 알 수 있다. 그는 이리저리 재면서 손님이 서가에서 책을 너무 오래 고르는 것을 절대로 허락하지 않는다. 빌리는 것도 아니고 안 빌리는 것도 아닌 몹시 애매한 태도로 서가 앞에서 책 한 권을 다 읽고 가는 것은 애당초 불가능한 일이다! 좌판을 거둘 시간이 되면 그는 재빨리 손님들이 책을 다 보았든 못 보았든 상관없이 손에 들려 있는 책들을 일제히 거두어가 버린다. 책을 빌려가고 싶은 사람도 내일 다시 와야 한다. 그런 다음 그는 과일 장수가 복숭아나 배를 일일이 살펴보듯이 이야기 그림책들을 철저하게 점검한다. 심지어 그는 대여된 지 아주 오래된 그림책을 찾기 위해 어린아이가 수업을 하고 있는 학교 교실까지 쫓아간 적도 있다.

그의 억양에는 약간의 노음魯音**이 섞여 있지만 그렇다고 산둥에서 남하한 상하이의 간부계층도 아니라서, 그들과는 사뭇 다른 풍채와 분위기를 보인다. 말하자면 그 구멍가게 여주인과 크게 다르지만 어찌 된 일인지 둘 다 같은 유형의 얼굴상을 하고 있다. 둘 다 소규모 자영업자의 얼굴상이라고 할 수 있다.

또 다른 얼굴상도 있다. 비교적 힘들게 산 얼굴로서 비쩍 마른 월越***나라 사람의 얼굴형이라 할 수 있다. 이런 얼굴은 눈꼬리가

---

* 신발 등의 갈라진 곳이 둥근 중국식 구두.
** 산둥(山東) 지방의 억양.
*** 주(周)대 말기, 지금의 저장(浙江) 동부에 있던 제후국.

비교적 높이 올라갔고 눈은 약간 깊숙이 들어가 있으며 광대뼈가 튀어나와 있고 입술은 얇으면서 넓다. 아랫입술은 안으로 약간 빨려 들어가 있고 아래턱은 앞으로 약간 들려 있다. 이를 속어로 '차오샤바'抄下巴라고 부른다. 이런 상은 대부분 나이 든 남자들의 얼굴에 나타나는데, 몹시 초조하고 근심이 많은 표정을 동반한다.

한 남자가 이런 얼굴과 표정으로 왕래가 빈번한 인파 속으로 서둘러 들어가 상반신을 앞으로 기울이고 두 팔은 자연스럽게 뒤쪽으로 뻗는다. 이 남자도 이 거리의 유명인사 중 하나다. 초등학교 학생들은 냉담하게 그가 '전신운동'을 하고 있다고 말한다. 그가 길을 걷는 자세가 마치 방송에 나오는 체조의 전신운동 모양과 아주 흡사하기 때문이다. 그는 거리를 항상 바쁘게 뛰어다닌다. 남이 길을 막지 못하게 하기 위해서다. 그는 인도의 턱 아랫부분을 역방향으로 걷기 때문에 항상 반대편에서 달려오는 자동차 옆을 아주 위험하게 스친다. 이를 바라보는 사람들은 놀람을 금치 못한다. 이 거리에는 정말로, 정말로 근심과 걱정이 많다.

그는 골목 입구에서 먹고산다. '라오후짜오'老虎竈*에서 일하는 것이다. 라오후짜오의 정식 명칭은 '열수참'熱水站이다. 라오후짜오에서는 석탄을 때기 때문에 골목 입구는 항상 까맣게 그을려 있다. 마치 검은 구멍 같다. 이런 골목 생활은 아무래도 희망이 없어 보인다. 겨울날, 따스한 일요일 오후가 되면 "물이 왔어요, 물이요"라고 외치며 돌아다니는 사람이 있다. 그는 어깨에 멜대를 메

---

* 상하이 방언으로, 물을 끓이기 위한 대형 부뚜막을 말한다.

고 사람들에게 물을 날라다 주는 일을 한다. 뜨거운 물은 나무통에 담겨 있는데, 가는 길 내내 뚜껑 입구와 통의 틈새로 물이 똑똑 새어 떨어진다.

일반적으로 욕실은 2층에 있다. 심지어 3층에 있는 경우도 있다. 그는 물을 지고 계단을 올라가 이미 깨끗이 닦아놓은 하얀 타일 욕조에 쏟아붓는다. 이런 오후에는 왠지 시끌벅적하면서도 상쾌한 분위기가 한데 섞여 있는 느낌이 든다. 마치 방 안에 있는 온갖 불결함과 하룻밤 묵은 공기를 거리에 깨끗이 털어놓는 것 같다. 그와 그의 손자는 라오후짜오 위에 있는 선반에서 잠을 잔다. 과가루過街樓* 바로 밑이라 높이가 사람 키 절반 정도밖에 안 되기 때문에 앉는 것도 불가능하다. 그래서 손자가 항상 베개 위에 엎드려 숙제하는 모습을 볼 수 있다. 그의 손자는 그를 빼닮진 않았지만 이상하게도 다른 골목에 사는 어떤 아이들과 같은 모습을 하고 있다.

그의 손자는 자기 할아버지와 마찬가지로 얼굴이 비쩍 말라보였지만 할아버지처럼 단정하지 못하고 상당히 개성 있게 생겼다. 좋지 않은 유전인자를 받았는지 얼굴의 윤곽은 균형이 잡혀 있지 않다. 얼굴형은 가늘고 긴 편으로, 중간 부분이 움푹 패어 있다. 코는 비교적 큰 편이고 콧대가 높이 솟아 있다. 순전히 이것 때문에 얼굴 전체가 내려앉지 않는 것이다. 아래턱은 가늘지만 비교적 길다. 다소 과장되어 있는 데다 거꾸로 걸린 눈썹과 이마의 주름살

---

* 도로 또는 골목을 가로질러 지은 건물로, 그 밑으로 통행이 가능하다.

때문에 저절로 익살스런 분위기가 연출된다. 이는 사람을 즐겁게 하는 익살이 아니라 서글프게 하는 익살이다. 슬픈 코미디에 나오는 인물 같다고 할 수 있을 것이다. 잔뜩 쉬어 있는 그의 목소리는 아주 나이 든 사람의 목소리로 들리기 때문에 이런 슬픈 코미디에 효과를 더해준다. 그는 이 골목에서 태어나서, 이 골목에서 자랐다. 여름에는 반바지를 입고 발밑에는 나막신을 신고 따각따각 소리를 내면서 거리를 뛰어다닌다. 이 대로의 주인은 사람들이 생각하는 것처럼 '모던' 남녀가 아니라 바로 이 아이다.

공중전화 교환실 안에서 큰 소리로 아무개를 찾는 전화가 왔다고 외치는 건너편 핑안리平安里의 다터우人頭를 바라보고 있는 아챠오阿跤도 있다. 아챠오는 사회청년이다. 사회청년은 직업이 없는 청년을 말한다. 그래서 리里위원회에서는 그에게 공중전화 교환실에서 소리를 질러 전화가 왔다는 사실을 알리는 일을 할 수 있도록 배려해 주었다. 하지만 그는 다리가 성치 않기 때문에 항상 전화가 온 것을 알리는 쪽지가 밀려 있는 채로 집집마다 돌아다니며 전화를 받으라고 알린다. 상대방에게 아주 급한 일이 있다 해도 그대로 시간을 지체할 수밖에 없다. 다터우는 저능아로 머리가 특별히 크다. 그는 일찌감치 골목 입구에 앉아 거리 풍경을 구경하고 있다. 그들은 모두 이 거리의 스타와 같은 인물이라 그들을 모르는 사람이 없다. 그들의 얼굴은 점차 이 거리의 표식 같은 존재가 되고 있다.

방금 얘기했지만 또 다른 골목에 사는 이 라오후짜오의 손자와 같은 유형의 아이들은 사실 어린아이라기보다는 소년이라고 해야 옳을 것이다. 그는 손발에 장애가 있다. 연골증軟骨症 같은 병인데, 구루병佝僂病이라 칭하기도 한다. 그의 얼굴도 길고 수척하며, 눈썹은 각졌고 눈도 작다. 아래턱도 아주 길지만 차오샤바는 아니고 도관아倒关牙*다. 그의 목소리는 라오후짜오의 손자와는 정반대로 아주 가늘고 높아서 마치 시끄러운 여자 목소리 같다. 그는 이렇게 기형의 손발을 휘저으면서 날카롭게 소리를 지른다. "이얏" 소리를 지르면서 골목 안에서 자기보다 어린아이들을 쫓아다니는 것이다. 그가 발육이 제대로 되지 않은 아이라는 것은 한눈에 알 수 있지만, 왜 이 거리에 발육이 제대로 되지 않은 아이들이 그렇게 많은지는 알 수 없다. 게다가 하나같이 그들은 이 세상을 스스로 잘 버티고 있다. 그들의 얼굴에는 질병과 류머티즘, 자외선과 영양 결핍 등의 증상이 그대로 드러나 있다.

또 한 가지 유형의 얼굴이 있다. 역시 이 거리에만 있는 유형으로 부녀자 상이다. 비교적 작은 얼굴형이라 관골이 약간 높고 코가 약간 뾰족하며 피부는 희고 얇으면서도 아주 팽팽하다. 가장 두드러지는 특징은 관골과 코끝에 아주 작은 홍조가 있다는 것이다. 이 때문에 방금 울음을 그친 것처럼 보이기도 한다. 일종의 곡상哭세인 셈이다. 그녀들은 대부분 소박한 남색 윗도리를 입고 있고 몸집은 비교적 작으며 머리카락은 귀 뒤로 가지런히 넘겨져 있다. 손에는 그릇을 하나 들고 있어 간장가게에 가서 더우푸루豆腐

---

* 아랫니가 윗니보다 더 앞으로 나와 있는 입으로, 중국에서는 속칭 땅이 하늘을 감쌌다는 뜻의 디바오톈(地包天)이라 부른다.

乳*를 사거나 땅콩 자반을 반 그릇쯤 산다. 걸음이 빠르다 보니 등이 아치형으로 약간 굽는다. 그녀들은 아주 청빈한 생활 속에서 걸어 나온 것 같다. 노동조차도 청빈한 것 같다. 그녀들은 이처럼 절약하는 생활을 하기 때문에 오히려 늙어 보이지도 않고 얼굴이 싱겁고 담담하기만 한 것이다.

이상한 것은 이런 상이 다양한 신분의 부녀자들 얼굴에 두루 나타난다는 점이다. 가사노동을 전담하는 부녀자는 물론 문구점의 여점원에게서도 볼 수 있고 심지어 초등학교 여교사에게서도 볼 수 있다. 다른 점이 있다면 직업이 있는 부녀자들은 등이 굽지 않았다는 것이다. 반대로 그녀들은 모두 가슴을 당당하게 펴고 곧은 자태를 취하면서 이러한 상의 한 가지 특징을 더욱 잘 나타내고 있다. 다름 아닌 냉담함이다.

그녀들은 잘 웃지 않고, 심지어 하나같이 잘 어울리지도 않는다. 그래서 사람들, 특히 어린아이들은 이들을 보기만 해도 무서워한다. 어린아이들은 문구용품을 사러 가면 감히 거스름돈 받을 생각도 하지 못하고 얼른 몸을 돌려 집으로 돌아간다. 그러고는 어른들 손에 이끌려와 잘잘못을 따진다. 이때 그녀는 아이에게 자신이 정말로 거스름돈을 주지 않았는지 아니면 주려고 했는데 아이가 받지 않았는지 묻는다. 아이에게 자신의 결백을 밝혀줄 것을 요청하는 것 같다. 아이는 감히 입을 열지 못하고 머뭇거리다가 몸을 돌리고는 더 이상 대꾸하지 못한다.

* 네모나게 잘라서 삭힌 두부.

가정주부에게 이런 상이 있다면 이는 비교적 온화한 상이라고 할 수 있다. 하지만 뜬금없이 가련한 모습을 보이기도 한다. 그녀는 눈물이 글썽글썽한 얼굴로 이웃사람들에게 어린 나이에 죽은 자신의 딸 얘기를 한다.

"어린애가 제게 그러더라고요. 먹고 싶을 때는 주지 않더니 배가 불러서 더 먹을 수 없을 때 억지로 먹이니 어떻게 병이 나지 않겠느냐고요."

이러한 참극도 그녀의 몸에서 연출되면 무척이나 담담해진다. 바로 이런 이유 때문에 그녀는 그런 충격을 받아낼 수 있었던 것이다. 그래서 내가 성년이 된 후에 다시 이 거리에 돌아와 그녀들이 행인들 틈에서 걷고 있는 모습을 보았을 때, 뜻밖에도 그녀들에게는 아무런 변화도 일어나지 않아 한눈에 알아볼 수 있었던 것이다. 물이 자갈 위로 흘러가는 것처럼, 삶이 그녀들의 몸 위로 스치는 것 같았다. 나로서는 정말 놀라운 일이 아닐 수 없었다.

그 시절, 이 거리의 얼굴들은 대단히 다양했다. 지금처럼 천편일률적이지 않았다. 게다가 모든 유형의 얼굴마다 특별한 행동거지가 수반되었고, 바로 이런 행동거지들이 그 얼굴을 대중과 구별시켜주었다. 예컨대 좁은 이마 아래로 약간 높은 광대뼈에서 아래턱 방향으로 볼이 한데 모아지고 입이 위로 약간 들린 남자들은 일률적으로 매끄럽고 반짝거리는 하이칼라 머리를 하고 있었다. 옷차림도 아주 단정하고 가죽구두에서는 반짝반짝 윤이 났다. 그의 아들은 틀림없이 존이나 찰리 같은 서양식 이름을 갖고 있었다. 얼굴 윤곽이 약간 서구화된 여성들은 통상적으로 이 거리의

'꽃'이었다. 누가 평가를 내리는 것인지는 모르겠지만 이런 호칭은 사람들 사이에서 자연스럽게 통용되었다.

이들과 경쟁할 수 있는 또 다른 유형은 '흑모란'黑牡丹이라 불리는 여성의 얼굴이다. '흑모란'이란 비교적 함축적인 염미함이라 할 수 있었다. 일반적으로 작고 깜찍한 계란형 얼굴에, 항상 가벼운 미소와 함께 살짝 파인 보조개가 보였다. 윗눈썹은 약간 부어 있는 것 같았다. 마치 전통극 무대에서 여주인공이 일부러 눈썹 위에 연지를 찍은 것 같았다. 이런 상은 앞에서 말한 '서구화된' 얼굴형에 비해 풍속교화에 관한 이야기와 연결되기 쉬웠다. 반면에 전자의 얼굴형은 비교적 단순하고 담담하기 때문에 후자처럼 야릇하고 모호한 숨결을 간직하지는 못했다.

이어서 나는 이 거리를 떠나 또 다른 구역을 찾았다. 그 구역에는 그처럼 다양하고 특색 있는 얼굴형이 없는 것 같았다. 얼굴형이란 것은 감성이 가장 먼저 포착하는 인상이라서 직접 시각적으로 받아들이기 쉽기 때문일 것이다. 그리고 조금이나마 성년이 되어 감각기관들이 좀더 발육한 뒤로는 비교적 추상적인 또 다른 사물들에 몰입하게 된다. 이 사물들은 종종 뒤섞이고 모호한 형태를 취하면서 그 경계가 공기 중에 녹아든다. 그래서 이곳과 저곳이 하나로 연결되면서 분위기라는 것을 형성하게 된다. 이 사물들은 물질의 성질을 띤 것은 아니지만 더 큰 영향력이 있다. 이 사물들은 일종의 용해성을 지니고 있어 어떤 유형의 사물들을 녹여 무형으로 만들어버리는 것이다.

가장 조용하고 고요한 오후가 되면 이 분위기라고 불리는 것이 극도로 뚜렷하게 나타난다. 게다가 그 주택 구역은 교통의 간선이 아니기 때문에 차량도 아주 적다. 조용하고 한적한 공간 속에서 무궤전차 한 대가 지나가다가 거리 모퉁이에서 방향을 튼다. 이처럼 조용하고 좁고 구불구불한 가로수 길을 뜻밖에도 두 노선의 무궤전차가 지나다닌다. 무궤전차는 일률적으로 서쪽에서 동쪽으로 운행하면서 이 도시의 수많은 거리를 관통하고 있다. 무궤전차들은 형형색색의 다양한 거리와 구역을 지나면서 각 노선의 풍경을 맛본다. 이때 무궤전차들은 조용하고 평안한 거리 모퉁이에서 방향을 틀면서 더 좁고 가는 길, 아예 인적이 드문 곳으로 접어든다.

오동나무 잎새 사이로 반짝반짝 비치는 햇빛이 검은 철문들을 은근히 가려주고 있다. 문에는 꽃무늬가 새겨져 있어 그 안에 주거용 가옥이 아주 가지런히 자리 잡고 있음을 말해준다. 철문과 철문 사이의 담장은 우윳빛이지만 모래로 마감되어 있어 햇빛을 받으면 그 색이 더욱 진해진다. 전차는 마치 개인의 영지로 들어오기라도 한 것처럼 비밀스런 생활 속으로 파고든다. 전류는 항상 웅웅 소리를 내다가 전차가 모퉁이를 돌 때는 징 하는 소리와 함께 외부 세계의 활발함을 가지고 온다. 하지만 이곳은 무척 은밀한 곳이라 이런 소리들은 마치 어떤 막으로 한 겹 싸여 있기라도 한 것처럼 세상과 단절되어 있다.

모퉁이를 돈 전차는 세상에서 더 멀어진 그 작은 거리를 지난 다음 또다시 모퉁이를 돌아 앞에 있는 넓고 평평한 대로로 들어서면서 속도도 약간 빨라지고 징징 울리는 소리도 더욱 경쾌해진다.

이런 조용함은 결코 적막함이라고 할 수 없다. 차라리 오후의 휴식을 동반하고 있다고 해야 할 것이다. 그래서 선잠이 들어 꿈을 꿀 때나 반수면 상태에 있을 때도 징 하는 소리를 들을 수 있는 것이다. 이는 또 넋을 잃거나 정신을 빼앗기는 순간이기도 해서 무수한 생각의 실마리들이 끝없이 돌아다닌다. 그래서 이 거리는 항상 백일몽에 덮여 있고 몽롱한 웃음과 꽃의 그림자를 동반한다. 시간이 좀더 지나면 학교에서는 근시를 예방하는 눈 체조를 하기 위해 음악이 울려 퍼진다. 이 음악은 바쁜 오전에 울릴 때는 그다지 두드러지지 않지만 오후가 되면 사정이 달라진다. 이 음악은 원래 돌발적인 것이지만 오후의 조용함이 구름이나 안개처럼 뿌옇고 흐리기 때문에 이런 돌발적인 사물의 언저리를 적셔 부드럽게 해준다. 그래서 모든 사물과 사건이 부드러워지면서, 일단 닥쳐오면 물이 있는 곳에 도랑이 생기듯 자연스러워지는 효과를 발휘한다.

음악은 이렇게 시작되고 구름과 물이 흐르는 듯한 선율 속에서 낭랑하게 소리를 지르는 여자의 목소리가 간간이 들려온다. 그녀의 목소리는 오후의 달콤한 낮잠을 깨우는 소리가 아니라 일종의 아득함과 막막함을 담고 있다. 이 도시는 거주 주민의 밀도가 매우 높다. 그래서 어떤 구석에 가도 학교에서 흘러나오는 눈 체조 음악소리를 들을 수 있다. 이 음악은 똑같은 시간에 동시에 울린다. 마치 유럽 어느 도시의 상공에 울리는 종소리 같다. 고음의 나팔이 연주하는 음악이라 그런지 눈 체조 음악은 항상 높은 곳에서 뭔가를 내려다보는 자태로 지붕 위를 맴돌다가 떠다니기 시작한다. 그러면 오후는, 이곳에서, 조용히 끝이 난다.

　반대로 밤은 그렇게 조용하지 않다. 밤도 조용하긴 하지만 그 안에 무언가가 무겁게 가라앉아 있어 종종 사람들을 엄습하여 마음을 졸이게 한다. 그리고 이 앙금과 찌꺼기가 떠오를 때는 침과 유사한 냄새가 나면서 잠꼬대도 대담해지고 무서워진다. 들고양이들도 출동하여 정원의 담장을 소리 없이 뛰어내려 온다. 마치 이 도시의 유령들 같다. 들고양이들은 땅 위로 뛰어내려 올 때 발과 발톱이 너무나 부드럽고 전혀 소리가 없기 때문에 사람들에게 특별한 혐오감을 준다. 밤에 집으로 돌아오는 발소리에는 스산한 기운이 스며 있다. 문을 두드리는 소리에서도 숨을 헐떡이는 것이 느껴진다. 열쇠를 가져오는 것을 잊어버려 창문 밑에서 문을 열어 달라고 외치는 날카로운 소리도 들린다. 고요한 밤에 들리는 사람들의 목소리는 무척이나 처연하다. 깊은 밤이면 옆집에서 찰칵 하고 등불을 켜는 소리를 선명하게 들을 수 있다.

　이러한 소리와 정경은 특별히 외롭고 쓸쓸한 기분을 자아낸다. 여럿이 한데 모여 자야 하기 때문에 방들은 네모반듯해야 하는데, 이것이 사람들을 숨이 막힐 것 같은 답답함을 느끼게 한다. 이렇게 밀집된 호흡은 사람들의 수면에 영향을 미칠 수밖에 없지만 밤에는 느끼지 못하다가 아침이 되어서야 느끼게 된다. 이른 아침의 공기는 조금도 맑다고 할 수 없다. 이불 속 냄새로 가득 차 있기 때문이다. 햇빛은 습기를 머금은 공기 위를 떠다니고 있어 몹시 혼탁해 보이다가 오후가 되어서야 점차 맑고 청량해진다.

　이 도시의 밤은 내리누르는 듯한 위압적 공간 속에서 더욱더 답답해진다. 건물들이 미약한 별빛마저 가로막고 있어 가로등만이 희미하게나마 사람들이 움직이는 그림자를 비춰준다. 사람들은 자신도 모르게 몸을 움츠린 채 서로 의지하듯 가까이 붙어 있다. 멍한 표정으로 멍청한 꿈을 꾸고 있다. 오히려 폭풍우가 몰아치는 날이면 약간 축축하긴 하지만 빠른 속도로 떨어지는 빗방울이 시끌벅적하고 생기가 넘치는 분위기를 가져다준다.

　사람들은 시원함을 느끼면서 창밖의 번개를 바라보며 과장된 비명을 내지른다. 번개가 양옥 건물에 층층이 들어서 있는 보호벽들을 두드리기라도 하는지 모든 유리창이 한순간에 와르르 열리면서 도시 전체가 투명해지고 밤은 광활해진다. 또한 아주 깊은 밤에는 어디선가 한줄기 기적 소리가 들려오면서 차인지 배인지 모르지만 아주 먼 길을 떠난다. 이 또한 이 도시의 광대함을 실감하게 하면서 뜻밖에도 그토록 먼 곳들이 있다는 사실을 깨닫게 해준다. 어두운 밤에 아주 먼 곳에 대한 막연한 상상이 싹트는 것이다.

　이 도시에는 사람들을 특별히 불안하게 만드는 시기가 있다. 이른 봄에 갑자기 날씨가 며칠간 무더워진다. 사람들은 아직 겨울에서 벗어나지 않았는데 이미 한여름 냄새를 맡게 되는 것이다. 정말 손쓸 수 없는 기습적인 더위다. 몸에는 솜옷을 입고 있어 덥기는 하지만 정식으로 더운 것이 아니라 어떻게 해야 좋을지 모른다. 이 며칠은 한꺼번에 몰려왔다 지나가기 때문에 약간 관망하는 태도를 보이면서 날씨가 어떻게 움직이는지 잘 살펴야 한다. 하지만 한동안 변화가 없으면 마음이 몹시 초조해진다. 바로 이 며칠 동안 나뭇잎이 갑자기 초록빛으로 변하지만, 사람들은 그 어떤 즐거움도 느끼지 못한다. 오히려 변화를 제대로 따라가지 못한다는 생각에 서글픔과 피곤함만 느끼게 된다. 젊은 사람들이나 성격이 낙관적인 사람들은 너무 일찍 여름옷으로 갈아입지만 대부분의 사람들은 더욱 의기소침한 모습을 보인다.

이처럼 독립된 날씨가 순서에 따라 차근차근 이루어지는 리듬을 교란시키고 자연스럽게 진행되는 계절의 관념을 끊어놓기 때문에 사람들은 심지어 허무감을 느끼기도 한다. 다행히 날씨는 금세 또 시원해진다. 심지어 폭염 이전보다 더 시원해지면서 엄동설한의 냄새를 동반하기도 한다. 그제야 사람들은 비로소 마음을 놓으며 이전 상태로 되돌아간다. 기후변화가 심한 계절이면 도시에는 약간 우울한 증상들이 나타나고, 사람들은 극도로 소극적인 모습을 보인다. 거리에는 기온에 맞지 않는 옷을 입고 나온 사람들이 수두룩하다. 이들은 하나같이 하늘을 원망하는 듯한 표정으로 그날그날 되는대로 살아간다. 봄날은 이처럼 가슴 졸이고 맥 빠진 기분 속에서 이미 절반이나 지나가 버리는 것이다.

황매우黃梅雨*가 내리는 시기에는 감히 원망하는 소리도 함부로 내지 못한다. 이 도시의 건물과 거리 전체가 피곤해지고 구석구석이 흐물흐물해지며 모든 사물의 윤곽이 흐리고 혼탁해지기 때문이다. 이는 '축축함'이라기보다는 일종의 '진득진득함'이라고 하는 편이 옳을 것이다. '축축하면서도' 몹시 춥다. 사람들을 가장 절망하게 만드는 것은 비가 멈출 때다. 이때가 되면 해가 비와 구

---

* 중국 남방에서 초여름 매실이 익을 무렵인 우기에 매일같이 가늘게 내리는 비.

름층 사이로 모습을 드러내며 모든 물웅덩이를 비추기 시작한다. 물웅덩이에서는 썩는 냄새가 나고 사람들의 몸에서도 몸 냄새와 머릿기름 냄새가 진동한다. 옷에서는 그늘에서 말렸을 때의 퀴퀴한 냄새가 난다. 이런 냄새들은 정말 견디기 어렵다. 특히 차오자두曹家渡처럼 아주 오래된 구역에서는 날씨가 좋은 날에도 음습한 기운이 가시지 않는다. 이럴 때는 더 길게 말할 것도 없이 공기 자체가 끈적끈적한 뉴피탕牛皮糖*으로 변한다.

요란하고 시끄러운 시장 전체가 가죽 덮개 안에 갇혀버려 코를 비틀고 말을 하는 것처럼 웅웅 소리만 요란하다. 거리를 따라 빼곡하게 들어선 나무 창틀과 기와지붕에서 한 방울 한 방울 떨어지는 것은 물이 아니라 기름 같다. 작은 가게에서 잘라 파는 천에서도 그늘에 말린 듯한 퀴퀴한 냄새가 나고 손으로 만져보면 '끈적끈적한' 감촉이 느껴진다. 사람들은 또 왜 이렇게 많은지!

이때가 되면 사람들의 우울증도 사라지고 모두들 한데 모여 왁자지껄한 분위기를 즐긴다. 사람들이 모이는 곳은 대부분 가오퇀糕团** 가게다. 아직도 끈적끈적함이 모자라는 모양이다. 이 시기에는 호박씨나 콩, 밤 따위를 볶은 차오휘炒货도 끈적거려 그 위에 바른 간장 맛과 크림 맛, 감초 맛 등이 손톱 사이에 낀다. 이때가 되면 사람들은 몹시 신바람이 나서 대단한 활력을 보인다! 멀리서 바라보면 창강長江 강가에 바싹 엎드려 있는 이 도시는 불안정하

---

* 사탕에 전분을 넣어 만든 엿의 일종.
** 떡, 찹쌀, 갈분, 메밀 등을 원료로 만든 과자의 일종.

게 떠도는 수증기에 싸인 채 머리 위에 비구름과 스모그 그리고 태양의 빛과 열을 이고 있는 것을 볼 수 있다.

황매우가 끝나면 곧장 복날로 접어들고 해가 갑자기 부드러워지면서 온갖 소리가 더불어 들린다. 이 시기에는 정말로 우울증이 치료되고 눈에 보이는 사람과 사물들이 갑자기 색깔을 새롭게 하는 동시에 묵선墨線을 이루게 된다.

복날의 해는 얼마나 건조한지 끈적끈적하고 형태를 알 수 없던 것들이 단번에 깨끗하고 선명해지기 시작한다. 오동나무 잎새는 황매우로 통통하게 살이 올라 바로 이 시기에 햇빛을 잔뜩 빨아들였다가 아주 인색하게 땅 위나 거리를 향해 난 창틀에 뿌려준다. 모든 소리가 그 '끈적거림'에서 벗어나 맑고 시원해지면서 동시에 쨍그랑쨍그랑 금속성을 동반한다. 지붕 위의 기와들도 바삭바삭 듣기 좋은 소리를 내고, 말하는 사람들의 치아도 정확히 움직여 원래 치전음齒前音이 많았던 발음이 이때는 더욱 세밀하고 선명한 소리로 변해 귀에 쏙쏙 들어온다. 담장의 표면이 모래의 질감이라고 하지 않았던가! 이때는 아예 부드러운 솜털이 돋아나는 것 같다.

날씨도 이때가 되면 덥긴 하지만 아주 기분 좋게 덥다. 당당하고 시원하게 몸이 땀에 젖는 것이다. 냄새들도 모두 상쾌하고 시원해진다. 모기향 냄새와 달콤하면서도 시원한 수박 냄새, 박하 냄새가 도는 어린아이들의 땀띠약 냄새는 하나같이 풀 냄새면서 이 도시에서 맡을 수 있는 가장 소박한 냄새들이자 이 도시의 체취다. 하지만 이때의 오후는 다소 나른하고 혼미하여 낮잠을 부른다! 열기가 노면과 벽면, 기와 표면 등에서 솟아 나오면서 가장 그늘진 곳이나 마루와 복도를 지나온 바람이 잠시 머무는 구석에도 헤픈 열기가 넘쳐난다. 공기 중에는 피부가 가벼운 화상을 입고 있기라도 한 듯이 타는 냄새가 떠다닌다. 피부와 살의 냄새이긴 하지만 여전히 건조하면서도 시원한 냄새다.

이 거리의 구석은 여전히 조용하다. 공기 속의 수분이 증발해버려서 그런지 하늘은 갑자기 텅 비어버린다. 이리하여 전차에 전기가 흐르는 소리와 이 소리가 변해 징 하고 울리는 소리만 멀리 퍼져간다. 다그칠 수 없는 것들은 차라리 예전처럼 친절하게 한데 집중시키고 일깨워 주는 것이 나을 것이다. 동시에 평소에는 들을 수 없었던 잡다한 소리들이 일제히 울려 퍼진다. 이 소리들은 귀 높이에서 들리는 것이 아니라 머리 위에서 들린다. 약간 높은 곳에서 윙윙 웅웅 울려대는 것이다. 내가 이 거리의 구석구석을 돌아다니면서 점검하는 이유는 번화하고 왁자지껄한 도시의 모습을 환기시켜주면 사람들은 내가 가리키는 것을 바로 도시의 소리라고 간주하리라는 생각에서다. 하지만 이 소리는 어쩌면 도시의 소리가 아니라 물체의 몸통에 공기의 흐름이 마찰되면서 나는 소리일 것이다.

이 도시의 물체와 그 속성은 비교적 단단한 데다 모서리가 나 있기 때문에 소리가 잘 흡수되지 않는다. 작은 움직임도 반사되고 반사될 때마다 소리를 내는 것이다. 그래서 이런 한여름 날에는 이 열기가 요란한 기세를 갖게 된다. 해가 서쪽으로 기울면서 이 열기도 점차 꺾이고 땀 냄새가 나기 시작한다. 이는 축축한 돗자리나 등의자를 닦은 다음 그늘에 말릴 때 나는 땀 냄새로, 그 안에는 마른 풀의 껍질과 살 냄새가 섞여 있어 약간 끈적거리는 맛과 함께 생경한 느낌이 들지만 지나치게 찜찜하지는 않다. 진지하게 살펴보면 사실 어떤 냄새든지 전부 사람의 냄새로서 때로는 갇혀 있다가 때로는 슬그머니 피어오르는 것이다.

초가을은 사람들의 성정이 가장 평화로워지는 시기다. 만겁萬劫이 돌고 도는 것처럼 모든 것이 돌기 시작한다. 담벼락의 모래 표면은 다시 매끄러워지고 나무 그림자는 가늘고 섬세해지면서 듬성듬성 운치를 더한다. 전차가 모퉁이를 돌 때 나는 지잉 하는 소리가 또다시 사람들의 귀를 파고들고, 적시에 학교에서 눈 체조를 하는 음악소리도 울려 퍼진다. 이때는 빛과 그림자가 최상의 조화를 이루어 그 언저리가 매우 뚜렷하면서도 부드러워진다. 이 도시의 물체는 원래 복잡하게 한데 몰려 있어 다소 혼잡한 면이 없지 않지만, 이 시간에는 오히려 전부 빛을 받아들이는 집광체集光體가 되고 반대로 그림자는 매우 풍부해진다. 이때는 아무리 번잡하고 시끌벅적한 시내라 해도 표정과 기색이 안정되고 한가로워진다.

이 도시의 성질은 매우 조급하지만 호방하기도 하기 때문에 지나가는 것들은 그냥 지나가버린다. 이 도시는 내면에 끈질긴 동력을 갖추고 있어 적지 않은 관문과 요새를 뚫고서 마침내 평형에 도달한다. 그런 다음에는 또다시 끈질기게 기울어져 간다. 이 도시가 불안하게 요동치는 것은 욕망을 품고 있기 때문이다. 이 도시의 욕망에 관해 얘기하다 보면 우리는 이 도시에 소리가 멈출 수 없다는 것을 알게 될 것이다. 거리의 한구석에서도 커다란 동

작은 멈추지 않는다. 전차가 지잉 하고 울리는 소리처럼 욕망이 머리를 들기 때문이다.

이때 도시는 평안하고 홀가분한 단계로 진입하면서 약간 양성 養性의 의미를 갖게 된다. 애써 냄새를 맡아보면 공기 속에서 희미하게 연기 냄새가 난다. 이것이 바로 가장 깨끗한 사람들의 냄새다. 땀도 흘리지 않고 시달림을 당하지도 않은 사람의 냄새다. 하지만 곧이어 매섭게 추운 계절이 다가와 모든 것이 또다시 스산해진다. 나뭇잎이 한 무더기 또 한 무더기씩 마구 떨어지고, 나뭇가지들이 벌거숭이가 되어 건물의 담벼락이 노출되면 다소 참담한 느낌마저 든다. 아주 잔혹한 풍경이지만 걱정할 것까진 없다. 그저 날씨 좋은 날에 가장 스산한 도시의 구석에서도 등나무로 두꺼운 솜이불을 퍽퍽 두드리는 소리를 들을 수 있을 테니까 말이다. 이 소리와 함께 풀풀 먼지를 날리는 모습에도 사람의 냄새가 가득 담겨 있다. 이 또한 장렬한 기백이라 할 수 있지 않을까.

오후는 어떤가. 전차들이 도시의 한쪽을 싱싱 달리면서 지잉지잉 소리를 낸다. 또 이 건조한 겨울에는 불씨를 조심하지 않으면 안 된다. 그래서 항상 소방차들을 볼 수 있다. 황급히 출동하는 소방차들은 가는 길 내내 경보음을 울린다. 속칭 '강도차'라고 불리는 경찰차도 있어 겨울날 행인들이 거의 없는 한밤중에 특별히 요란한 모습을 보인다. 이런 사물들의 소리를 들으면 사람들은 귀를 쫑긋 세우고 어디에서 어떤 위험한 일이 일어났을지 생각하곤 한다. 이처럼 이 도시는 사소한 일에도 쉽게 놀라 몸을 떤다.

이제 상하이는 새로운 화제가 되었다. 당시 도서관과 장서루에서 힘들게 읽었던 옛 책들이 대규모로 다시 인쇄되어 가장 좋은 동판지 표지로 다시 출판되고 있다. 그러나 책장을 열면 그 안에 있는 것은 패션이지 상하이가 아니다. 돌이켜보면 상하이는 이미 이 도시에 있지 않은 것 같다. 거리에는 풍부한 표정의 얼굴들이 없다. 모든 얼굴이 한 가지로 변했다. 게다가 지나치게 밝고 신선하다. 거칠고 지저분한 털끝을 깔끔하게 깎아내고 나무의 잔가지를 깨끗하게 다듬은 모습이다. 하지만 이런 털과 잔가지들이야말로 가장 먼저 우리의 감각을 건드리는 것들이다. 그래서 또다시 상하이를 찾아야 한다면 개념 속에서 찾는 수밖에 없다.

말소리도 변해 일부 미묘한 발음은 사라져버렸다. 상하이 방언은 점점 베이징 표준어를 받아들여 발음표기가 가능하게 되었다. 후악後顎 위쪽과 설치舌齒 사이의 음절들이 잘려나간 뒤로 발음은 더욱더 생경하고 두드러지게 되었다. 게다가 뜻을 전달하는 데 어려움이 많아졌다. 요컨대 상하이가 그토록 육감적으로 변해버리면서 신형 건축 자재들이 표피층을 형성하여 감각기관을 막아버린 것이다. 그럼 이 껍데기는 어떤가? 그렇게 찰싹 달라붙지도 않아 항상 허공에 뜬 느낌이 든다. 아마도 너무 가깝게 붙어 있는 데다 격변의 상태에 처해 있다 보니, 그 이미지가 흐릿해져 시야에 미묘한 빛과 그림자만 남기기 때문일 것이다. 오히려 아무런 관계도 없는 시간과 장소에서 느닷없이 그 참모습을 보게 될지도 모른다.

1987년 어느 날 저녁이었다. 홍콩 지우룽九龍의 리징麗晶 호텔에서 홍콩 섬을 정면으로 마주한 채 한가하게 앉아 있었다. 홍콩 섬의 등불이 어두운 바다와 하늘 사이에 환하게 비치고 있었다. 그

것이야말로 진정한 바다의 기관奇觀으로서 황량함 속에 나타난 비단 같은 화려함이자 문명의 전설이었다. 이때 갑자기 상하이가 생각나면서 그 시 몇 구절이 눈앞에 실물로 펼쳐졌다.

지금으로부터 약 1억 8천만 년 전 중생대 상삼실기에 상하이는 쑤난 지역과 마찬가지로 전부 오래된 육지였다. ……바닷물이 큰 폭으로 밀려와 시기에 따라 해수면의 위치가 달라지면서 하구의 위치도 달라져 서로 중첩되는 고대의 삼각주를 형성하게 되었다. ……빙하가 녹아 해양으로 유입되고 해수면이 점차 상승하면서 삼각주에서 거대한 면적의 육지가 또다시 바닷물에 잠기게 되었다.

이 얼마나 장엄하고 화려한 장면인가. 상하이는 원래 이렇게 부드럽게 바다 위로 솟아오른 땅이다. 구름과 안개가 다 흩어진 뒤에 가까이 다가가서 보면, 가까이 다가가 안으로 들어가서 보면, 자질구레한 필촉에 실물이 침몰되어 마침내 시야가 흐려지고 만다.

상하이와 베이징

상하이와 베이징의 차이는 무엇보다도 크고 작음에 있다. 베이징의 거리와 건물, 하늘, 모래바람, 크기 등은 상하이의 몇 배에 달한다.

바람의 계절이 돌아오면 베이징의 하늘을 거대한 바람이 호호탕탕 거친 기세로 행군하지만, 눈으로는 바람이 있는지 없는지 구별이 되지 않는다. 별로 티도 나지 않는다. 하지만 투명하던 공기가 과립 형태로 변해 바스락거리기 시작하고 천지간에 울음소리가 가득하게 된다. 이 소리는 들리지 않는 곳이 없다.

반면 상하이의 바람은 훨씬 가늘고 귀엽다. 상하이의 바람은 아주 좁은 거리와 골목 구석구석을 뚫고 다니다가 손바닥만 한 공터에서 회오리를 일으켜 종잇조각이나 낙엽을 날려 이리저리 떠돌게 한다. 이럴 때면 가로수 잎과 가지들도 마구 어지럽게 흔들린다. 바람이 두 건물 사이를 비집고 지나갈 때면 가벼운 충격과 함께 비비고 튕기는 듯한 느낌이 든다.

베이징의 천단天壇*공원과 지단地壇**공원은 드넓은 느낌을 주면서 광활한 함의를 실감하게 해준다. 이 두 유적은 큰 것으로 큼을 나타내는 방법으로 큰 이미지를 보여준다. 대단히 호탕하고 직접적인 큼이다. 거대한 공간을 둘러싸고서 암시하여 깨닫게 하는 것이 아니라 단호한 어투로 알리는 큼이다. 천단과 지단의 '큼'은 바름과 곧음으로 표현되어 작음과 귀여움은 전부 생략한다. 큰 이치는 싸움을 일으키지 않는다는 말과 같다. 이 두 건축물은 사람들에게 거대함에 직면하여 자신의 작음을 깨닫게 하고 무한함에 직면하여 자신의 한계를 느끼게 한다. 사람들에게 숭배와 공경의 감정을 갖게 해주고 겸손함과 자기비하를 가르쳐준다. 그런 다음 사람들을 삼켜버려 둘을 하나로 만들어버린다.

반면 상하이의 위위안豫園***은 사람들에게 정교함을 느끼게 해주고 작은 것의 절묘한 부분과 바늘구멍 속의 하늘을 감상할 수 있게 해준다. 산과 물이 반복되고 장안법障眼法****을 써서 어지러운 잡석을 쌓아 높은 건물이 구름을 뚫고 솟아오르게 한다. 미로 같은 좁은 길들이 교차하면서 산은 높고 길은 먼 듯한 느낌을 준다. 이처럼 위위안은 사람들의 눈을 어지럽게 함으로써 마음을 사로잡

* 명청(明淸) 시대에 황제가 하늘에 제사를 지내면서 풍년을 기도했던 제단으로, 베이징 외성 남쪽 끝에 있다.
** 황제가 땅을 맡은 귀신에게 제사를 지내기 위해 만든 제단으로, 천단의 반대 방향에 있다.
*** 상하이의 구시가지인 푸시(浦西) 중앙에 위치한 명청 시대 양식의 원림(園林)으로, 중국 원림 건축 가운데 가장 섬세하고 아름답다는 평가를 받고 있다.
**** 상대방의 시야를 가리는 수법.

는다. 위위안은 화려하고 빛나면서도 무척 총명하다. 위위안은 수수께끼를 던져 사람들의 기지와 총명함을 시험한다. 사람들을 놀라게 하기도 하고 즐겁게 하기도 하면서 약간의 자만심을 갖게 한다. 위위안은 세속적이고 권위적이지만 사람들을 평등하게 대한다. 누군가를 정복하려는 시도는 절대 하지 않는다. 위위안은 사람들과 쉽게 하나가 되지만 동시에 너는 너, 나는 나가 되어 서로를 침범하지 않는다.

상하이는 사원이나 묘당까지도 보통 사람들의 세계인 데 비해, 베이징은 민가 주택 골목 안에도 장엄하고 엄숙한 느낌이 가득하다. 베이징의 사합원四合院*에는 등급이 있고 다분히 가부장적이다. 사합원은 편정偏正**이 분명하고 주종의 구별도 엄격하다. 사합원 안에서는 누구나 옷깃을 여민 채 단정하게 앉아야 하고, 언어와 행동에도 신중함과 삼감이 있어야 한다. 사합원은 사람들을 숙연하고 경건하게 만든다. 모두 정통 종법의 계승자가 되는 것이다. 물론 변명도 허용되지 않는다. 양쪽의 높은 담장 밑으로 이어지는 골목을 걸을 때면 사람들은 말로 형용하기 어려운 야릇한 압력을 느끼게 된다. 그 골목길에는 어떤 권위가 서려 있기 때문이다.

반면 상하이의 민간 주거는 평범하고 남들에게도 활짝 열려 있다. 옛 도시 구역의 판벽板壁으로 된 작은 건물들은 서문경西門慶과

---

* 가운데 원자(院子, 정원)를 두고 북쪽에 정방(正房), 동쪽에 동상방(東廂房), 서쪽에 서상방(西廂房), 남쪽에 도좌(倒座)가 '입 구'(口)자 형태로 둘러싸고 있는 베이징의 전통 주택양식.
** 중요 부분과 부속 부분의 차이.

반금련潘金蓮이 나눈 사랑이야기의 무대일 것 같은 느낌을 준다. 정원이 딸린 신식 주택가 골목의 집들은 담장 밖으로 붉은 살구나무 가지가 삐져나와 있고, 난간에 꽃이 조각된 테라스는 양복과 치파오旗袍*가 등장하는 연극무대가 되기도 한다. 호화로운 부자들의 서양식 저택은 화려함과 조형미가 극대화되어 부유함이 겉으로 그대로 드러난다. 천진함과 천박함이 한데 어우러져 있어 세상사에 노련하지 못한 기질이 역력하고, 사람들을 대문 밖에서 거절하면서도 동시에 집 안으로 끌어들여 자랑하고 싶어 하는 가벼운 기질을 주체하지 못한다.

황성의 뿌리 밑을 걸어가는 베이징 사람들은 예지가 가득한 표정이다. 그들의 뒷모습에는 추억의 그림자가 조용히 어른거린다. 베이징의 해자垓字는 지난 일들이 연기처럼 서려 있는 조용한 냇물이다. 베이징은 휘황찬란한 장면과 혼이 빠져나갈 정도로 놀라운 장면들을 무수히 간직하고 있다. 지금은 그 장면들이 베이징 사람들의 마음속에 깊이 가라앉아 있다. 베이징 사람들의 마음속에는 무수한 일이 감춰져 있다. 그들의 입에서 나오는 말들은 하나같이 내원來原이 깊고 의미심장한 것 같다. 그들의 맑고 깨끗한 발음과 구슬처럼 신묘한 어투는 이미 여러 조대朝代에 걸쳐 단련된 것이다. 베이징 사람들은 장난기 어린 말에도 우아함이 배어 있고 남에게 욕을 할 때도 아주 문화적으로 한다.

* 옷깃이 높고 옆이 트인 원피스형 치마로, 원래는 청나라 만주족 귀족인 기인(旗人) 여성들의 복식이었으나 나중에 대대적으로 대중화되었다.

"이런 덕행을 좀 보라고!"

베이징 사람들은 하나같이 시인의 기질이 있어 입을 열었다 하면 훌륭한 글이 된다. 그들은 역사학자의 기질도 있어 언어의 배후에 무수한 전고典故가 담겨 있다. 그들은 사람과 일에 대해 엄숙하고 진지하면서도 뭔가 통찰하는 듯한 태도를 보인다.

그에 비하면 상하이 사람들은 몹시 거친 편이다. 상하이 사람들은 수십 년에 걸친 식민지 시대의 속성으로 신사와 숙녀의 규범을 배웠고, 아주 피상적인 것들을 일종의 학문으로 간주했다. 그들의 마음속에는 과거의 역사가 많이 들어 있지 않다. 그저 20년 동안 번화했던 옛 꿈만 남아 있을 뿐이다. 이 꿈은 아무리 해도 다 꿀 수 없는 꿈이라 지금도 상하이 사람들은 이 꿈에 취해 있다. 그들은 깊이 있는 사유 내용을 기억하는 데는 익숙하지 못하면서도 꿈은 아주 잘 꾼다. 그들의 꿈의 공간은 바다처럼 깊고 하늘처럼 넓다. 그들은 어린아이처럼 자신의 아름다운 꿈에 몹시 흐뭇해하고 즐거워한다. 그들은 행동의 결과가 좋고 나쁨으로 절반씩 나뉘는 것처럼 그들의 꿈도 절반은 현실이 되고 절반은 가상이 된다.

그들은 현실적인 기질을 지니고 있고 효율을 중시하며 일의 성패로 영웅을 논한다. 그들의 언어는 직접적이고 적나라하며 가리는 것도 없고 복선도 없다. 그들은 '이'利 자를 입에 달고 다니면서 부끄러움 없이 큰 소리로 떠들어댄다. 그들은 가난을 수치로 여기기 때문에 남을 욕할 때도 주로 그런 표현을 쓴다. 예컨대 '부랑아' '시골뜨기' 같은 욕과 '거지에게는 죽은 꽃게도 신선하다'라는 모멸적인 표현으로 가난한 사람들을 비웃는 것이다. 상하이 사람들은 역사관도 없고 정신적 가치를 중시하지도 않는다. 베이징은 상하이에 비해 예술적 감각이 훨씬 풍부하지만, 상하이는 실용정신이 강한 편이다.

베이징은 감성적이다. 베이징에서 어느 장소를 찾아가려면 지명에 의존해서는 안 되고 환경의 특징이 지시하는 대로 따라가야 한다. 예컨대 큰길을 건너 북쪽으로 가다가 다시 골목을 하나 지나게 되는데, 그 골목 입구에는 나무가 한 그루 있다는 식이다. 인정미가 넘치는 이 도시는 시정화의詩情畵意*를 듬뿍 지니고 있어 모든 거리와 골목이 그곳을 찾는 사람과 어떤 근원적 관계가 있는 것처럼 느껴진다. 베이징의 택시 기사들은 뉴스에 의지하여 길을 익힌다. 또 그들은 대단히 감성적이어서 느끼고 기억하는 능력이 매우 뛰어나다. 한 번 본 것은 거의 잊지 않는다. 하지만 그들이 손님을 새로운 곳으로 안내할 때는 아주 골치 아프다. 그들은 가는 길 내내 사람들에게 길을 묻는데도 목적지를 제대로 찾지 못하고, 심지어 엉뚱한 길로 가기도 한다.

이에 비해 상하이의 택시 기사들은 개괄적으로 추리하는 능력이 있다. 그들은 지명만 가지고도 손님이 가고자 하는 곳까지 무사히 데려다준다. 그들이 길을 찾는 방법은 아주 간단하다. 먼저 횡으로 뻗은 길 이름을 물은 다음 다시 종으로 통하는 길을 확인한다. 두 도로가 교차하는 지점이 바로 목적지의 좌표가 되는 것이다. 이는 대단히 수리화된 두뇌와 실용정신의 소치라고 할 수

---

* 시적인 정취와 회화적인 분위기.

있다.

베이징은 문학화된 도시다. 톈안먼天安門 광장은 이 도시의 주제로, 이곳을 중심으로 도시 이야기가 전개된다. 궁전과 성루, 사원, 호수 등은 이 이야기를 구성하는 파문이고, 깊숙한 거리와 비좁은 골목들은 이 이야기의 자잘한 내용이 된다. 하지만 베이징의 문학은 제왕장상帝王將相들의 문학이라 의미가 바르고 수사도 엄정하다. 큰 도리를 직설적으로 말하면서도 화려하고 과장된 표현을 쓴다.

이에 비해 상하이는 대단히 수리화되어 있고 좌표와 숫자, 번호로 잘 짜여 있다. 아무리 작고 허름한 건물도 번호가 있고 엄밀한 조직 안에 속해 있다. 상하이라는 도시가 천 단위라면 거리와 도로는 백 단위이고 골목은 십 단위이며 건물은 한 단위다. 곁가지를 치는 룽탕弄堂*이 생길 경우에는 소수점까지 동원된다. 이리하여 이 도시에서의 생활은 약간 추상화되는 경향이 있다. 이는 피부에 달라붙는 추상이 아니라 일종의 이념으로서 지도 위의 표시들과 같은 존재다.

베이징은 지혜로 운용되지만, 상하이는 공식과 계산에 따라 움직인다. 그래서 베이징은 심오하고 이해하기 어려운 부분이 많아 어느 정도 영감과 학문이 필요하지만, 상하이는 무척 단순하여 이해하기가 쉽다. 이치에 따른 추론도 가능하다. 베이징이 아름다움이라면, 상하이는 효용이다. 이제 베이징의 그윽함과 고아함은 껑

---

* 베이징의 후퉁과 유사한 상하이 주택가 특유의 작은 골목.

여 흩어졌다가 다시 회복되고 있다. 고귀한 경극京劇은 한두 개의 호금胡琴* 연주로 분산되어 공원 구석에서 끼잉끼잉 울려대고 있고, 낭랑한 베이징 방언은 내력이 분명하지 않은 유행어에 섞여 폭넓게 퍼져나가고 있다.

보아하니 상하이 방언과도 섞이고 있는 것 같다. 고가도로와 초고층 빌딩들, 대형 쇼핑몰 등이 무분별하게 마구 들어서긴 했다. 이들이 서로 잘 어울리지는 못한다 해도 나름대로 충분히 현대적이면서도 아름답다. 이에 비해 상하이는 몹시 세속적이다. 상하이는 머리를 파묻은 채 생계에만 열중하고 있고 우물 안 개구리처럼 좁은 세상에서 조바심치고 있다. 이러한 상태는 갈수록 정교하고 치밀해져 나중에는 나름대로의 고아한 아취를 빚어내기도 한다. 이러한 아취는 정밀공업의 선반에서 만들어낸 것으로 얼마든지 복제가 가능하고 상품화되어 있다. 지금은 이런 상품이 아주 멀리 있는 베이징까지 공략하고 있다. 일거에 성을 무너뜨리려는 전략인 것 같다.

* 한나리 이후로 중국 진역에 두루 보급된 북방 소수빈족의 현악기.

바다 위의 번화함

특히 여름에는 더 그렇다.

등불이 시가지를 대낮처럼 환하게 비추고 그 사이를 네온등이 관통한다. 빛과 색은 전부 엎질러져 나온 것이다. 이 빛나고 화려한 궁륭穹窿* 위로 하늘은 유난히 어둡고 허무하기만 하다. 달빛과 별빛이 전부 소용없다. 조금도 도움이 되지 못한다. 하지만 이것도 문제가 되지 않는다. 시가지의 빛과 색은 우리가 즐기기에 충분하다. 저 화려한 차림의 남자와 여자들을 보라. 물속 깊은 곳을 오가는 물고기처럼 한밤의 시가지를 한가로이 거닐고 있다.

그들은 음식점, 술집, 커피숍, 볼링장, 디스코텍, 각종 전문상점들을 드나들고 있다. 또는 카드를 사용하는 공중전화 부스에 들어가 누군가와 긴 담소를 즐기기도 한다. 이 시가지는 낮에는 별로 대단하지 않지만 밤이 되면 갑자기 활기가 넘친다. 거리의 벽돌까

* 아치형의 둥근 천장.

지도 빛으로 도금되고, 사람들의 그림자가 그 사이를 여유 있게 거닐거나 어딘가를 향해 부지런히 움직인다. 이곳의 번화함은 정말 대단하다. 솥뚜껑이 열린 것처럼 좋은 물건과 좋은 일이 빽빽이 들어차 있어 더 담지 못한다. 항상 차고 넘치기 때문이다.

이처럼 화려하고 요란한 도시의 거리에 또 다른 유형의 인물들이 있는 것을 누가 눈여겨보았을까? 그들은 그리 많지 않다. 그저 한두 명에 지나지 않는다. 하지만 도처에 흩어져 있어 여기저기 어디든지 눈에 띈다. 그들은 대부분 나이가 지긋한데도 부두를 오가며 일한다. 이는 그들의 겉모습을 보고 유추해낸 것이다.

그들은 외부의 화려하고 떠들썩한 정경에 아랑곳하지 않는다. 놀라지도 않는다. 그들은 저녁 식사를 마치고 술도 약간 마신 상태다. 그다음 목욕을 하고 깨끗한 면직 한삼이나 줄무늬 잠옷을 몸에 걸치고 있다. 발에는 슬리퍼를 신고, 손에는 부들부채를 하나 들고 있다. 이런 차림으로 불빛이 조밀한 거리를 천천히 걷거나 어느 골목 입구에서 잘 아는 사람을 만나 한담을 나눈다. 그들의 얼굴에는 미소가 번진다. 말하는 속도는 무척 느리다. 그들은 특별하게도 농민들이 밤에 시골장터를 거니는 것처럼 맨발로 돌아다니기도 하고, 농민들이 들판에 익은 농작물을 바라보는 것처럼 떠들썩한 거리의 풍경을 바라보기도 한다. 이는 끓어오르는 듯한 도시 밤거리의 또 다른 정취이자 와자지껄함 속의 조용함이라 할 수 있다. 불협화음이긴 하지만 넉넉하게 받아들여지는 소리라 조금도 귀에 거슬리지 않는다. 게다가 약간의 유머도 있다. 세상사를 통찰하면서 뜨거운 눈빛으로 그 정경을 바라보기도 한다. 일단 그들이 나타나기만 하면 화려한 등불 아래 있는 남자와 여자들은 연극에 나오는 복장을 한 극중 인물이 된다.

하지만 그들은 어디까지나 구경꾼들이고 등불 밑의 남녀는 과객이 된다. 그들은 생산지에 주둔하며 물품을 사들이는 전문 구매자인 셈이다. 등불 밑에 있는 사람들이 희희낙락하며 이리저리 걸어 다니면 불빛도 덩달아 이리저리 움직이며 흔들린다. 어느 틈엔가 그들은 이미 거리를 한 바퀴 다 돌고 나서 자신들의 깊으면서도 길고 좁은 골목 안에 있는 집이나 길거리와 맞닿아 있는 집으로 돌아와 창문을 열어젖힌다. 이 창문은 모기가 들어오는 것을 막기 위해 한동안 닫혀 있었다. 빛이 반딧불처럼 유유히 흘러 들어온다. 하지만 이런 빛과는 무관하게 잠시 후면 편안하고 포근한 잠의 고향으로 빠져든다. 이리하여 누구든지 귀를 쫑긋 세우고 있으면 화려한 그림 같은 도시의 소리 속에 아주 진하고 달콤하게 코를 고는 소리가 섞여 있는 것을 들을 수 있다.

거리를 가득 메우고 있던 사람들이 다 사라지고 나면 불빛도 잦아들고, 거리에는 버려진 종잇조각들만 남아 가벼운 바람 속을 이리저리 나뒹군다. 과객들이 남긴 유품이다. 이리하여 숲처럼 빼곡하던 간판과 네온등 뒤로 수많은 집의 창문을 넘어 들려오는 코 고는 소리가 무척이나 다채롭다. 높이 올라갔다가 낮아지고, 낮아졌다가 다시 높아지는 가운데 간간이 잠꼬대가 섞여 들려오기도 한다. 이 순간이 바로 해상번화몽海上繁華夢*의 시작이다.

* 청대 말기, 상하이가 아주 짧은 시간에 작은 어촌에서 동양의 파리라는 미칭을 얻을 정도의 화려한 대도시로 발전하는 과정에서 나타난 다양한 사회현상을 꿈에 비유한 말.

거리 풍경

내가 말하려는 이 거리의 이름은 장쑤로江蘇路다. 이 길에 대해 나는 그다지 잘 알지 못한다. 그저 그 근처에서 몇 년 동안 살았을 뿐이다. 어느 날 갑자기 이 거리에 서 있던 낮은 건물들이 하나도 남김없이 깡그리 사라지고, 등 뒤에 판벽板壁 건물들의 희고 싸늘한 산장山墻*만 남게 되면서 갑자기 그 거리의 풍경이 내 눈앞으로 다가오게 되었다.

내가 이 거리에 익숙지 않은 것은 자주 가보지 않았기 때문이다. 우연히 그 거리를 지나게 된 것도 위위안로愚園路와 맞물린 교차로를 지나면서였다. 내가 살던 룽탕 뒤쪽에 그 거리로 곧장 통하는 또 다른 룽탕이 하나 있었고, 이 길을 통하면 정류장 하나 정도의 풍광을 생략할 수 있었던 것이다. 상하이의 룽탕들은 큰 도로 뒤에 그물처럼 얽혀 있다. 가로세로로 무수한 길이 펼쳐져 있

---

* '사람 인'(人)자형 지붕 가옥의 양쪽 측면의 높은 벽.

는 것이다. 룽탕을 가로질러 장쑤로 입구에 이르면, 그 거리의 숨결이 천천히 내게 다가오는 것을 느낄 수 있다. 이는 무척이나 포근한 느낌이라 내 기억 깊은 곳에 스며들어 있다.

나는 한때 좁고 기다란 이 길이 몹시 시끄러웠던 것을 기억한다. 하지만 이 길의 시끄러움은 마음을 어지럽게 만드는 그런 소란함이 아니라 일종의 부산함이었다. 이런 부산함은 긴장감을 동반하지는 않는다. 그저 손과 발이 빠르게 움직이면서 좀처럼 멈출 줄 모르는 것뿐이다. 손발이 멈추면 곧 벌을 받을 것만 같다. 이런 시끌벅적함에는 명청 시대의 그윽한 정취가 담겨 있다. 요란함 속에 약간의 절제가 수반되기 때문에 겉모습이 그다지 과장되지 않는다. 시장의 소리도 사람들이 내는 소리를 위주로 한다. 기계의 움직임과 멈춤이 있기는 하지만 이것도 사람의 손발에 의해 이루어진다. 예컨대 도마 위에 소금에 절인 닭고기나 오리고기를 놓고 칼로 써는 소리, 저울로 양철로 된 키나 알루미늄 솥과 냄비를 두드리는 소리, 드르륵 발로 솜사탕 기계 페달을 밟는 소리, 식식 숫돌로 유리 가장자리를 가는 소리 등 거의 모든 소리가 사람들이 몸을 움직여 내는 소리다. 그리고 이런 소리를 들으면 소리를 낸 사람이 어떤 일을 생업으로 삼아 세상을 살고 있는지 알 수 있다.

내 인상 속의 거리는 항상 축축하다. 해도 끈적끈적하고 뜨거운 것이 전형적인 남방 매우梅雨 시기의 날씨다. 거리 양쪽은 온통 판벽으로 지은 집들로, 지붕에는 검은 기와가 깔려 있다. 햇빛은 양쪽 지붕 처마 사이로 비춰 들어온다. 2층 창문 밖으로는 빨래를 말리려고 설치한 대나무 장대가 삐죽 나와 있는데 인도 가로수의 가지에까지 길게 얹혀 있다. 창문의 손잡이 고리에는 봉계鳳鷄*나 엄육醃肉**이 매달려 있다. 그리고 깨끗이 빤 대걸레가 걸쳐 있어 미처 마르지 않은 물방울이 그 아래 인도로 떨어진다. 거리의 물기는 주로 이렇게 생겨나지만 라오후짜오도 그 원인 가운데 하나다. 물을 가득 담은 보온병들은 마개가 꽉 닫히지 않은 탓에 가는 길 내내 길에 물을 흘리게 되는 것이다.

물을 나르는 물통도 전부 물을 흘린다. 물통에서 흘린 물이 덜컹거리는 물 배달용 수레를 적시면서 뜨거운 김에 휘감긴다. 계압혈탕鷄鴨血湯***을 파는 노점상들이 거리에서 닭과 오리의 털을 뽑고 있고, 피는 자연스럽게 거리를 따라 하수구로 흘러든다. 그러다 보니 하수구가 막히기 일쑤다. 그럴 때마다 하수구를 뚫는 인부가 어디선가 긴 대나무 막대를 들고 쏜살같이 달려온다. 이곳에 펼쳐지는 풍정風情은 늘 이렇게 질펀하고 깔끔하지 못하다. 몹시 거칠면서도 선정적이다.

이 거리처럼 남북으로 향해 뚫린 도로는 교통의 중요 간선이 되지 못하는 경우가 많다. 그래서 분위기가 산만할 수밖에 없다. 행인들은 느긋하게 도로 한복판으로 걸어 다니고, 차량은 감히 속도를 내지 못한다. 자전거가 열심히 경종을 울려대지만 헛수고다. 사람들은 못들은 척하며 제 갈 길을 간다. 이곳 주민들은 특별히

* 털이 검은 약용 닭의 내장을 파낸 다음 그 안에 각종 양념을 넣어 말린 음식.
** 소금에 절인 고기.
*** 닭이나 오리의 피를 재료로 한 국.

길에서 활동하는 것을 좋아한다. 노인들은 거리에 낮은 의자를 들고 나와 콩을 까고, 초등학생 아이들은 네모난 의자를 거리에 내다놓고 숙제를 한다. 카드놀이를 하는 사람도 있고 밥을 먹는 사람도 있다. 바람을 쐬거나 햇볕을 쐬는 사람도 있다. 삶이 이처럼 문밖으로 확장되어 거리 위까지 펼쳐져 있는 것이다.

이 거리는 이처럼 연기와 열기 속에서 사람 사는 냄새를 진하게 풍긴다. 며칠 동안 날이 흐리다가 오랜만에 해가 나올 때면 집집마다 이불과 요를 밖으로 내다가 대나무 장대에 얹어 창문틀에 널어놓는다. 이렇게 오후 서너 시까지 햇볕을 쬐이다가 등나무 막대기로 두들겨 먼지를 턴다. 이럴 때면 세상이 온통 사람 사는 냄새로 가득해진다. 너무 소박하고 허물없는 모습이지만, 그러면서도 무척이나 청결한 분위기를 연출한다.

하지만 이곳에 세속적인 생활만 있는 것은 아니다. 낮은 처마와 좁은 창문 뒤쪽의 길고 조용한 룽탕 안에는 문아하면서도 대쪽같이 강직한 삶들이 칩거하고 있다. 그곳에서 들려오는 피아노 소리만 들어도 그 안에서 펼쳐지는 삶의 모습을 알 수 있다. 손가락이 피아노 건반 위에서 깊은 그리움의 야상곡을 토해내고, 천정天井 담장에는 달빛 아래 붉은 포도덩굴 그림자가 어른거린다. 이 모든 것이 비밀스런 이야기처럼 굳게 닫힌 창문 안에 숨겨져 있어 거리의 풍경과 합류하지 못한다. 거리 풍경은 왠지 좀 두껍고 튼튼한 것들로 이루어져 있어 어느 정도 충격을 이겨낼 수 있어야

* 안채와 사랑채 사이의 마당.

한다. 여기저기 부서지고 지저분한 벽일지라도 그 너머에 있는 여리고 아름다운 삶을 비바람으로부터 막아주는 역할을 해야 하는 것이다.

사실 거리의 풍경은 드러난 삶의 결심이자 활짝 열린 얼굴이다. 하지만 시간이 오래되다 보면 한 겹 단단한 허물이 드러난다. 사람들은 이를 굳은살이라고 부르기도 한다. 그래서 거리 풍경은 더 거칠고 지저분해지는 것이다. 화려하고 아름다운 거리 풍경일수록 더 거칠고 약간의 폭력마저 동반하여 흉흉한 기질을 드러낸다. 그 등불 화려한 거리 풍경 아래서 장쑤로가 부드러운 모습을 드러내고 있다. 비천하고 억울한 모습이 아니라 태어나면서부터 너그럽고 깊이가 있는 모습이다. 보기에는 아주 가난하고 초라한 것 같지만 대걸레로 쓰는 천조차도 전문적으로 취급하는 점포가 있다. 이 거리는 침착함과 인내심이 있어 여기저기가 조금씩 변해가도 그다지 놀라지 않는다. 말로는 거리 풍경이라고 하지만 그 누구도 풍경의 마음을 알지 못한다. 그곳의 거리 풍경은 살아 있을 뿐만 아니라 자신만의 일관적인 삶의 계획을 갖고 있다.

이제 이 장쑤로는 넓고 평평한 도로로 확장되어 수많은 차량이 빠른 속도로 그 위를 질주하고 있다. 엔진 소리가 귀를 몹시 자극한다. 거리 양쪽에 펼쳐져 있던 빽빽한 건물들의 병풍은 말끔히 철거되고, 그 대신 높고 큰 산장이 우뚝 서 있다. 원래 룽탕 깊은 곳의 정원이었던 곳도 지금은 이 거리로 곧장 연결되어 있다. 내가 살던 룽탕을 가로질러 장쑤로로 가다 보면, 도로 맞은편에 있는 건물 가운데 사람들의 발길을 붙드는 집이 있다. 유명한 번역가 푸레이傅雷* 선생이 살던 집이라고 한다.

1966년에 푸레이 선생과 그의 부인은 집 안에서 목을 매 자살했다. 지금 이 룽탕은 드넓은 창안가長安街풍의 대로로 이어져 있어 어떠한 경물景物도 이 길을 가리거나 막지 않는다. 거리를 향해 나 있는 낮은 창문 안쪽이 바로 푸레이 선생과 그 부인이 세상을 버렸던 슬픔의 현장이 아닐까 하는 생각을 해본다. 그날 저녁 두 분은 사후의 모든 일을 하나하나 잘 갈무리해놓고 하녀에게는 일찍 쉬라고 분부했다고 한다. 그러고는 문과 창문을 꼭꼭 닫아걸고 커튼을 내린 다음 서로 손을 꼭 잡고 황천을 향해 떠났다고 한다. 지금 그 집 창문은 커튼이 활짝 걷혀 있고 환한 햇빛을 향해 밝게 열려 있다. 하지만 나는 마음속으로 느껴지는 심한 아픔을 금치 못한다.

---

* 傅雷(1908~66): 중국의 유명한 프랑스문학 번역가이자 작가로, 오랫동안 상하이에서 거주했다.

상하이 서양식 주택

오늘날 상하이 서양식 주택 안에서의 생활은 대단히 의심스럽게 변해버렸다. 욕조와 세면대의 온수 수도꼭지는 너무 오래 사용하여 녹이 슬어버렸다. 그래서 목욕을 하려면 주전자로 욕조에 더운물을 부어야 한다. 욕조가 클 경우에는 더운물 한 주전자를 부어봤자 바닥을 간신히 적실 수 있을 뿐이다. 게다가 이런 집들은 주방이 아래층에 있는 경우가 많다. 그래서 더운물 한 주전자를 들고 계단을 오르려면 여간 위험한 것이 아니다. 방 안의 벽난로는 장식품으로 전락하여 공간을 넓게 사용하는 데 방해가 될 뿐이다. 벽난로의 불빛을 받으며 깊은 명상에 잠기는 아름다운 광경은 이미 먼 역사 속으로 사라져버렸다.

이런 주택들은 원래 한 가구가 살 수 있도록 설계된 것이었으나 지금은 여러 가구가 함께 거주하고 있다. 그러다 보니 뒷문은 우편함과 우유 배달함, 초인종 등에 완전히 점령당해 자오趙씨네, 리李씨네, 왕王씨네, 장張씨네, 쑨孫씨네 등 거주자를 구분해주는 팻

말들로 막혀버렸다. 여기에 구顧씨네와 류劉씨네 팻말이 추가될 수도 있다. 신식 골목 안에 있는 이런 서양식 주택들은 대개 주방이 1층에, 욕실이 2층에 설치되어 있고, 발코니는 3층에 있다. 또 햇빛을 고스란히 받을 수 있는 옥상이 있어 각기 제 기능을 다하고 있다. 하지만 이런 주택에는 아마도 1층에 한 가구가 살고 2층에도 한 가구가 살며, 3층에도 한 가구, 정자간亭子間*에도 한 가구가 살고 있을 것이다. 그래서 주방에는 아궁이를 세 개 내지 네 개 만들어야 하고, 아궁이마다 작은 전등을 달아야 한다. 게다가 개수대에도 수도꼭지를 여러 개 설치해야 하다 보니 파이프와 전선이 서로 뒤엉켜 있다.

여러 가구가 함께 사용하는 욕실은 여름이면 몹시 복잡해진다. 목욕을 하거나 빨래를 하는 사람들의 발길이 끊이지 않고, 물이 마를 틈이 없어 바닥에 항상 물이 흥건하다. 이런 상태는 심지어 밤중까지 이어진다. 뒤뜰의 우물가에서도 물 흐르는 소리가 그치지 않는다. 이는 조용한 밤에 흐르는 음악 같기도 하다. 약간 수준 높은 고급 아파트에서는 일단 다급해졌다 하면 더 어색한 상황이 펼쳐진다. 공동으로 거주하는 신식 룽탕에 있는 집들은 층을 더욱더 세분하기 때문에 정자간과 아래위층 사이에도 상당한 거리를

---

* 상하이 건축의 특징 중 하나로, 아래위층 계단 사이에 있는 작은 방을 말한다. 조계지(租界地, 아편전쟁의 패배로 1845년 11월부터 1943년 8월까지 중국이 국제조약에 따라 서구열강 8개국에 상하이 각 지역을 임대한 지역) 시절 지방에서 온 문인들이 비싼 임대료를 감당하지 못해 주로 이런 공간에 거주했는데, 이들을 '정자간 문인'이라 부르기도 했다.

유지하게 된다.

반면에 아파트는 모든 것이 평면으로 전개되어 있다. 게다가 이곳에서의 생활은 원래 아주 운치가 있는 것이어야 하기 때문에 모든 배치가 합리적이고 적절하다. 서양식 주방에는 기본적으로 가스시설이 설치되어 있고 공간을 경제적으로 사용하다 보니 비교적 협소한 느낌이 든다. 아파트 건물에는 앞뒤로 룽탕이나 천정이 조성되지 않는다. 룽탕이나 천정이 있으면 거주 공간을 밖으로 팽창시킬 수 있지만, 아파트에는 이런 공간이 없기 때문에 함께 소통하고 융화될 수 있는 여지가 없다. 이처럼 애써 독립성을 유지하는 주거형태에서는 남들과 함께 누리는 것이 거의 없다. 이런 것들이 그럭저럭 함께 어울려 사는 신식 룽탕 주거들과는 확연히 다른 점이다.

진정한 서양식 주택들도 없지는 않다. 정말로 영화 「세든 집 72가구」七十二家房客*의 무대가 될 수 있는 주택들이다. 이런 주택에는 주차장에서도 사람들이 살고, 대청도 여러 칸으로 나누어 여러 가구가 함께 산다. 심지어 그 상태에서 층을 나누기도 한다. 사는 사람들이 너무 많다 보니 집집마다 주방을 갖는다는 것은 불가능하다. 이리하여 복도와 발코니에도 별도의 통로를 설치하여 여러 개의 주방으로 사용한다.

저녁 무렵, 사람들이 일제히 퇴근하여 집으로 돌아올 때면 어른들은 밥을 하고 채소를 씻느라 분주하고, 아이들은 그 주위를 신

---

* 1973년에 추위안(楚原) 감독이 제작한 코미디 영화.

나게 뛰어다니며 논다. 공사화公社化된 생활의 분위기가 물씬 풍기는 정경이다. 이런 주택들은 고장 난 부분을 제때 수리하지 않아 도처에 파손된 모습 그대로 방치되어 있다. 외부 벽면의 석회가 벗겨져 틈을 드러내고 있고, 벽돌 이음새도 입을 벌리고 있다. 실내 바닥은 전체가 가볍게 움직일 정도다. 층과 층 사이의 틈에는 쥐들이 살고, 천장에는 온통 물이 샌 자국이 선명하며, 전선은 겉으로 마구 삐져나와 있다. 이처럼 과거의 서양식 주택은 명예만 남겼을 뿐, 그 안에서의 생활은 정말 권장하기 어렵다.

실질적인 혜택을 받은 사람들은 기꺼이 '신공방'新工房*에 입주한다. 옛 가옥들처럼 높고 우람하지도 못하고, 가세가 기운 미천한 사람들이 사는 집 같은 기분을 떨칠 수 없는 집이다. 사람들은 이런 주택에 사는 사람들을 상하이 개발 초기의 움막 출신으로 간주하기도 한다. 시멘트로 지은 '신공방'이라는 이름의 단칸방은 상하이에서만 볼 수 있는 주거형태로, 초기에는 주로 노동자들을 위해 지은 누추한 시설이었다. 1950년대와 60년대 초에 낮고 초라한 움막에 살던 노동자들에게 기숙사로 제공하기 위해 대규모로 조성하기 시작한 것이 바로 신공방이다. 그중 가장 뛰어난 정치적 업적으로 간주되고 있는 곳으로 판과룽番瓜弄이나 차오양신촌曹陽新村을 들 수 있다. 소년선봉대원들도 아주 오랜 기간 이런 곳에 거주하면서 공사장에서 세월을 보내야 했다. 그래서 허영심 많

* 1970년대 인구의 도시유입이 가속화되는 상황에서 갑작스럽게 늘어난 주택 수요를 해결하기 위해 지은 아파트식 주택으로, 대부분 국가소유다.

은 상하이 시민들의 마음속에 신공방은 허름한 움막을 연상케 하는 임시 주거시설이다.

이런 움막들은 상하이에 뿌리 내리지 못한 뜨내기들의 주거로, 정통 상하이의 전승이라고 하기 어렵다. 하지만 지금은 가난에 몰린 상하이 사람들도 하는 수 없이 현실을 택하고 있다. 일단 신공방에 입주하면 모든 것이 편리하고 다시는 옛날의 움막 생활로 돌아가지 않아도 되기 때문이다. 신공방에 거주하는 것은 명예를 상실하는 대신 비교적 안정된 생활을 보장받을 수 있는 실리적 선택이었던 셈이다.

타이캉로 1958

상하이 타이캉로泰康路는 폐기되어 사용하지 않는 옛 공장 건물들을 국내의 예술가들에게 임대하여 화가들의 작업실, 화랑, 디자인 사무실, 스튜디오 등으로 사용하게 한 매우 특별한 구역이다. 지금은 이미 하나의 권역을 형성하고 있어 사람들 사이에 대단히 인기가 높다. 사람들은 이곳을 '샤오쑤허'小蘇河라고 부른다.

이런 유행 공간이 옛 골목의 민간 주거지 사이를 구불구불 연결하고 있다. 창가에 서면 창문 안에 있는 사람들의 모습을 볼 수 있다. 창문 안의 삶은 빠르지도, 느리지도 않다. 하루하루 똑같이 반복되는 일상의 생계가 이어지면서 이 도시의 자양을 드러내고 있다. 세상사에 따라 이리저리 변하기도 하지만 아무리 변해도 그 본질적인 모습은 결국 사라지지 않는다. 거미줄처럼 얽혀 있는 룽탕 안에 자리 잡고 있는 화랑, 상점, 술집, 공예품 작업실 입구의 벽면에는 동판이 하나씩 붙어 있고, 그 위에는 공장 이름과 연도가 명기되어 있다. 예컨대 '식품기계 제조공장 1958' '상하이 종이컵 공장 1958' 또는 '상하이 피혁공장 1958' 등이다. 민간 주거지에 섞여 있는 이 공장들이 대부분 1958년에 세워졌다는 것을 알 수 있다. 현재의 상업용지 개간 실태를 보면 공장은 대부분 소형 공장들이고 상당히 협소하여 변형을 피할 수 없다. 심지어 한 공장의 공간을 나누어 여러 개의 공장이 함께 입주해 있는 경우도 있다. 하지만 밀도는 매우 높아 거의 서로 겹쳐 있다고 할 수 있을 정도다. 나도 모르게 그 시대의 풍경이 눈앞으로 다가온다.

중국은 한때 수천 년의 역사를 갖고 있는 농업국가로서 엄청난 인구를 거느리고 국제의 냉전질서에 의해 고립된 처지에서 영국과 미국을 추월하는 것을 국가의 목표로 삼았던 적이 있었다. 여기서부터 1958년의 공장의 분포와 구조가 시작된다. 이런 목표에서 중국인들의 비장한 결의를 엿볼 수 있을 것이다. 미련한 용기도 없지 않았지만 순진한 열정을 불러일으킬 수 있었다. 이리하여 룽탕 안의 공터마다 공장을 세우거나 아니면 직접 각 가정의 대청이나 부엌에 기계를 들여놓고 삼륜차에 원료를 실어 나르기 시작했다. 가정주부들은 아궁이나 부뚜막을 벗어나 아이들을 민간 탁아소에 맡긴 다음, 팔 토시를 챙겨 파마한 머리를 면으로 만든 작업모 안으로 쑤셔 넣고는 작업장으로 가서 선반 다루는 기술을 배웠다. 이리하여 다양한 상품이 세상에 쏟아져 나오게 되었다.

1958년의 산업화에는 단순한 즐거움이 배어 있다. 공산주의의 유토피아라고 할 수도 있고 초기 인류의 색채라고 할 수도 있을 것이다. 마음은 정해진 방향이 있고, 감정은 같은 사람들끼리 뭉치기 마련이었다. 그 시대의 가장 큰 매력은 제멋대로 행동하면서 감정을 잊을 수 있었다는 것이다. 그다지 실질적이지 못하고 약간은 의식장애 같기도 하지만 이 얼마나 낭만적인 상태인가! 대중의 노래와 춤도 밤새도록 이어졌다. 하지만 수십 년의 세월이 흐르면서 그때의 소리와 호흡은 끊어지고, 여기저기 파이프 선로와 주철로 만든 선반과 작업대만 남게 되었다. 콘크리트로 된 대들보와 건물 수레가 다니던 궤도도 그대로 남아 예술가들의 장식품으로 활용되고 있다. 포스트모던의 관념적인 성격에 잘 부합하는 물건들이 아닐 수 없다. 이렇게 옛 공간이 새롭게 탄생하고 있다. 산업화 시대 전체가 세계의 새로운 흐름에 호응하고 있는 것이다. 그러니 우리의 1958년을 누가 변별해낼 수 있을 것인가?

인민 전체가 참여했으면서도 몹시 외로웠던 그 산업의 소리는 완전히 다른 성격에서 온 것이었다. 자본주의 역사 과정과 동력의 외부에 있는 아주 특별한 환경에서 온 것이었다. 그래서 1958년의 산업화만이 갖고 있는 특별한 상황이 있었고, 물과 바람과 흙이 전부 다른 나라의 산업화와는 사뭇 달랐다.

이제 유행의 붓이 이 거리에 또 다른 색을 칠하고 있고, 머지않아 또 다른 얼굴로 나타나게 될 것이다. 이것도 나쁘지 않다. 지도위에 지역마다 서로 다른 색깔로 표시하듯이 이 거리의 범위가 훨씬 더 뚜렷해질 것이다. 이름이 바뀌더라도 그 윤곽과 형태는 저바닥에 자리하고 있는 고고考古의 측면을 암시할 수 있을 것이고, 인류사회의 활동 상태를 기록할 수 있을 것이다. 타이캉로는 어느날 갑자기 또 다른 세대에 의해 지금과는 전혀 다른 모습으로 발견되기를 조용히 기다리고 있다.

주인의 하늘

　가끔 이 도시의 변두리에 가보면 갑자기 하늘이 확 트이면서 넓어지는 것을 느낄 수 있다. 고층빌딩들이 사라지고, 번화한 시가지는 평평하고 확 트인 도로로 바뀐다. 요란하고 시끄럽던 거리의 풍경도 갑자기 저 멀리 뒤로 밀려난다.

　이 고요한 공간의 윤곽 속에는 낮게 가라앉은 조용한 움직임이 있다. 이는 마치 모든 소리의 뿌리 같아서 곡조를 이루지는 못하지만 음악의 기본을 이루면서 선율의 가락을 규정한다. 이는 일종의 요란한 울림으로서 구조의 조밀함 때문에 발생한다. 이 소리는 청각의 모든 빈틈을 메꾸기 때문에 대비를 상실하여 소리가 없는 것처럼 들리기도 한다. 하지만 소리 없음이 소리 있음을 이긴다는 말은 바로 이런 정경을 가리키는 것이다.

　이처럼 압축된 울림 속에 때로는 심지어 미세하기까지 한 부드러움이 나타나기도 한다. 또한 아주 차갑고 생경한 소리도 있다. 기차 바퀴가 철로를 때리는 소리다. 쟁쟁거리는 이 소리는 선명한 리듬감을 지니고 있다. 이 소리는 이곳의 빈 공간을 얇게 자르고 낮게 가라앉은 울림을 여러 개로 나눈다. 이리하여 이 공간의 윤곽은 더 이상 공허하지 않고 하나의 튼실하고 가득 찬 구조를 지니게 된다. 하지만 이 쟁쟁거리는 소리는 무한한 부드러움을 가지고 있어 드넓은 하늘 아래서 아무리 격렬하게 부딪치는 소리라도 가볍고 부드럽게 변화시킨다. 그것도 아주 깨끗하고 순수하게 변화시킨다. 금속이 탄성의 육체로 변하면서 감성의 성분을 지니게 되는 것이다. 그리하여 모든 소리의 메아리가 목청에서 나오는 소리처럼 사람 목소리의 음질과 숨결을 지니게 된다.

이것이 바로 상하이라는 이 도시 변두리 지역의 소리다. 이런 지역들은 도시의 소란함에서 완전히 벗어나 이 도시의 풍경과 전혀 무관한 것처럼 사뭇 적막한 분위기를 연출하고 있다. 하지만 사실은 이런 지역들이 바로 이 도시의 기조基調다. 상하이라는 몹시 시끄러운 땅 저 안에서는 쟁쟁 쇠 부딪치는 소리가 난다. 변두리 지역이 없다면 상하이의 모습과 색깔은 전부 가볍고 일시적인 빛과 그림자에 불과할 것이다. 모든 사람이 상하이를 겉모습이 화려하고 염미한 도시라고 말하지만, 그런 화려함은 이 도시의 외피일 뿐 뼛속은 강철과 콘크리트로 주조되어 있다.

사람들은 늘 상하이의 향락에 관해 말하면서 겉으로 드러나지 않는 상하이의 노동은 이해하지 못한다. 그 모든 건물의 벽돌과 기와, 그 틈새의 매질은 전부 제비가 한 입 한 입 진흙을 물어다 집을 짓듯이 무수한 노동자들의 노동으로 이루어진 것이다. 그렇게 지난한 노력으로 하룻밤 사이에 인간의 세계를 만들어놓은 것이다. 그 노동은 거칠지만 섬세하고, 뜨겁지만 부드럽고 따스하다. 과단성이 있지만 길고 복잡하게 얽혀 있다. 이런 노동이 바로 상하이의 진정한 드라마이고 상하이의 진정한 주인이다. 그래서 이 도시의 변두리는 지리상으로는 변두리이지만 실제적으로는 핵심 지역으로서 수많은 드라마의 발단이 되고 있다.

모든 것이 여기서부터 시작되는 것이다. 상하이 중심지역의 화려함과 번화함은 어느 정도 공중누각 같은 성격을 갖고 있다. 인물과 이야기도 전부 허공에 떠 있어 허황되고 분방한 스토리를 지니고 있다. 강 건너 불구경하는 느낌을 면할 수 없는 것이다. 그리고 그 드넓은 하늘 아래 아프고 고통스런 인생들이 걸어가고 있다. 노동하는 주인들의 고단한 인생과 생계가 걸어가고 있다.

우리가 저 광활한 하늘 아래서 나는 소리에 귀를 기울여야 하는 이유가 바로 여기에 있다. 이 소리에 오래 귀를 기울이다 보면 이 도시의 마음의 소리를 알게 될 것이다. 사실 이 마음의 소리는 이 도시의 표면에 드러나는 그토록 아름답고 경쾌한 소리가 아니다. 이 소리는 무거운 짐을 지고서 수많은 조대의 문명사를 100년의 시간에 압축해놓았다. 이 소리는 너무나 강하기 때문에 어떠한 타격과 변고도 견뎌낸다. 이 소리는 더욱 거칠고 호방해지면서 피와 땀의 진한 맛과 숨결을 간직하고 있다. 하지만 그렇다고 이 목소리가 마비되거나 둔해지는 일은 없을 것이다. 심지어 이 소리는 특별히 선한 감정을 지니고 있고 인간의 차가움과 따스함을 함께 지니고 있다.

석양

날씨가 아주 좋아 해가 비스듬히 땅바닥을 비출 때면 빛이 대단히 고르다는 것을 느낄 수 있다. 정오 이전의 격렬한 햇빛처럼 마구 가라앉았다가 일어서지도 않고 요란하게 들끓지도 않는다. 빛과 그림자 모두 강렬하지 않다. 이때가 되면 햇빛은 아주 조용하게 가라앉고 그 미세한 빛의 입자들이 공기 중에 넓게 흩어진다. 빛은 아주 얇은 층을 이루지만 마구 새어나가진 않는다. 가장 후미진 구석에도 그림자가 없다. 온통 빛뿐이다. 빛의 미세함 때문에 이때는 사물에 대한 가시도가 매우 높다. 바깥 담장 표면에 붙어 있는 담황색 페인트마저도 빛에 의해 아주 가는 미립자 구조로 분해되어 잔털이 송송 돋아나 있는 것처럼 껄끄러운 느낌을 준다.

유리창 위의 빛은 아주 명쾌하다. 누군가 창문을 열기만 하면 창문 위의 반사광이 우당탕탕 소리를 낼 것만 같다. 이는 소리라기보다는 활발한 움직임에 가깝다. 오래된 집일 경우에는 지붕 위에 박혀 있는 여러 가닥의 잡초와 그 위를 살포시 덮고 있는 빛도 눈에 들어온다. 이때는 사람들의 얼굴도 가장 부드러운 곡선으로 나타난다. 사진에서 흔히 볼 수 있는 것과 같은 고광도 효과라고 할 수 있을 것이다. 아이들은 말할 것도 없고 주름과 흉터가 가득한 노인들의 얼굴도 아주 청초하고 가늘며 여린 피부로 변한다. 거칠고 깊게 파인 주름이 희미해지는 것이 아니라 반대로 더 선명해진다. 하지만 이처럼 선명하게 돌출된 주름들이 오히려 균형을 이루면서 아주 부드러운 상태로 나타난다. 주름과 흉터의 가는 무늬가 미세한 부분까지 다 드러나지만 그림자가 전혀 없기 때문에 아주 어린 피부처럼 보이는 것이다.

이런 햇빛 속에서는 소리도 더 멀리 전달된다. 어느 집에서 말리려고 널어놓은 옷을 걷다가 빨랫줄 장대와 경쾌하게 부딪치는 소리도 들리고, 다 마른 요와 이불을 탁탁 두드려 터는 소리도 들린다. 비어 있는 것 같으면서도 무척 튼실한 그 소리는 느리지도 않고 빠르지도 않게 하나하나 주택가 정원 안에 성기면서도 가득 찬 느낌으로 흩어진다. 건너편 건물 지붕에 발길을 멈춘 비둘기는 배가 부른지 구구 소리를 낸다. 아주 선명하게 구별할 수 있는 소리다. 발소리도 들린다. 구두굽이 시멘트 바닥을 빠르게 때리며 어디론가 달려가는 소리다. 무척이나 경쾌하면서도 즐거운 이 소리는 건물 앞문을 지나 뒷문으로 사라진다.

학교가 파한 아이들은 전부 건물 아래 공터에 모여 온갖 놀이를 한다. 재잘재잘 주고받는 아이들만의 언어는 무슨 뜻인지 알 수 없지만 가늘고 밀도 높은 음절들은 하나도 바닥에 떨어지지 않고 새들의 언어처럼 고스란히 들려온다. 이런 소리는 건물 맨 꼭대기인

6층에서도 뚜렷하게 들을 수 있다. 자전거를 타고 빠른 속도로 달려갈 때 나는 지르륵 바퀴 돌아가는 소리는 특별히 귀를 즐겁게 한다. 너무나 듣기 좋은 소리다. 창문틀 사이를 폴짝폴짝 뛰어다니는 참새들, 그 작은 발이 부드럽게 땅에 닿을 때 나는 소리도 귀에 들어온다. 사사삭 두 날개를 비비는 소리도 들린다.

이때의 햇빛에서는 냄새가 난다. 이부자리를 말릴 때 나는 먼지 냄새와 옷에 남아 있는 신선한 비누 냄새, 대나무 장대의 떫고 푸른 냄새를 담고 있다. 오래 묵은 축축한 습기는 이미 햇빛에 다 날아가고 물건 자체의 냄새가 강하게 풍겨나와 사방으로 퍼져나가는 것이다. 심지어 이런 냄새들은 형태를 지니고 있는 것 같다. 가는 솜털의 형상이라서 한 모금 빨아들이면 코가 막힐 지경이다.

이런 주택가에는 도처에 시멘트가 있다. 집 안 뜰에도 있고 발코니와 실내 바닥, 담장에도 있다. 어디든지 시멘트가 있다 보니 냄새가 무척 단조롭다. 하지만 한낮에 햇볕에 뜨겁게 그을린 냄새와 밤새 코고는 소리와 함께 쏟아져 나온 코의 숨결이 뒤섞이면서 아침저녁으로 냄새가 완전히 달라진다. 너무나 익숙해서 빠져나올 수 없는 탁한 냄새다. 이렇게 좋은 햇빛을 마시지 않고 그저 쬐기만 할 수 있을까? 어디선가 시멘트의 차가운 냄새가 나는 것 같더니 이내 부드럽고 상쾌한 사람들의 냄새와 뒤섞인다. 아예 사르르 부드러운 소리를 내기도 한다. 이때가 되면 해는 어느새 땅을 향해 기울기 시작한다. 황혼이 내릴 때면 이렇게 빛과 소리, 냄새가 전부 얼굴을 바꾸는 것이다.

가로등 아래

장기 두는 사람들

저녁이 되자 뒷골목 어딘가에 등불이 켜진다. 뒤쪽 창문 근처인 것 같다. 철제 갓 아래로 퍼지는 오렌지색 불빛이 커튼 위의 커다란 꽃무늬도 함께 비춰준다. 이때 등불 아래에는 장기 탁자가 펼쳐진다. 말이 장기 탁자이지 사실은 등받이 없는 네모난 의자에 불과하다. 의자 양쪽에는 낮은 나무 의자 두 개가 놓이고, 노인과 소년이 함께 장기를 두기 시작한다. 두 사람은 등불에 의지하여 종이에 그린 장기판을 펼치고서 나무로 만든 장기 패를 배치한다. 그런 다음 대국에 진입한다. 말은 거의 하지 않고 장기 패만 움직인다. 실력이 그다지 대단하지 않은지 옆에 서서 관전하는 사람들도 없다. 뒷골목에는 사람들의 발길이 점점 줄어들고 온갖 소리도 잦아든다. 한참이 지나서야 탁 하고 장기 한 수를 움직이는 소리가 들릴 뿐이다.

맹인

연말이 되면 은행에는 사람들 발길이 잦아진다. 돈을 찾는 사람도 있고 맡기는 사람도 있다. 한 맹인도 그 가운데 끼어 있다. 그는 시력 없는 눈을 깜빡거리면서 얼굴 가득 미소를 머금은 채 큰 소리로 말한다.

"아줌마, 청구서 한 장만 써주시겠어요?"

사실 그의 옆에 서 있는 사람은 '아줌마'가 아니라 '아저씨'였다. 아저씨는 두말없이 그를 위해 청구서를 작성해준다. 그런 다음 그를 데리고 창구로 가서 줄을 서게 한다. 그의 손이 맨 뒤에 서 있는 사람 몸에 닿자 그는 또 큰 소리로 말한다. 이번에는 방금 전의 경험을 받아들여 호칭을 '아저씨'로 바꾼다.

"아저씨, 제 차례가 되면 좀 알려주세요."

하지만 이번에는 공교롭게도 아줌마가 앞에 서 있다. 아줌마가 대답한다.

"알았어요. 걱정하지 마세요."

잠시 후 그는 찾은 돈을 손에 쥐고서 은행 문을 나선다. 그의 걸음이 사선을 그리더니 길가의 자동차를 향해 걸어가는 것을 보고는 누군가가 얼른 다가가 그의 지팡이를 바로잡아 준다. 맹인이 그 사람에게 말한다.

"소금을 한 근 사러 가는 길이거든요!"

판본학자

도서시장에서 어떤 사람이 위핑보余平伯의 산문집 『잡반아』凍拌

兒*를 뒤적거리고 있다. 그리 멀지 않은 곳에 한 노인이 인조가죽으로 만든 손가방을 들고 이 사람을 유심히 바라본다. 다가가서 뭔가 말을 하려는 것 같다. 하지만 끝내 그 자리에 그대로 서서 바라보기만 한다. 이 사람은 『잡반아』를 사기로 마음먹고 노점의 계산대로 다가간다. 노인이 몇 걸음 따라가 결국 입을 연다.

"그 책은 상하이서점에 가서 사시는 게 좋을 거예요. 손에 들고 계신 건 영인본이거든요."

주방장

한 사람이 음식점에 들어와 쑹쯔구이위松子桂魚**를 주문한다. 종업원이 말한다.

"어떻게 가져가실 건가요?"

손님이 대답한다.

"둘로 나눠서 일회용 용기에 담아주세요. 어차피 제가 먹을 거니까 너무 정성껏 포장할 필요는 없습니다."

종업원은 그 자리에서 활어를 한 마리 건져서 주방으로 가져간다. 그리고 수시로 나와서 보고한다.

"물고기는 이미 죽어서 찜통 안에 들어갔습니다."

쓰촨四川식 조리법을 쓰기 때문에 생선을 먼저 찐 다음 기름을 넣고 맛과 색을 입힌다고 설명해준다. 그러더니 마지막으로 일회

---

* 베이징 특유의 설 명절 민속음식 가운데 하나로, 길상의 의미를 지닌 색깔이 다양한 과일말림.
** 쏘가리를 찐 다음 잣, 옥수수, 콩 등을 넣고 간장에 졸인 음식.

용 용기에 담지 말고 쟁반에 담아야 한다는 주방장의 말을 전한다. 쟁반에 대한 보증금 몇 위안만 더 내면 된다는 것이다. 손님은 돈을 내고 자기 생선을 받아 들고는 집에 오자마자 펼쳐본다. 쟁반 위의 생선은 머리와 꼬리가 서로 닿아 있다. 용문龍門을 뛰어넘으려는 자세다. 두 눈은 커다란 앵두만 하다. 화룡점정畵龍點睛의 한 획이 아닐 수 없다.

가로등 아래1

가로등에 불이 들어온다. 도로에는 사람과 차량의 물결이 조용히 흘러가고 있다. 사람들 속에 한 젊은 엄마가 걸어가고 있다. 어린아이를 품에 안고 있다. 아이는 무척 조용한 것 같다. 엄마는 어깨에 커다란 출근용 숄더백을 메고 있다. 방금 퇴근하여 유치원으로 가서 아이를 데려오는 길인 모양이다. 아이는 엄마의 어깨 위에 엎드려 조용히 손가락을 빨고 있다.

슈퍼마켓 앞에 이르자 엄마는 지친 기색이 역력하다. 잠시 쉬어야 할 것 같다. 어쩌면 이는 이미 습관으로 정해진 프로그램인지도 모른다. 어쨌든 모녀는 걸음을 멈춘다. 엄마는 아이를 전동 말에 태우고 동전을 하나 넣는다. 음악이 울리고 말이 리듬에 맞춰 움직이기 시작한다. 엄마는 전동 말 옆 계단에 앉아 손으로 자신의 뺨을 감싸 쥔다. 슈퍼마켓의 진열장에서 새어나오는 빛이 엄마의 뒷모습과 전동 말에 앉아 움직이는 아이의 그림자를 비춘다. 전동 말이 신나는 노래를 부른다.

가로등 아래2

가로등이 아주 밝을 때였다. 아마도 여덟 시쯤 되었을 것 같다. 도로에는 사람 그림자가 그리 많지 않고 차도 붐비지 않았다. 정류장에서 차를 기다리는 몇몇 사람은 대부분 저녁 식사를 마치고 놀러 나온 사람들이었다.

갑자기 트럭 한 대가 달려왔다. 트럭에는 사람들이 타고 있었다. 그들은 늦은 밤 조용하고 밝은 대로를 향해 왁자지껄 소리를 질러댔다. 차가 멈추고 짐칸의 덧문이 내려졌다. 그들은 또다시 소리를 질러댔다. 방금 전보다 더 큰 소리였다. 그런 다음 그들은 한 명씩 차에서 뛰어내렸다. 뛰어내리면서 괴성을 질러댔다. 소리가 한 명씩 이어졌다. 소리는 몇 그룹으로 나뉘기도 하고 둘씩 짝을 맞추기도 했다. 마치 가극에서 합창과 중창이 이어지는 것 같았다.

그런 다음 그들은 일제히 곡괭이를 꺼내들었다. 전동 공구를 집어든 사람들도 있었다. 알고 보니 이들은 도로정비 공사를 하는 인부들이었다. 그들은 소리를 지르며 흩어지더니 각자의 위치에 섰다. 곡괭이가 일제히 콘크리트 지면에 톱니자국을 만들기 시작했다.

집 안과 집 밖

마치 하룻밤 사이에 일어난 일인 것 같다. 텔레비전과 영화, 광고, 중국인들이 나가고 외국인들이 들어오는 이 모든 것이 우리에게 참신한 생활의 풍경을 보여주고 있다. 우리는 이제까지 오늘날처럼 생활방식의 변화를 갈망했던 적이 없었다. 시멘트 패널 구조물로 만들어진 허술한 작업실을 화려한 호텔의 객실로 바꾸는가 하면, 날씨가 좋고 쾌적한 봄과 가을에는 서양 스타들의 겉모습을 흉내 내곤 한다. 목욕을 한 뒤에는 잠옷을 입고 콜라를 마시며 샌드위치를 먹거나 카펫 위를 왔다 갔다 하면서 컬러텔레비전을 본다. 번화가든지 작은 골목이든지 장소를 가리지 않고 파리와 일본의 값비싼 최신 유행 의류들이 우리를 향해 손짓하고, 늦은 밤 카페의 짙은 다갈색 유리창 너머에서는 신비한 이국적 분위기가 우리의 소박한 삶을 향해 쏟아져 나온다.

몇 차례 해외출장을 다녀올 때마다 나 자신의 생활을 바꿔 매일 목욕을 하고 긴바지만 입지 말고 치마도 자주 입어야겠다고 마음먹곤 했다. 이 두 가지만 해낼 수 있다면 새로운 생활의 기초는 이미 다져진 것이나 다름없다고 생각했다. 선진국 국민들의 일상생활과 우리의 일상생활을 자세히 연구해보면, 그 근본적인 차이가 바로 이 두 가지 행위에 있다는 것을 알 수 있다. 아침에 샤워를 하고 나서 샌드위치를 먹을 것인가 아니면 국에 밥을 말아 먹을 것인가 하는 문제부터 시작하여 치마의 재질이나 디자인의 차이에 이르기까지의 모든 일이 고민의 대상이 될 수 있을 것이다. 하지만 이 두 가지를 실천하다 보면 엄청난 어려움에 직면하게 된다. 우선 목욕이 문제다.

상하이에서 아침에 목욕을 한다는 것은 거의 비현실적이다. 아침에 일어나면 밥을 지어야 하고 방을 청소해야 한다. 출근하는 사람들은 차 시간에 맞춰 집을 나서야 하고 집에 남아 있는 사람들은 시장에 가서 찬거리를 사야 한다. 이런 일들만으로도 이미 전쟁터를 방불케 한다. 그런데 여기에 한술 더 떠서 시간을 내어 목욕할 물까지 끓여야 한다면, 이는 그다지 가능한 일이 아니다. 끓여놓은 물은 하룻밤만 지나면 전혀 뜨겁지 않고 보온병도 전혀 보온이 되지 않을 때가 있다. 게다가 생활이 현대화되기를 원한다면 사람이 먼저 현대화되어야 하고, 사람이 현대화되기 위해서는 모든 것이 함께 현대화되어야 한다.

한 가족 전체가 목욕을 한다면 보온병만으로는 충분치 못하다. 결국 나는 목욕과 관련된 행동양식의 변화를 밤에 잠자기 전에 실천하기로 마음먹었다. 날이 추워지고 있긴 하지만 아직은 따뜻했기 때문에 아주 빠른 동작으로 목욕을 하고 이불 속으로 뛰어들어가 몸을 녹이면서 따스한 온기를 즐기는 것이다. 하지만 섭씨 6도 이하의 추운 겨울 날씨가 되면 새로운 생활에 대한 열정이 아무리 크다 해도 매일 밤 목욕을 한다는 것은 역시 쉽지 않은 일이다. 이리하여 우리는 전기온수기를 사기로 결정했다. 하지만 이런 계획을 실행하는 과정에서 먼저 욕실을 개조해야 한다는 사실을 깨닫게 되었다. 타일을 사람 키 높이보다 높게 붙여야 했다. 그렇게 하지 않으면 샤워기에서 쏟아지는 물 때문에 몇 달 지나지 않아 벽면이 부식되어 갈라지거나 벗겨질 수 있었다. 온수기의 용량에도 한계가 있기 때문에 물 한 통을 다 쓰고 나면 최소한 15분은 기다려야 다시 물을 데울 수 있었다. 이처럼 온도를 효과적으로 높여줄 방법이 없다는 데 생각이 미치자 전기온수기를 사려 했던 생각은 이내 수그러들고 말았다.

가스히터 샤워기를 설치하라고 권유한 사람도 있었지만 우리가 살고 있는 새 건물에는 지은 지 5년이 지나도록 가스관이 설치되지 않았고, 앞으로도 5년 동안은 설치될 희망조차 보이지 않았기 때문에 포기하는 수밖에 없었다. 겨울의 차가운 기온 속에서 우리는 잠시 새로운 생활과 작별하고 밤에 얼굴과 발만 대충 씻고 이불 속으로 들어갔다. 이불 속에서 더운 물주머니를 품에 안고 일본 드라마나 홍콩 드라마를 보는 것도 무척 재미있는 일이었다.

두 번째는 자주 치마를 입는 것이었다. 어려운 점은 겨울에 주로 나타났다. 역시 추운 것이 문제였다. 기본적으로 난방기가 없는 상하이에서는 실내와 실외의 온도가 거의 비슷하다. 두꺼운 기모 바지를 입고 잠시만 앉아 있어도 몸이 부들부들 떨릴 정도로 추우니 어떻게 치마를 입을 생각을 할 수 있겠는가. 부츠가 있긴 하지만 그것 역시 소용이 없다. 중국의 옛 속담에 "홑옷 열 겹이 솜옷 한 겹을 당해내지 못한다"라는 말이 있다. 위급할 때에는 역시 솜저고리에 솜 신발을 신어야 예쁘고 말고는 이미 중요한 문제가 아닌 것이다. 그저 어렵게 얻은 휴일이나 되어야 치마에 겉옷을 걸치고 문을 나설 수 있다. 문밖에 나가면 어디를 가게 될까? 십중팔구 친구를 만나 함께 영화를 보러 갈 것이다. 친구 집이 자기 집과 똑같이 추울 경우에는 머리부터 발끝까지 옷을 벗어두지 못하고 계속 오들오들 떨고 있어야 한다. 영화관의 온도도 절대 치마를 나풀댈 정도가 되지 못한다.

자신 있게 치마를 입을 수 있는 유일한 자리는 어쩌다 있는 연회뿐이다. 연회 당일, 오후가 되면 일찌감치 화장을 마치고 얼음처럼 차가운 방에 쓸쓸히 앉아 자신을 데려갈 차를 기다린다. 기다리는 것은 그토록 참기 힘든데 봄처럼 따뜻한 저녁 연회는 원망스러울 정도로 빨리 지나가 버린다. 데리러 오는 차가 없을 경우에는 먼지가 자욱하거나 비가 내려 질척거리는 거리를 홀로 얌전히 걸어가면서 혹시 구두굽이 부러지지는 않을까, 옷이 쓸려 더러워지지는 않을까 걱정해야 한다. 또한 자신의 모습과 주변의 환경이 전혀 어울리지 않는다는 생각에 전전긍긍하며 어색해한다. 늦은 밤 집으로 돌아오는 길에 가끔씩 할 일 없는 젊은이가 다가와 귓가에 대고 조용히 묻기도 한다.

"이봐요, 친구, 어디 놀러 가는 길이신가요?"

여름이 되어 견디기 힘든 더위가 찾아오고 땀을 줄줄 흘리면서도, 역시 치마는 입지 못하고 어쩌다 열리는 연회만 기다린다. 가끔씩 너무 예쁜 치마를 보고서 정말이지 참지 못할 정도로 유혹을 느낄 때, 갑자기 마음속에 한 가지 질문이 떠오른다. 내가 앞으로 언제 저걸 입을 수 있을까? 이리하여 모든 욕망과 열정이 한순간에 사라져버린다. 봄과 가을, 아름다운 계절이 찾아오면 자신을 자연에 어울리는 화려한 색깔로 아름답게 꾸며보고 싶다는 생각이 들기도 한다. 하지만 눈에 보이는 상하이의 거리는 갈수록 더러워지고 공기는 갈수록 더 오염되어 연기와 먼지가 가득하다. 이대로라면 하루도 못 가서 구두 위에 뿌옇게 먼지가 쌓이고 하얀 옷깃이 까맣게 변하고 말 것이다.

이렇게 또 어쩔 수 없이 흥미가 싹 사라지고 만다. 다행히 카우보이 스타일이 전 세계를 휩쓴 덕분에 우리는 최대한 때가 잘 타지 않는 청바지를 입으면서 먼지가 풀풀 날리는 상하이 거리에서 미국 서부 카우보이의 꿈을 꾸게 되었다. 이는 세계의 유행에 따르는 일일 뿐만 아니라 중국의 상황에 부합하는 일이기도 하다. 우아한 예복과 가는 굽의 가죽구두는 인내심 있게 아득한 기회를 기다리고 있다. 우리는 또 말없이 귀하고 화려한 옷차림으로 카펫 위를 완벽하게 거니는 장면을 상상하곤 한다. 이리하여 문제는 곧바로 카펫으로 이어진다.

수많은 사람이 집에 카펫을 깔고 집 안으로 들어서는 자리에 신발장을 설치하여 들어올 때마다 슬리퍼로 갈아 신는 문제를 고려하고 있다. 하지만 한겨울에 어떻게 실내화로 추위를 견디겠다는 것인지 나로서는 잘 이해되지 않는다. 신발을 갈아 신지 않는다면 카펫은 며칠 못 가서 구두닦이로 전락하고 말 것이다. 문득 예전에 가본 미국을 비롯한 서양 국가들의 가정이 떠올랐다. 그들은 깨끗한 거리 위를 걸어 다니다가 들어와 다시 보드라운 카펫 위를 걸어 다녔다. 집 안과 밖이 모두 깨끗했던 것이다. 낙엽이 길 위를 스르르 미끄러지듯이 아이들은 땅바닥이나 카펫 위에서 마음껏 구르고 뛰논다.

반면 중국에서는 땅바닥을 구르는 아이는 전부 얌전하지 못한 아이로 취급받는다. 마치 큰 죄라도 지은 것처럼 질책의 대상이 되는 것이다. 언젠가 미국 아동 합창단 인터뷰에 따라간 적이 있었다. 호텔 직원이 아이들에게 몹시 화가 났는지 아이들에게 이불보를 바닥에 깔고 잠을 자게 하겠다고 호통을 치는 것이었다. 이불보를 어떻게 바닥에 깔 수 있단 말인가? 침대와 방바닥은 마치 서로 다른 두 개의 계급 같아서 절대로 뒤섞여서는 안 되는 것이다. 이제는 사람들이 점차 바닥에 침대만큼의 대우를 해주고 있지만 실내의 바닥과 실외의 바닥은 여전히 계급이 다르다. 사람들은 밖에서 안으로, 안에서 밖으로 바쁘게 드나들어야 하기 때문에 실내와 실외에서는 신발을 갈아 신을 수밖에 없다. 이는 나루터에서 배를 갈아타야 하는 것에 비유할 수 있을 것이다.

여기까지 얘기하다 보니 갑자기 우울해진다. 수중에 웬만큼 돈이 있고 시장에 나가면 갖가지 누릴 물건이 많은 데다 사상도 금기에서 완전히 벗어나 다양한 형식과 내용의 표현을 용납할 수 있게 된 지금, 우리는 뜻밖에도 자신들이 아직 바람직하고 좋은 환경을 건설할 준비가 되어 있지 못하다는 사실을 깨닫게 된다. 나의 느낌이 문제를 만들어내는 것인지 아니면 다른 무언가가 문제를 만드는 것인지 알 수 없다.

상하이 공기는 갈수록 혼탁해지고 있고, 상하이 거리는 갈수록 더러워지고 있으며, 상하이 건물들은 갈수록 낡아만 가고 있다. 상하이의 겨울은 해가 갈수록 더 추워지고 있고, 상하이의 여름은 해가 다르게 더 더워지고 있다. 교통도 더 혼잡해서 차가 한 차로를 차지하여 내려올 때면 다른 차들과 서로 밀고 밀리면서 욕을 하고 싸우기 일쑤다. 이러니 좋은 귀신도 되지 못할 판에 어떻게 그럴듯한 모양새를 갖춘 사람이 될 수 있겠는가. 사람들은 갈수록 자신의 작은 집 안으로 더 깊이 들어가 자신의 개미집을 궁전으로 만들고 있다. 이와 동시에 바깥세상은 자신과 갈수록 멀어져 거리로 나서면 아무 데나 가래침을 뱉고 여기저기 과일 껍질이나 과자 포장지를 내버린다.

상하이 전체가 쓰레기통이 되었고 일종의 분풀이 대상으로 전락해버렸다. 누추한 거리를 거닐면서, 성냥갑 같은 회색 건물들을 바라보면서 그 모든 창문 안에는 호화스런 주택에나 있어야 할 가전제품이 전부 갖춰져 있고, 양주와 양담배 그리고 다양하고 푸짐한 먹을거리가 떨어지지 않는다는 사실을 누구도 상상하지 못할 것이다. 하지만 이 꿈같은 생활 속에서 긴 꿈을 꾸는 동안 6급 지진이 한 번 발생하기만 해도 모든 집이 아코디언의 바람주머니처럼 소리 없이 무너지고 모든 것이 주저앉아 사라져버릴 수 있다는 사실을 의식하지 못한다.

이러한 도시의 풍경을 바라보면서 현대화된 생활방식을 수립

하겠다는 나의 희망은 부지불식간에 사라져버린다. 나는 마음속으로 사실 매일 목욕할 필요 없이 일주일에 한 번 정도 넓고 깨끗한 대중목욕탕에 가면 된다고 자신과 타협한다. 대중목욕탕은 줄을 설 필요도 없는 데다 종업원들이 어느 정도 서비스도 제공해준다. 욕실은 여러 개의 작은 방으로 나뉘어 있어, 실오라기 하나 걸치지 않은 사람들이 아무 생각 없이 마구 뛰어다니거나 높은 온도에 정신을 잃는 지옥 같은 일은 일어나지 않는다. 조용하게 목욕을 하고 느긋하게 옷을 입고서 따스하고 편안해진 몸으로 목욕탕을 나온다. 목욕탕 입구에는 녹차를 파는 사람이 있다. 이 또한 무산계급이 누릴 수 있는 즐거움 가운데 하나다.

문득 집 안에 카펫을 까는 일은 좀더 늦춰도 무방할 것 같다는 생각이 든다. 침대 위의 양털 카펫도 사실은 이제 막 보급되기 시작했을 뿐이다. 거리가 깔끔하고 공기도 깨끗하며 사람들의 정신이 맑고 흰 블라우스와 남색 치마가 먼지에 더럽혀지지 않을 수만 있다면, 이는 건강이 좋아지고 있는 풍경이라 할 수 있을 것이다.

우리는 집 안을 쾌적하고 따뜻하게 해야 하고, 집 밖 역시 우리를 두렵게 하거나 화나게 만들어서는 안 된다. 여름에는 플라타너스가 우리의 그늘이 되어주고, 거리 한복판에 있는 화원에서는 노인과 아이들이 겨울 햇볕 아래서 꾸벅꾸벅 졸 수도, 장난치면서 놀 수도 있어야 한다. 사람들마다 즐거운 마음으로 출근했다가 평안한 마음으로 집에 돌아올 수 있어야 한다.

과거의 생활

어느 날, 훙차오^{虹橋} 개발구 앞에 있는 톈산로^{天山路}를 지나다 오래된 서양식 주택 앞 길가에서 할머니 두 분이 서로 인사를 나누는 모습을 보게 되었다. 그중 한 분은 손에 작은 알루미늄 솥을 들고 있었다. 보아하니 꽤나 오래된 물건으로 이미 바닥을 여러 번 갈았고 뚜껑에는 움푹 파인 부분도 있는 것 같았다. 할머니는 다른 할머니에게 밥을 짓다가 실수로 솥 바닥을 태웠다면서 누런 모래를 가져다가 닦아볼 요량으로 모래를 얻으러 저쪽 공사장에 가는 길이라고 했다.

이야기를 나누고 있는 두 노인의 등 뒤로 개발구에 빽빽이 들어선 고층건물들이 눈에 들어왔다. 반질반질하고 깨끗한 신형 건축 자재들과 추상적이고 이성적인 건물의 윤곽이 마치 현대 연극에서 배경의 소품으로 사용되는 거대한 공중 천막^{天幕}처럼 보였다. 두 노인의 모습은 생동감이 넘쳤다. 구체적이고 세밀한 과거의 삶을 살아가고 있는 것 같았다.

사실 그때만 해도 삶은 무척이나 세밀하고 섬세해서 무엇이든 지 항상 느리고 신중하게 결정되었다. 여름이 끝나고 가을이 시작 될 무렵이면 강두^{江豆}* 철이 지나는 데다 시장 경기도 안 좋아져 물 건을 내놓자마자 가격도 덩달아 떨어졌다. 부지런한 주부들은 강 두를 한 바구니씩 사다가 잘 골라 깨끗이 씻었다. 그런 다음 바늘 을 이용해 기다란 실로 하나하나 꿰었다. 이걸 햇볕에 널어놓고 바짝 말리면 겨울에 고기와 함께 구워먹기 딱 좋게 된다. 이렇게 쓰고 난 실은 깨끗한 물에 헹군 다음, 잘 다듬어 걸어두면 내년에 강두를 말릴 때 다시 쓸 수 있었다. 이불을 꿰매는 실도 가로세로 를 잘 맞춰 필요한 만큼만 정확히 잘라 끄트머리가 딱 맞게 꿰맸 다. 이불을 뜯어 빨 때는 실을 한 땀 한 땀 뽑아내 잘 다듬고, 깨끗 이 씻어 바짝 말렸다가 이불을 꿰맬 때 다시 사용했다.

농부들이 모내기를 하면서 맞추는 모의 줄은 더더욱 정확하고 엄격했다. 이는 한 해의 생계일 뿐만 아니라 여러 세대에 걸쳐 이 어진 삶의 관성이기 때문이다. 대부분의 영화관에는 에어컨이 없 었지만 종이로 된 부채를 제공했다. 부채는 검표소에 놓여 있어 입장할 때 하나씩 들고 들어갔다가 나오면서 제자리에 놓아두면 이를 다음 관객이 다시 사용했다.

이러한 생활은 인생의 희망을 길러주었다. 올해가 지나면 내년 이 있고 내년이 지나면 또 그다음 해가 있기 때문에 그저 되는대

---

* 콩과에 속한 한해살이 덩굴성 식물로, 줄기는 길게 뻗어 다른 것에 감겨 붙고, 잎은 세 쪽씩 된 겹잎이다.

로 살아갈 수 없는 것이다. 하지만 오늘날은 다르다. 사방에 일회용품이 넘친다. 한 번 일어난 일은 오늘 지나가 버렸으면 내일 다시 겪지 않아도 된다. 이처럼 단기적인 행동은, 사람들로 하여금 돈을 헤프게 쓰도록 유도하는 것은 말할 것도 없고 심지어 생활의 즐거움까지 낭비하게 한다. 어느 정도 '무분별함'을 배제할 수 없는 것이다.

매우梅雨가 내리는 계절이 되면 사방이 온통 꽃무늬 우산으로 뒤덮이지만 대부분 망가진 것들이다. 우산살이 부러지거나 천이 다 벗겨져 한쪽이 뒤집혀 올라가고, 물을 흡수하지 않는 화학섬유 위에서 빗물이 빠르게 흘러내린다. 우산은 대부분 아주 작고 손잡이도 짧지만 사람들은 재주 좋게 그 안에 몸을 움츠리고 들어가 비를 피한다. 과거의 우산은 요즘처럼 그렇게 화려하거나 예쁘지 않았고 디자인도 그다지 다양하지 않았다. 요즘의 우산은 2단식도 있고 3단식도 있으며 단추 하나 누르면 착 하고 펴지는 자동우산도 있지만, 과거의 우산은 대부분 검은 천이나 담황색 기름천으로 만든 장우산이었다. 크기가 클 뿐만 아니라 무척 튼튼해서 비가 내려 그 위에 부딪치는 탁 탁 소리 역시 매우 컸다. 기름종이로 된 우산도 있었다. 제법 예쁘긴 하지만 약한 편이라 조심하지 않으면 구멍이 생기기 일쑤였다. 하지만 나무로 된 기름종이 우산살은 매우 촘촘했다.

당시 사람들은 물건을 아주 소중하게 여겼고, 그만큼 매우 조심스럽게 다뤘다. 어지간한 물건은 물건으로 여기지 않는 요즘 사람들과는 사뭇 다른 태도였다. 과거에는 한 번 사용한 우산은 활짝 펼쳐서 그늘에 말린 다음 다시 잘 접어두었다. 나무로 된 우산살과 손잡이는 기름을 칠한 것처럼 길이 들어 오래 쓸수록 단단해졌고, 철로 된 우산살도 절대 녹이 스는 법이 없었다. 우산 천이 찢어지면 우산을 고치는 장인에게 가서 수선할 수도 있었다. 우산 장인들은 하나같이 솜씨가 좋아서 고친 티가 전혀 나지 않도록 깔끔하게 수선해주었고, 다시 펼쳐 사용하면 아주 훌륭하게 비바람을 막아주었다.

당시에는 이처럼 각종 물건을 수선하는 장인이 무척 많았다. 심지어 그릇을 고치는 장인도 있었다. 깨진 그릇도 부서져 가루가 된 것만 아니라면, 뛰어난 재주로 모양을 잘 맞추고 그 위에 못을 한 줄 박으면 조금도 물이 새지 않는 새 그릇으로 사용할 수 있었다. 요즘 사람들이 들으면 신화처럼 느껴질 수도 있을 것이다. 어린아이들이 가지고 놀다 찢어진 고무공도 가죽 장인을 찾아가면 고칠 수 있었다. 등나무 의자나 침대, 심지어 광주리가 망가져도 죽세공 장인을 찾아가면 얼마든지 수선할 수 있었다. 아, 그때는 솜씨 좋은 장인이 얼마나 많았던가! 하지만 지금은 전부 사라지고 없다. 그 결과 폐품이 산더미처럼 쌓여 있다. 올이 나간 스타킹부터 시작하여 살이 부러진 우산, 바닥이 타서 눌어붙은 냄비, 낡은 침대 매트리스, 버려진 솜뭉치……. 현대의 삶은 사실 너무나 거칠고 엉성하다. 그래서 너무 많은 물건을 한 번 사용한 뒤에 버려버린다. 반면에 과거의 삶은 세밀하고 느리게 진행되었다.

그때는 먹는 것에도 제한이 있었다. 집안 형편이 좋은 사람들도 갈비는 끼니마다 한 사람이 한 덩이만 먹을 수 있었고, 생선 한 마리면 온 가족이 함께 먹을 수 있었다. 그래도 고기는 고기 맛이었고, 생선은 생선 맛이었다. 그때와 달리 지금은 발육촉진제를 먹여 고기의 생산 시기를 재촉한다. 생선은 오염된 강에서 자라 기름 냄새가 나거나 아니면 역시 발육촉진제를 먹여 속성으로 기른 것들이다. 그때는 닭 한 마리 먹는 것도 아주 대단한 일이었다. 심지어 아주 성대하고 장중한 분위기를 느끼게 했다. 지금은 닭고기가 너무나 많고 흔해졌지만, 컨베이어 벨트 위에서 인공 사료를 먹여 키운 것들이라 다리에 힘이 없어서 그런지 육질이 흐물흐물하고 맛도 밋밋하다. 과거에는 두부 한 덩이를 만들어도 반드시 간수를 사용하여 힘들게 만들었다. 숙주나물을 먹는 것은 참 힘이 많이 드는 일이었다. 뿌리의 잔털을 하나하나 제거해야 했기 때문이다. 요즘에는 숙주나물에 아예 뿌리털이 없고 아주 통통해서 먹을 때의 식감은 나쁘지 않지만 왠지 숙주나물 같지가 않다.

현대의 삶에는 물건이 너무 많아져 마치 번식을 하고 있는 것 같다. 물건이 물건을 낳아 끝도 없이 많아진다. 하지만 사실 좋은 물건은 그다지 많지 않다. 많아지다 보니 밀도가 떨어지고 묽어질 수밖에 없는 것이다.

오늘 저녁, 자주 가는 음식점에 가서 저녁을 먹으면서 일이 좀 있어서 냉면 두 그릇만 주문했다. 그 시각에도 가게는 한창 장사가 잘되고 있었다. 사장과 점원들이 위아래로 뛰어다니면서 살아 있는 뱀이나 생선을 손님들에게 가져다 보여주고, 다시 돌아가서는 눈 깜짝할 사이에 뜨거운 생선 요리와 새우 요리, 뱀 요리, 자라 요리를 손님들의 테이블 위에 가져다준다. 냉면은 만들어줄 생각이 없는 것 같다. 아무리 재촉해도 냉면은 나오지 않더니 결국 손님을 도로 내보낸다. 요즘의 장사는 이렇다. 나중을 생각할 줄 모르고 지금 당장 몇 푼 버는 것에만 집중한다.

　아주 먼 과거에는 그렇지 않았다. 손님이 한 번 오면 금세 얼굴을 익혔고 다음에 또다시 찾아오면 서로 일상적인 이야기를 나눌 수 있을 정도로 친해졌다. 음식점 주인이 의지해야 하는 가장 중요한 대상은 다시 찾아주는 손님들이다. 이것이 아주 오랜 세월 이어져 내려오는 훈훈한 장사방법인 것이다. 하지만 오늘날에는 모든 것이 완전히 달라졌다. 오늘이 지나가면 내일은 문을 닫고, 모레면 그림자조차 보이지 않는다. 삶이 점점 희망을 잃어가고 있다.

피곤한 도시인

상하이 사람들은 하나의 추상적인 세계 속에서 살아가고 있다. 곡물을 먹지만 논밭에 가서 씨를 뿌리지도 않고 거두지도 않는다. 곡물 구매 카드를 가지고 거주 지역에 있는 곡물 상점에서 곡물을 사면 그만이다. 그들은 채소도 먹지만 밭에 가서 따지 않고 채소 시장에 가서 산다. 그들의 노동은 사회화를 통한 통합과 분리라는 흐름에서의 어느 한 구간에 불과하다. 그들은 한 가지 동작을 계속 반복한다. 심지어 이런 반복이 평생에 걸쳐 지속되기도 한다.

그들이 받는 보수는 물질이 압축된 화폐다. 그들은 화폐를 가지고 다양한 상점에 가서 생존에 필요한 물건들을 산다. 그들의 생산과 소비는 이미 하나로 연결되어 있고, 여기에 전체적인 계획과 방안이 더해져 일련의 연속적인 단위들로 간단하게 나뉜다. 그들은 한 장소에 서서 똑같은 동작을 반복하면서 똑같은 돈을 벌기만 하면 된다. 그러면 평생 편안하게 생활할 수 있다. 이는 인생의 압축화와 추상화, 간소화의 과정이자 인생이라는 전체 과정의 집단화된 존재 형식이다. 도시는 이렇게 생명이 집단적으로 존재하는 공간이다.

도시에 사는 사람들은 이론 속에서 살고 논리 속에서 생활하는 것 같다. 그들은 노동과 생존의 관계를 추상적인 형식으로 설명한다. 이른 아침이면 그들은 출근을 한다고 말하고 월초에는 월급을 받는다고 말한다. 그들은 보너스를 깎이지 않기 위해 시간을 엄격하게 지키고, 지각하거나 조퇴하는 일이 없도록 최선을 다한다. 농민들이 흉년이 들어 가을 이후의 식량이 영향을 받을까봐 걱정하는 것도 여기서는 추상적인 부호로 대체된다.

상하이에서 사람들은 이렇게 다양한 부호 속에서 살아간다. 우리는 하나의 부호를 가지고 또 다른 부호를 쟁취해낸다. 그리고 그 부호를 가지고 가서 다른 부호로 교환한다. 인간세상에는 구체적인 사물들이 간소화되고 추상적인 부호로 전환됨으로써 본래의 생동적이고 활발한 모습을 상실하게 되는 경우가 아주 많다. 상하이 사람들이 가장 그렇다. 그래서 상하이 사람들의 삶은 몹시 피곤하다!

상하이 사람들의 생활에는 이미 낭만적인 색채가 없다. 해와 달과 별, 바람, 서리, 비, 눈 등은 그들과 아무런 관계도 없는 것이 되어버렸다. 오로지 시간만이 그들이 일하고 쉬는 제도를 나타낸다. 상하이 사람들의 노동은 생존의 수요로 이론화될 뿐, 아름다운 풍경으로 재현되거나 꾸며지지는 않는다. 논밭의 곡식 때문에 울고 웃는 농민들의 마음을 그들은 절대로 경험하지 못할 것이다.

생각이 단순한 상하이 사람들은 추상적인 노동 이면의 구체적인 생존 내용을 보지 못하기 때문에 삶의 목적을 상실하고 만다. 그들은 항상 이런 생각을 하곤 한다. 힘들게 전철 안에서 사람들에게 치이면서 정신없이 돌아다니고 생산라인에서 쉬지 않고 일하는 것이 과연 무엇을 위한 것일까? 돈을 위한 것일까? 돈이 그토록 중요한가? 돈이 만능인가? 삶은 또 얼마나 의미 없는 것인가!

머리가 복잡한 또 다른 상하이 사람들은 노동의 목적이 생존을 위한 것이라는 사실을 너무나 직접적으로 이해하고 있기 때문에 역시 삶의 목적을 잃고 만다. 그들은 이런 생각을 한다. 우리가 이렇게 힘들게 전철 안에서 사람들에게 치이면서 정신없이 돌아다니고 생산라인에서 열심히 일하는 것이 무엇을 위한 것인가? 생존을 위한 것인가? 생존은 또 무엇을 위한 것인가? 이런 노동을 위한 것인가? 그렇다면 삶은 얼마나 무의미한 것인가! 다행히 너무나 바쁜 상하이 사람들은 자신의 머리와 감정을 위해 너무 많은 시간과 공간을 남겨두지 않는다. 그래서 삶의 의미를 생각할 시간이 없다. 그저 바쁘게 출근하고 전철 안에서 사람들에 치이다가 줄을 서서 채소를 사고 자식들을 위해 분주히 뛰어다니는 법을 배울 뿐이다. 이것이 현실의 세계다. 상하이 사람들은 이미 감정을 잃어버렸다. 세상에 감정을 가지고 체험할 수 있는 것은 몇 가지 남아 있지 않다. 감정은 매우 사치스런 것으로서 농부들의 시대가 그들에게 남겨준 유물일 뿐이다.

세계의 수많은 도시인은 여전히 고향을 그리워하며 하나같이 고향으로 돌아갈 것을 꿈꾼다. 인성의 위축과 타락은 세계의 모든 도시가 갖고 있는 공통된 병증이다. 하지만 도시로 밀려들어 오는 거대한 흐름은 아직도 끊이지 않고 있다. 도시가 사람들에게 가장 많이 제공해주는 것은 생존의 기회와 가능성이다. 도시는 효율이 가장 높고 생산성이 가장 강한 부락이다. 그리고 사람들에게 가장 필요한 것은 생존과 친밀한 인간관계다. 상하이는 세계의 무수한 도시 가운데 하나로 활발한 인성을 희생하고 타락의 위험을 무릅쓰면서 무수한 시골의 가난한 사람의 생계를 감당하고 있다. 아울러 농업 대국의 유한한 생산액에 엄청난 숫자를 더해주고 있는 것이다.

상하이는 형제나 동료가 아주 적은데도 곤궁함과 궁핍함은 갈수록 더 심화되고 있다. 그래서 상하이 사람들은 스스로 감정을 억제할 수 없을 정도로 긴장하고 있고, 경계의 눈을 크게 뜨고서 모든 것을 배척하는 표정을 짓고 있다. 상하이 사람들은 관용이 부족하고 포용력이 떨어진다. 우호적이지 못하고 속이 아주 좁다. 상하이에 살면서 피곤해진 우리는 자신들의 상하이가 더욱 번창하고 부강해지고 나날이 발전할 수 있기를 바랄 뿐이다.

상하이는 코미디다

나는 상하이를 무대 위에 디자인해보았다.

배경은 사실적이고 풍경은 비교적 복잡하면서도 아름답다. 벽에는 어린아이들이 써놓은 욕설과 낙서도 있다. 뒷문의 문짝에는 우유 배달함과 우편함이 있고 초인종도 여러 개 달아놓았다. 초인종에는 작고 가는 천에 '장'張과 '리'李라는 성씨를 적어 매달아놓았다. 에어컨의 실외기도 아주 섬세하게 배수관 위에 함께 얹어놓았다. 에어컨 위에는 애석하게도 녹색 경질 유리로 된 캐노피나 줄무늬 천으로 만든 신축성 캐노피가 씌워 있다. 물론 오래된 집일 경우 그 기능이 밖으로 드러나 한눈에 알아볼 수 있다. 이건 어떤 용도로 쓰이고 저건 왜 만들어놓았는지 다 알 수 있다.

에어컨을 다는 대신 나무로 된 백엽창을 설치할 수도 있다. 그럴 경우 백엽창은 반드시 움직일 수 있는 것이어야 하고, 게다가 아주 편리해야 한다. 백엽창을 닫으면 집 안이 온통 숲처럼 시원해지고, 백엽창을 열면 여러 줄의 빛이 나란히 집 안으로 쏟아져 들어올 것이다.

거리의 상점은 대부분 작은 가게다. 2층에는 사람들이 살고, 주로 뒷문을 이용하여 드나든다. 앞문은 상점의 얼굴이기 때문이다. 쌀가게, 양념가게, 그릇가게, 바늘과 실 따위를 파는 가게가 이어져 있다. 옷가게도 종류별로 나뉘어 규모가 크지 않다. 가게 안에는 여주인이 앉아 다리미판 위에 다릴 옷을 올려놓고 있다. 유리문에는 종업원을 모집한다는 공고문이 붙어 있다. 요컨대 한눈에 이 점포 안의 사정을 훤히 알 수 있는 것이다. 하지만 문을 밀고 들어가 보면 안에는 비밀스런 분위기가 가득하다.

돈을 받는 카운터는 글을 쓰는 테이블이기도 해서 반쯤 쓰다가 만 편지지와 일반적인 가계부, 고객이나 친구들의 명함, 누가 주었는지 모를 사탕 몇 개, 어린아이들의 사진, 젖꼭지, 남자들의 재떨이, 여자들의 헤어네트 집게 등이 놓여 있다. 문 앞의 행인들은 대부분 얼굴을 잘 아는 낯선 사람들이라 그 앞을 지나갈 때면 무얼 하는 사람인지 대충 알 수 있다. 하지만 한 번도 서로 불편해하지 않으면서 일정한 거리를 유지한다. 일종의 금지의 거리다. 아주 엄숙하게 모두들 대단히 중요한 일을 하는 것 같다. 누구에게나 중요한 일이 있고, 이를 남에게 말해줘도 쉽게 이해하지 못한다.

복장은 잘 갖춰야 한다. 잘 갖춰야 한다고 해서 모던하고 화려해야 한다는 뜻이 아니라 규범에 맞아야 한다는 뜻이다. 골목 입구에 나가 시비를 가릴 때도 옷을 단정하게 입어야 한다. 상의 지퍼는 옷깃 아래 두 치 정도의 위치까지 올려야 하고 바지 재봉선은 곧게 뻗어 있어야 한다. 신발은 반드시 새것일 필요는 없지만 반짝반짝 빛이 나게 잘 닦여 있어야 하고, 많이 닳은 뒷굽은 새것으로 교체되어 있어야 한다. 바닥에 징을 박을 필요는 없다. 징을 박으면 마치 말 발바닥 같고 소리도 너무 요란하여 무슨 대체품 같은 느낌을 주기 때문이다.

제대로 된 양복을 입는 것도 나쁘지 않을 것이다. 그렇다. 양복을 입으면 문 앞에서 여유 있게 한담을 나눌 수 있을 것이다. 하지만 대부분이 남자들일 것이고, 그것도 나이가 마흔다섯쯤 된 중년일 것이다. 머리를 가지런히 빗어 넘기고 포마드를 좀 바른 채 바지 주머니에 두 손을 집어넣고 있을 것이다. 여자의 경우 가장 좋은 것은 자잘한 꽃무늬 옷을 입는 것이다. 색깔은 새로울수록 좋고 무늬는 약간 '촌스러운' 것이 좋다. '촌스러움'이란 사실 가장 여성스러운 것이기도 하다. 게다가 속된 분위기가 느껴지지 않는다.

남자들은 약간 속된 기질이 있는 것이 바람직하다. 그만큼 능력이 있고 세상을 대하는 데 거침이 없다는 것을 나타내주기 때문이다. 약간 건달기가 있는 것 같아도 되지만 그렇다고 교활해 보여선 안 된다. 반면 여자들은 약간 촌스러우면서 비교적 여리고 귀여워야 한다. 그렇다고 세상물정을 몰라도 된다는 것은 아니다. 여자들은 자잘한 꽃무늬 옷을 입되 집에서 흔히 입는 스타일이어야 한다. 머리는 파마를 하지 않고 뒤로 길에 땋아서 늘어뜨리는 것이 바람직하다. 가지런한 단발을 약간 비스듬하게 늘어뜨리는 것도 나쁘지 않을 것이다. 그녀들이 무슨 일을 하는 것이 좋을까? 당시 나이 든 상점 여주인들을 흉내 내는 것이 좋을 것이다. 결혼을 하지 않은 여성들은 상점의 종업원 모집에 응해 천천히 장사를 배웠다가 나중에는 직접 자신의 가게를 열면 된다. 그녀들은 어떤 신발을 신는 것이 좋을까? 발이 예쁜 아가씨들은 천으로 만든 신발을 신는 것이 가장 좋다. 옆으로 끈을 매는 것도 좋고, 1970년대에 유행했던 것처럼 가운데를 끈으로 매는 것도 좋을 것이다. 플라스틱으로 만든 슬리퍼는 절대 신지 말아야 한다. 가장 조악하고 꼴불견이기 때문이다.

남녀를 막론하고 모두 날씬할 필요가 있다. 절대로 살집이 많아선 안 된다. 하지만 광둥廣東 사람들처럼 지나치게 마른 것도 곤란하다. 농부 같아서도 안 된다. 몸을 움직이는 육체노동으로 얻은 가냘픔이 아니라 지식인 분위기가 나는, 지적 생활에서 얻은 그런 가냘픔이어야 한다.

말은 어떤 말을 써야 할까? 상하이 방언을 위주로 해야 한다. 상하이 방언에는 쑤저우蘇州 억양과 닝보寧波 억양이 비교적 많이 담겨 있다. 이 두 억양은 음과 양처럼 하나는 여성화되어 있고 다른 하나는 남성화되어 있다. 하지만 반대로 전자는 남성들에게서 많이 나타나고 후자는 여성들에게서 많이 나타난다. 남자들은 이야기하는 데 비교적 능해 구구절절 잘도 늘어놓는다. 방금 말한 시정市井*의 기질 속에 약간의 서정적인 기질이 섞이면 저속함을 줄일 수도 있다. 여성들이 닝보 억양의 상하이 방언을 쓰면 그 느낌과 정취에 훨씬 활기가 넘친다. 그렇지 않을 경우 말이 다소 무미건조해지고 재미가 없어진다. 하지만 이곳의 여인들은 전부 재

* 저잣거리처럼 사람들이 많이 모이는 곳.

미가 있어야 하고 성정은 약간 영민하고 쾌활해야 한다. 다시 말해서 약간 요염한 활발함을 갖추어야 하는 것이다.

이들 남자와 여자들이 한자리에서 공연을 한다면 그건 틀림없이 코미디일 것이다. 연극의 줄거리도 『신민만보』新民晚報의 칼럼 '장미꽃 아래에서'에 소개된 그런 이야기들이어야 한다. 예컨대 나이 든 아저씨가 망처亡妻의 유골을 옮기면서 망처가 시끌벅적한 것을 좋아하고 사람들을 가리지 않고 많이 사귀는 성격이었다는 사실을 기억해내고는 옛 이웃들의 혼귀를 전부 집으로 불러들이는 얘기다. 이 아저씨는 혼귀들이 돌아갈 때는 집 밖을 떠도는 잡귀들이 집 안으로 들어오지 못하도록 특별히 유골함을 문밖 자전거 위에 놓아두었는데 도둑이 유골함을 훔쳐다가 귀중품을 넣어두는 보관함으로 사용하게 되었다.

또 다른 이야기에서는 중년의 남자가 자신에 대한 아내의 감정을 시험해보기 위해 집에서 하얀 이불을 뒤집어쓰고 죽은 척한다. 남자의 귀에 아내가 울음을 터뜨리는 소리가 들리는가 싶더니 학교를 파하고 돌아온 외아들이 이런 광경을 보고는 너무 놀라 몸을 돌려 달아나기 시작한다. 남자가 재빨리 일어나 달아날 필요 없다고 소리치면서 뒤쫓아가지만, 외아들은 남자가 쫓아갈수록 더 빨리 달아나다가 결국 넘어져 머리가 깨지고 만다. 이리하여 부부는 아이를 병원으로 데리고 가는 수고를 해야 했다.

이런 얘기도 있다. 어느 날 승객이 원숭이를 품에 안고 타는 것을 본 버스 차장이 몹시 즐거워하며 승객에게 다음에도 자기 버스를 타줄 것을 부탁한다. 이때부터 승객은 공짜로 버스를 이용하게 되었다. 또 이런 얘기도 있다. 나이가 애매한 여인이 차에 서 있었다. 이를 본 소년이 얼른 자리에서 일어나며 그녀를 '아줌마'라고 부르며 자리를 양보했지만, 이 여인은 완강하게 고집을 부리며 앉지 않았다. 그러다가 누군가 그녀를 '아가씨'라고 부르면서 앉으라고 하자 얼른 자리에 앉았다.

이런 이야기들은 약간 황당하다고 할 수도 있다. 사실 황당하긴 좀 황당하다. 하지만 재미있지 않은가! 발랄하고 소란스러우면서 약간 꼴불견처럼 느껴지기도 하지만 우리의 생활에 안 좋은 영향을 미치지는 않는다. 우아하고 엄숙하지는 못하지만 원래 사람들이 많은 '큰 세계'에는 잡다한 연극의 마당이 있기 마련이고, 작은 무대에서도 다양한 연극이 펼쳐진다. 코미디가 너무 장엄하면 속된 말로 골계희滑稽戲*가 되고 만다.

즐거움을 찾는 일은 뭔가에 구속될 필요가 없다. 어느 시대의 유행가든 다 좋다. 유행할 수 있고, 모든 사람이 좋아할 수만 있으면 그만이다. 다소 우아해도 좋고 심지어 약간 슬퍼도 좋을 것이다. 예컨대 『양산백과 축영대』梁祝**에서 "잠시 헤어졌던 양산백을 다시 만나다"라는 대목이나 "여동생의 호미를 어디에 두었는지 자견紫鵑에게 물어봐"(자견은 『홍루몽』紅樓夢에 나오는 하녀의 이름이라 맞지 않는다), "마오 주석님, 마오 주석님, 당신은 제 마음속에 있습니다. 제 마음속에 있습니다"(마오 주석 역시 원작과 전

---

* 상하이와 장쑤, 저장 일부 지역에 유행하는 희극으로, 대부분 우스운 내용이다.
** 중국 동진(東晉) 시대의 설화로, 두 남녀의 애틋한 사랑을 묘사하고 있어 중국판 『로미오와 줄리엣』이라 불리기도 한다.

혀 관계가 없지만 웃음을 유발하기 위해 이용했다) 같은 대사가 그렇다. 이는 불량배가 거리를 지나가는 젊은 아가씨를 향해 부르는 노래로 강조점은 뒷구절에 있다. 오래된 옛날 배표를 가지고 지금 운행되고 있는 여객선을 타겠다고 우기는 장면도 있다. 이처럼 골계는 우리의 삶에서 세상사에 대한 어쩔 수 없는 무력감을 대변해준다. 하지만 이로 인해 우리 삶이 처량해지지는 않는다. 오히려 가슴과 폐부가 뜨거워지고 열정이 샘솟게 된다.

요컨대 나는 상하이의 이런 골계 성분을 좋아한다. 따라서 내게 상하이를 상상하라고 한다면 이런 특징들만 확대하고 돌출시키며 서로 연결하고 이어붙일 것이다.

상하이와 소설

상하이라는 이 도시는 특별히 소설과 잘 어울리는 특성이 있다. 다름 아닌 세속성이다. 상하이는 시詩, 사詞, 곡曲, 부賦 같은 전아한 문학 장르와는 무관하다. 상하이와 관련이 있는 장르는 소설뿐이다. 소설은 통속적이고 민주적이라는 특성을 갖고 있는 한편, 등급의 차별을 없애고 나면 다양한 찌꺼기가 떠오르는 것을 피하기 어렵기 때문이다.

상하이의 한가한 영혼은 예술적 영혼, 즉 어느 정도 상상력의 영향을 받는 세계가 아니라 관음증적인 호기심의 세계라고 할 수 있다. 그래서 상하이는 벽에 귀를 대고 남들의 동정을 엿듣는 것을 커다란 즐거움으로 삼는다. 벽 너머의 얘기를 엿듣는 것도 뭔가를 철저히 알아내 궁금증을 해소하기 위한 것이 아니라 일종의 심심풀이다.

시민들은 모두 사회대학의 학생들로, 이들이 통달했다고 할 수 있는 것은 세상물정과 인지상정에 기초한 처세술이다. 이는

5·4신문화운동* 시기에 지식청년들이 연구했던 인성이 아니라 하루하루 세월을 보내기 위한 일상생활의 사소한 이야기들과 옹졸하고 사악한 도량이라고 할 수 있다. 그래서 본질적으로 은밀하고 비밀스런 성격을 갖는다. 소설이 바로 이런 구미에 가장 잘 맞는 문학 장르인 것이다.

이런 이유로 중화민국 초년에는 상하이가 소설의 집산지가 될 수 있었다. 사료의 기록에 따르면 당시에 소설을 발표하거나 연재할 수 있는 공간으로 잡지가 111종 있었고 대형 신문 문예란이 4종 있었으며 소형 신문이 45종 있었다. 발표된 소설의 양을 가히 짐작할 수 있는 수치가 아닐 수 없다. 당시의 소설은 정말로 '정신의 양식'이었다. 이를 현대적인 말로 표현하면 '소비'라고 할 수 있을 것이다. 종이 위에 발표된 글이지만 그 안에 담긴 것은 전부 권력과 이익을 추구하는 마음과 시도들이었다. 분량이 많은 소설에는 온갖 장사의 형태가 다 등장했다. 통속적인 내용이 극에 달할 때면 아예 창녀들과 도박꾼들의 세계라고 할 수 있었다. 이를 보면 상하이라는 이 도시의 사람들이 얼마나 후안무치한지 짐작할 수 있을 것이다. 하지만 그 내용과 방식은 대단히 진솔하여 세인들의 눈길을 피하는 일도 없다.

봉건왕조 시대를 살았던 노인들은 차마 눈뜨고 봐주지 못하겠지만 시대의 풍조가 완전히 바뀌는 상황에서 인심이 옛날 그대로

---

* 윌슨의 민족자결주의 영향으로 1919년 베이징대학 교수와 학생들을 주축으로 일어난 반제국주의, 반봉건주의 혁명운동.

일 수는 없는 것이다. 신문화 청년들도 이런 구파 소설을 차마 눈 뜨고 봐주지 못했다. 그래서 원앙호접파鴛鴦蝴蝶派*라고 비판했다. 내친김에 한마디 더 말하자면 평민과 대중들은 압박을 받을 때에만 아름다웠다. 일단 몸이 해방되자 사람들은 남들에게 먹힐까봐 두려워 몸을 감싸고 달아나기 바빴다.

5·4운동의 문학은 소설의 신천지를 열었고, 인간의 도리와 이상을 세속적이고 냄새나는 사람의 몸뚱이 안에 불어넣어 주면서 상하이를 그 집산지로 삼았다. 그래서 상하이 소설은 혁명과도 잘 호응했다. 서로 잘 호응할 수 있었던 것은 여전히 그 세속성 때문이었다. 대중이야말로 혁명의 동력이자 대상이라고 하지 않았던가. 5·4운동의 소설은 소설 속의 사부詞賦로서 상아탑적 의미를 지니고 있었다. 5·4운동 시기의 소설은 교육으로 오락의 기능을 대신하여 엄숙한 인생의 과제들을 제시했던 것이다. 동시에 이 시기의 문학은 예술의 순결성을 지키면서 시가의 이상으로 세속적인 세계를 세탁하려 했다. 하지만 너무 깨끗하게 세탁하여 사람들이 살아가는 일상적인 맛과 정취, 그리고 거친 기질 속에 굳게 뿌리내리는 생명의 기운마저 지워버렸다는 혐의를 면하기 어렵다. 하지만 사실이 그렇다면 바로잡으면 그만일 것이다. 탁월한 사상과 인격이 세속의 세계에서 예술의 전당으로 발탁될 수 있었다면 그것으로 충분한 것이다.

* 청대 말기 민국 초년에 상하이에서 성행했던 문학유파로, 통속적인 사랑 이야기에 치중했다.

장아이링張愛玲*은 5·4운동을 서양의 교향악에 비유한 바 있다. 이는 5·4운동을 무시하려는 의도의 소치였지만 사실 그녀는 5·4운동의 수혜자였다. 그녀는 5·4운동의 자양을 흡수하여 세속의 삶에서 인생에 대한 관념을 제련해냈던 것이다. 그녀의 관념은 5·4운동식이 아니라 장아이링식이었다. 하지만 이러한 지식화의 방식은 오히려 시대의 강한 소리에서 온 것이었다.

그녀는 소시민들의 눈물과 웃음, 옳고 그름을 인생의 드라마로 연역해내는 동시에 사상을 인간의 일상적 삶으로 귀환시켰다. 사실은 이것이 바로 소설의 진면목이다. 장아이링의 소설은 영화화되기도 하고 텔레비전 연속극으로 각색되기도 했다. 타이완과 중국 대륙의 뛰어난 감독들이 각색한 것이었지만, 항상 원래의 모습과는 약간의 거리를 나타내고 있다. 이야기와 줄거리, 인물, 자세한 내용 등이 모두 원작과 미세한 편차를 보이고 있는 것이다. 이렇게 해서 사라지고 변한 맛이라는 것은 바로 그 사람이 사는 일상성의 맛이다. 아무리 생각해봐도 단 한 가지 극종劇種만이 장아이링의 소설을 그대로 이식할 수 있을 것 같다. 다름 아닌 상하이의 골계희다. 상하이의 골계희로 장아이링의 소설 『금쇄기』金鎖記를 연출한다면 장아이링 소설의 진면목을 제대로 볼 수 있을 것이다.

---

* 張愛玲(1920~95): 중국 현대문학을 대표하는 상하이 출신 작가로, 『색계』(色,戒), 『경성지련』(傾成之戀) 등의 작품이 있다.

상하이 음식

홍콩의 위안랑元朗에 가면 특이한 음식을 한 가지 맛볼 수 있다. 손가락만 한 새우에 파와 생강 같은 양념을 묻힌 다음, 밥 위에 얹어 함께 증롱蒸籠*에 찐 것이다. 이 음식의 냄새는 사람들에게 땀 흘려 일하는 노동자들을 생각나게 한다.

밭에 나갔던 사람들이 집으로 돌아오면 때마침 밥이 익어 새우 냄새가 코를 자극한다. 이를 증롱과 함께 상에 올리면 새우가 빨갛게 익어 있다. 이를 그 밑에 있는 쌀밥과 함께 그릇에 담아 입을 크게 벌리며 맛있게 먹는다. 특이한 탕湯도 한 가지 있다. 처음에는 솥에 풀처럼 끈적끈적한 국물이 가득하다가 수분이 점차 증발하면서 삐죽삐죽한 건더기가 나타나면 한꺼번에 쟁반에 쏟아놓고 뜯어먹는다. 닭고기와 닭뼈, 오리고기와 오리뼈, 돼지고기와

---

* 만두를 비롯한 각종 음식을 찔 때 사용하는 일종의 찜통으로, 대개 대나무를 엮어 만든다.

돼지뼈, 생선과 생선뼈에 온갖 약재를 넣고 한데 끓인 탕이다. 다양한 줄기채소도 넣고 흐물흐물해질 때까지 푹 끓인 것이라 입안에 들어가자마자 녹아버린다. 이 역시 노동자들의 음식이다. 아침 일찍 모든 재료를 함께 솥에 넣고 물을 가득 부은 다음, 아궁이에 장작을 가득 넣고 맹렬하게 불을 땐다. 솥에서 김이 모락모락 나면 솥뚜껑을 열고 불을 끈 채로 뜸을 들인다. 그러다 점심때가 되어 밭에 나간 사람들이 돌아올 때쯤이면 푸짐한 탕과 음식이 전부 갖춰지게 되는 것이다.

타이베이臺北 단수이淡水에 가면, 거리 입구에 들어서자마자 '테단'鐵蛋이라고 적힌 크고 작은 간판들이 눈에 들어온다. 이른바 '테단'이란 계란의 일종이다. 어떤 비법의 간장을 사용하는지는 모르지만 바람에 오래 말려 결국에는 메추라기 알만큼 작아진 계란으로, 특히 단백질 부분이 쇠처럼 단단하기 때문에 이런 이름이 붙여졌다. 날씨가 덥고 조습한 지방에서 식품을 저장하기 위해 고안한 특별한 방법임을 알 수 있다. 이 음식은 여성들이 온갖 가사에 시달리면서도 힘들게 집안을 꾸려가는 근면한 삶의 풍경을 떠올리게 한다.

이런 음식들은 상하이 본토의 음식들과 정말 비슷하다. 상하이의 토박이 음식들은 거대한 음식 계열에 끼지도 못하고, 상에 흔하게 오르지도 못한다. 대부분 기름과 간장이 많이 들어간 음식으로, 땀을 많이 흘리며 힘든 일을 하는 노동자들의 체력을 보충해주기 위한 음식들이기 때문이다. 먹는 데서 풍부하고 체계적인 방식과 풍격을 갖춘 음식들을 자세히 살펴보면 대부분 쑤저우나 우시無錫, 쓰촨, 양저우揚州 등지에서 온 외래 음식들임을 알 수 있다. 상하이 성황묘城隍廟*에 가면 전문적으로 상하이 토속 음식만 취급하는 오래된 음식점들을 찾아볼 수 있다. 이곳에서 맛볼 수 있는 음식 가운데 하나인 홍소紅燒**곱창은 극도로 기름지고 느끼하다. 상하이의 지극한 맛이라 할 수 있는 음식이다. 진한 맛을 좋아하는 상하이 사람들은 항상 저장을 염두에 두고 음식을 만든다. 강남의 매우梅雨 지역에 속해 있는 상하이에서는 음식물의 변질이 너무나 흔한 일이고, 풍족할 때와 궁핍할 때가 따로 정해져 있지 않다. 그래서 음식물을 잘 저장하는 기술이 절실하게 필요하다. 입맛으로 따지자면 상하이 사람들은 무척 거친 편이고, 노동이 그 바탕이 되어 있다.

　이러한 특징은 상하이 방언에도 잘 반영되어 있다. 상하이 방언은 상당히 거친 언어라 경어敬語가 없다. 북방 방언에 있는 '닌'您*** 같은 경어가 없이, 존비와 노소에 관계없이 상대방을 무조건 '눙'儂이라 칭한다. "수고하십니다" 같은 최소한의 예의를 갖춘 말은 애당초 존재하지도 않고, "도와주세요"라는 말도 자주 쓰이긴 하지만 말끝을 흐리기 일쑤다. 사람이 죽으면 망자가 원수든 친척이든 일률적으로 "죽었다"는 표현을 쓴다. 마치 욕을 하는 것처럼 들리기도 한다.

* 위위안과 상하이 옛 거리가 한데 어우러진 지점으로, 흔히 위위안을 지칭한다.
** 고기나 물고기 등에 기름과 설탕을 넣어 살짝 볶고 간장을 넣어 익혀 검붉은 색이 되게 하는 중국 요리법의 한 가지.
*** 2인칭 대명사 니(你)의 존칭.

일부 예의를 갖춘 표현도 있기는 하지만 사실 이는 대부분 문언문에서 파생되어 나온 것이지 원래 있던 것이 아니다. 청소년 시절에 중원 지역의 마을로 삽대插隊*되어 갔다가 아주 소박한 삶을 살고 있는 농민들조차도 무척이나 점잖고 우아한 언사를 사용하는 것을 보고 놀라움을 금치 못했던 기억이 있다. 그들은 부모를 부를 때 항상 '대인'大人이라는 두 글자를 뒤에 붙인다. 누군가 담배를 권했을 때는 안 피운다고 말한 다음 "그러실 필요 없어요" 하고 한마디 덧붙인다. 죽을 '사'死는 절대로 입 밖에 내지 않는다. 천수를 다한 사람에게는 '늙었다'老라는 말로 대신하고, 요절한 사람에게는 '안됐다'壞라는 말을 쓴다. 시신을 이장할 때는 '모셔 간다'라고 한다. 욕설에도 예의와 교양이 함축되어 있다. 예컨대 화가 나서 상대를 욕할 때도 "뭐하는 거야?" 또는 "죽어도 감사해야 해!"라고 말한다.

나는 개인적으로 어떤 언어가 좋은 언어인지 알려면 그 언어를 사용하는 지방극을 보면 된다고 생각한다. 예컨대 쓰촨의 천극川劇은 규모가 큰 극종으로, 풍부하고 생동감 넘치는 표현에서 쓰촨 방언의 발랄함을 맛볼 수 있다. 광둥의 월극粤劇은 고대 언어의 여운과 깊고 그윽한 맛을 지니고 있다. 광둥 방언에 소박하면서도 화려한 송宋 왕조의 유풍이 남아 있기 때문이다. 휘극徽劇은 경사京師로 들어오면서 많이 궁정화되고 북방화되었다. 덕분에 베이

---

* 문화대혁명 시절, 도시 청년들을 강제로 농촌 인민공사 생산대로 편입시켜 노동을 통해 학습하게 한 것.

징 방언을 곧고 당당한 어감을 갖는 고상한 언어로 발전했다. 베이징 방언을 '맑고 깔끔하다'고 예찬한 라오서老舍*의 평가도 바로 그 음절의 순수함과 격률格律을 두고 한 말일 것이다. 하지만 희곡의 운韻과 대사는 대부분 중주운中州韻**으로 당唐나라 때의 음을 사용한다. 뤄양洛陽 모란의 자태를 투영하는 음이라 할 수 있다. 허난의 예극豫劇을 살펴보면 허난 방언의 음색은 쟁쟁거리는 금속 소리에 가까우면서도 부드럽고 나긋나긋한 맛을 지니고 있음을 알 수 있다.

최근 들어 지역이 황폐해지면서 말소리도 거칠고 조잡해진 것이 안타까울 뿐이다. 진강秦腔***은 들어보지 못했지만, 텔레비전 연속극으로 어느 정도 맛을 본 적이 있다. 이 연속극은 시안西安 일대에서 일어난 큰 사건을 묘사한 드라마로, 극중 인물들이 전부 시안 방언을 구사하고 있었다. 시안 방언을 연구하기 위해 이 연속극을 끝까지 보다 보니 아주 듣기 좋고 부드러운 언어임을 알 수 있었다. 글자와 글자 사이에 부드러운 여운이 있는 데다 글자의 쓰임새가 대단히 우아했다. 시안 방언을 듣고 있노라면 진나라와 당나라가 그곳을 도읍으로 정한 이유를 알 것 같다. 시안은 누가 뭐래도 제왕의 기상이 서려 있는 땅인 것이다.

* 老舍(1899~1966): 만주족 출신 중국현대문학 작가로, 『찻집』(茶館), 『낙타샹즈』(駱駝詳子) 등의 작품이 있다.
** 중국 고전희곡에 사용되는 운의 일종으로, 주로 허난(河南) 일대의 어음을 기조로 하고 있다.
*** 중국 서북 지방에서 유행하는 지방극.

한편, 상하이의 지방극은 호극滬劇이라 부른다. 설창說唱*에서 점차 시민들이 좋아하는 형태로 발전한 극종이다. 이야기 부분과 노래 부분이 엄격하게 구별되어 있지 않고 노래의 곡조도 극도로 단조로운 것이, 희곡 가운데 가장 문명적이고 양복과 치파오에 가장 잘 어울리는 연극이라 할 수 있다. 호극에서는 대개 객당客堂과 상방廂房, 정자간에서 벌어지는 남녀의 사랑과 원한, 중상모략과 유언비어가 아기자기하게 펼쳐진다.

소규모 극종이라고 무조건 수준이 떨어지는 것은 아니다. 소규모 극종은 소박함, 즉 민간성이라는 장점이 있다. 예컨대 황매희黃梅戲**에는 『여부마』女駙馬라는 작품이 있다. 시골에서 조정의 일에 대해 이야기하면서 인지상정을 묘사한 연극이다. 호극의 또 다른 특징으로 통속성을 들 수 있다. 하지만 상하이에는 또 다른 극종이 있다. 나는 이 극종이 상하이를 대표할 수 있기를 바란다. 다름 아닌 골계희다. 이 희극은 인간의 거칠고 저속한 모습을 드러내면서도 순수하고 진실함을 추구한다. 뜨겁게 피어오르는 현대의 욕망과 정욕이 오히려 정신을 잘 드러내고 있는 것이다.

내가 삽대되었던 곳은 우허五河라는 지역으로, 다섯 개의 강이 한데 모이는 곳이라 수산물이 풍부했다. 하지만 상하이 사람들이 오기 전에는 수산물의 품종이 극도로 단조로웠다. 예컨대 참게는

---

* 역사나 전설의 이야기를 운문과 산문을 번갈아 사용하여 설명과 노래로 재현하는 민간 문예.
** 경극(京劇), 베이징 인근 지역의 곤곡(昆曲)을 주요 곡사(曲詞)로 하는 중국의 대표적인 지방극.

아예 찾는 사람이 없었다. 그러다가 상하이 사람들이 오면서 참게가 갑자기 보물이 되었고 가격도 한 근에 5펀分*으로 뛰었다. 상하이 사람들은 자신들의 식탐을 '조급하다'라는 단어로 표현한다. 우허에서 처음으로 참게를 먹은 사람도 상하이 사람이었다. 극도로 빈궁하여 하는 수 없이 남들은 먹지 않는 참게를 먹는 초라한 모습이 눈에 선하다. 상하이 음식에는 산둥 음식 계열에서는 쉽게 찾아볼 수 있는 일이백 년의 오랜 역사와 깊은 연원을 가진 음식이 없다.

이제 다시 먹는 얘기로 돌아와야 할 것 같다. 산시山西에 가보면 음식의 계보가 현저하게 풍족해지고, 먹고 입는 것이 넉넉해지는 것을 실감할 수 있다. 음식 전체는 말할 것도 없고, 국수만 놓고 봐도 그 종료와 형태가 무수히 많은 데다 특별한 품격을 지니고 있다. 산시 음식에서는 신선한 맛을 중시하지 않는다. 신선함은 아주 미약한 숨결일 뿐이다. 산시에서는 오히려 맛있는 냄새를 중시한다. 소박하면서도 건강한 맛이다. 이는 틀림없이 진상晉商**들이 즐기던 격조로서, 풍요로웠던 당시의 경제와 무관하지 않을 것이다. 그 유명한 잉應 현***의 목탑을 봐도 전부 넓고 두껍고 긴 판자로 쌓은 것임을 알 수 있다. 형태는 그다지 섬세하지 않지만 튼튼하기 때문에 여러 조대를 거쳐도 썩거나 뒤틀리거나 흔들리지 않는다. 이렇게 산시 상인들은 손이 커서 먹는 데서도 인색함이 없이 풍족하게 제대로 된 맛을 추구한다.

---

* 중국화폐의 최소단위로, 10펀이 1자오(角, 또는 마오毛), 10자오가 1위안(元)이다.
** 청대에 금융업으로 중국의 상업발전을 이끌었던 산시의 상인 집단.
*** 산시 북부에 위치한 현.

반면 양저우의 소금상인들이 비교적 인색한 것도 지리적 요인 때문일 확률이 높다. 양저우는 산과 물이 곧지 못하고 구불구불한 것처럼 풍정 또한 미묘하다. 대부분이 졸부들이다 보니 다소 경망스럽기까지 하다. 예부터 전해지는 얘기에 따르면 한 소금상인은 매일 아침 계란 두 개로 식사를 해결했다고 한다. 하지만 이 계란은 보통 계란이 아니라 인삼을 먹여 키운 암탉이 낳은 계란이라 가격이 한 개에 은자 한 냥이나 했다고 한다. 그 유명한 양저우 간쓰乾絲*는 두부 한 모를 가로세로로 가늘게 썰어 채를 만든 것이다. 사람을 죽도록 괴롭히는 음식인 것이다.

반면에 상하이 음식은 생선과 고기, 채소 등 흔한 재료에 기름과 소금, 간장과 식초 등 기본적인 조미료를 넣어 만든 것이 대부분이다. 불을 짧은 시간에 집중적으로 가했다가 천천히 속도와 세기를 늦추면서 조리하다 보니 거친 맛이 난다. 이처럼 기본이 없는 만큼 융합과 소통이 편리한 것이 상하이 음식의 특징이다. 그러다가 근대에 이르러 개방의 추세가 필연으로 굳어지다 보니 여러 지역의 음식과 조리법이 전부 상하이로 몰려들어 국제 카니발 무대를 이루게 되었다. 하지만 무대 뒤로 가보면 집집마다 뒷골목을 향한 부엌 밖에 온갖 조리 기구를 내놓고 눈발을 맞으며 생선과 고기, 온갖 채소를 평범하지만 다양한 조미료와 양념을 넣어 볶고 굽고 튀기는 풍경이 펼쳐질 것이다. 이것이 바로 이 도시, 상하이 풀뿌리들의 향기다.

* 닭고기 국물에 볶은 일종의 두부채 요리.

성황묘의 구경거리와 주전부리

　우리 같은 신식 가정처럼 1949년 이후 부모님이 해방군을 따라 남하한 후에 상하이에 정착하게 된 신시민들은 일반적으로 성황묘에 대해 특별한 관심을 갖고 있지 않다. 어쩌다 우연히 그 앞을 지나가다 보면 매우 진부하고 소란하여 우리가 살고 있는 지역의 외부에서 들어온, 참신하고 현대적인 분위기와는 전혀 어울리지 않는다는 인상을 받곤 한다. 그 진부함과 소란함의 이면에는 한 가지 기이한 맛이 있다. 몰락한 데다 왠지 매캐하고 하룻밤을 보낸 공기처럼 그다지 신선하고 청결하지도 않지만 뭔가 사람들의 냄새로 가득한 그런 분위기의 맛이다. 아마도 이것이 바로 시정의 기운일 것이다.

　나는 우리 옆집에 사는 사내아이의 입을 통해 성황묘의 또 다른 경관에 대해 듣게 되었다. 그가 말한 성황묘는 각양각색의 장난감과 놀이로 가득했다. 그 장난감들은 우리가 흔히 드나드는 장난감 회사나 아동용품 상점에서는 찾아볼 수 없는 것들이었다. 예컨대 그 애는 룽탕 안에서 유리구슬을 가지고 놀다가 아까운 듯 하나를 집어 손바닥에 놓고 문질러 닦는다. 그러면서 한마디 한다. "이건 방금 성황묘에서 사온 거예요. 며칠 있다가 성황묘에 가서 몇 개 더 살 생각이에요."

그는 또 수많은 담배카드도 가지고 있었다. 누런 종이로 조악하게 만든 것으로, 여러 인물의 초상이 인쇄되어 있고 색깔은 전부 어두운 편이다. 게다가 그림이 정확하게 그려져 있지 않아 윤곽 밖으로도 색이 칠해져 있다. 그 가운데 몇몇 인물은 얼굴 자체는 흐릿하지만 갑옷을 입고 있거나 치마와 도포에 긴 깃털 장식을 달고 있어 마치 지방극을 구경하는 것처럼 신기하고 재미가 있다. 그 가운데 일부 여성은 역시 옛 복식을 하고 있지만 얼핏 보기에 지방극에 나오는 배우들처럼 그렇게 아름답지 않다. 하지만 조악하고 흐릿한 인쇄 덕분에 소박하고 고색창연한 맛이 느껴지긴 한다.

그 사내아이는 담배카드에 등장하는 모든 인물의 이름을 알고 있었다. 그 애는 카드의 인물들을 전부 검열한 다음, 며칠 뒤에 성황묘에 가서 아무개와 아무개가 나오는 카드를 더 살 예정이라고 말했다. 그 애는 성황묘에 갈 때마다 항상 자기 할머니를 대동했다. 그럴 때면 그는 너무나 자랑스러운 듯한 표정을 짓곤 했다. 그 애가 말하는 성황묘는 신구新舊 두 가지로 구분되었다. 신성황묘는 비교적 평범해서 걸어서도 찾아갈 수 있었다.

한번은 그 애가 대담하게 나를 데리고 함께 그곳에 간 적이 있었다. 그곳에 도착했을 때는 이미 날이 저물어 마음이 몹시 초조하다 보니 나는 주변 환경을 제대로 살펴볼 수가 없었다. 그저 그 사내아이의 뒤를 바싹 붙어 따라다니다가 노천에 놓여 있는 긴 탁자 앞에 이르게 되었다. 탁자 위에는 담배카드가 잔뜩 놓여 있었다. 그 애는 이를 자세히 살펴보기만 하고 사지는 않았다. 그런 다음 곧장 나를 데리고 집으로 돌아왔다. 구성황묘를 찾아가는 일은 그다지 간단하지 않았다. 그 애와 할아버지가 먼저 옷을 갈아입고 세면을 하고 머리를 잘 빗은 다음, 올방개 바구니를 손에 들고서야 장엄한 모습과 표정으로 문을 나설 수 있었다.

나는 별로 아는 것이 없었지만 성황묘에 어떤 한 가지 물건이 있다는 것은 알았다. 다름 아닌 구슬이었다. 이 구슬은 전부 상자나 통에 들어 있어 무게를 달아 팔았다. 앞에서 말한 장난감 회사나 아동용품 가게에 가면 이 구슬은 아주 고귀한 존재가 되었다. 유리로 된 상자에 한 칸 한 칸 분리되어 담겨 있어 칸마다 색깔과 모양, 도안이 다르고 매우 화려하고 진귀한 모습을 뽐냈다. 하지만 성황묘에서는 품질이 약간 떨어지긴 하지만 모든 물건이 아주 넉넉했다. 이렇게 여기저기 꽉꽉 들어차다 보니 당연히 용속庸俗한 화려함을 면하기 어려웠다. 하지만 용속하면 어때랴, 보기 좋으면 그만이지! 어린아이들의 눈과 입은 하나같이 이처럼 넉넉한 분위기와 맛을 좋아했다. 그리고 양이 많은 것을 좋아했다. 이곳에 오면 특히 모든 것이 풍성하고 넉넉했다.

문화대혁명 시절에는 학교 수업이 중단되었다. 어른들은 집에서 자신들의 기율과 검열통과에 신경을 쓰느라 아이들에게 관심을 가질 여유가 없었다. 덕분에 아이들은 전보다 훨씬 더 자유로 위졌고 매일 친구들과 어울려 놀 수 있었다. 한창 키가 클 나이인데 집안의 경제사정은 무척 팍팍했다. 먹을 밥은 있었지만 기름기가 없었고 항상 부족했다. 우리의 놀이는 항상 먹을 것을 가운데 두고 이루어졌다. 이때는 돈이 없다 보니 자연스럽게 공유제가 시행되었다. 누군가에게 조금이라도 용돈이 생기면 함께 나눠서 누리는 것이었다. 돈이 생기면 먼저 무엇을 먹을지 토론하여 결정한 다음, 신바람이 나서 거리에 나서곤 했다.

우리가 항상 가는 곳은 룽탕 입구에 있는 합작 식당이었다. 이 집에서는 3편이면 소고기 청탕清湯*을 사먹을 수 있었다. 맵고 강렬한 카레 맛이 출출함을 달래주기에 안성맞춤이었다. 길 건너편에 있는 창춘長春식품점에서는 큰 솥에 찐 마름을 팔았다. 1마오만 내면 한 보따리 사서 배고픔을 완전히 해소할 수 있었다. 생 매실이나 말린 망고, 말린 매실 같은 주전부리도 우리가 평소에 무척 좋아하는 것들이었지만, 수중에 돈이 있을 때는 전혀 구미가 당기지 않았다. 이런 것들은 전부 끼니 사이에 먹는 간식으로, 배가 불러야 생각나는 음식들이었다. 지금 우리가 찾는 것은 확실하게 배를 부르게 해줄 수 있는 음식이었다.

하루는 우리 사촌형제 가운데 하나가 1위안이었는지 2위안이었는지 정확한 액수는 잘 기억이 나지 않지만 상당히 큰돈을 가지고 와서는 우리에게 화끈한 사치를 제공해주었다. 어디서 어떻게 구한 돈인지는 알 수 없었다. 이런저런 궁리 끝에 우리는 성황

---

* 건더기가 없는 국.

묘에 가서 샤오룽바오小籠包*를 사먹기로 했다. 돈을 절약하기 위해 우리는 걸어서 갔다. 사람 수가 많은 데다 맛있는 음식에 끌리다 보니 모두 걸음이 대단히 빨랐다. 이때 우리 부모님 세대의 사람들은 대부분 격리되어 있거나 기껏해야 옆에서 당부나 할 수 있는 정도였다. 덕분에 우리는 공부를 하지 않아도 되는 상황이었다. 공부 대신 무얼 어떻게 해야 하는지도 알지 못했다. 어쨌든 혈기왕성한 소년소녀들이라 겉으로 보기에는 그다지 의기소침하지도 않았다. 대여섯 명이 한데 뭉쳐 제법 호호탕탕한 기세를 갖출 수 있었던 우리는 금세 성황묘에 도착했다.

모든 것이 불경기인 이 시대에 성황묘는 여전히 왁자지껄하고 도처에 음식을 조리하는 기름 냄새가 가득했다. 심지어 사람들이 평소보다 더 많은 것 같았다. 아마도 다른 유형의 오락과 소비의 장소가 크게 위축되었기 때문이었을 것이다. 예컨대 영화관이나 희원戲院**은 전부 문을 닫았고 상점 안의 상품들도 그 종류와 수량이 크게 줄어든 상태였다. 음식점은 어땠을까? 고급 음식점들은 전부 중하급으로 추락해버렸다. 그래서 사람들이 성황묘로 몰려들게 된 것이다.

성황묘에는 통로마다 사람들이 가득했고, 수많은 사람이 줄을 서서 천천히 걸음을 옮기고 있었다. 구곡교九曲橋***는 아예 구곡의 줄이 되어버렸다. 갖가지 주전부리를 파는 상점마다 사람들이 가

* 작은 교자로, 안에 고기를 다져 넣은 소와 국물이 함께 들어 있다.
** 전통 지방극을 공연하는 극장.
*** 기역(ㄱ)자로 아홉 번 굽은 다리.

득 차 물샐 틈조차 없었다. 이런 광경을 보면 상하이 시민들의 굳은 결심에 탄복하지 않을 수 없을 것이다. 아무리 심한 변고로 가득한 세월에도 상하이 사람들의 생활에 대한 향수에는 아무런 장애물이 없다. 이런 상하이 사람들의 생활은 화려하고 풍부한 것을 추구하는 것이 아니라 그저 사소한 만족과 즐거움만으로도 충분하다. 이런 작은 즐거움들이 온갖 변고의 빈틈을 채우면서 아무리 흔들어도 떨어지지 않고 아무리 털어도 빠져나가지 않으면서 세월을 아주 착실히 쌓을 수 있게 한 것이다.

우리가 찾아간 샤오룽바오 가게는 나무로 지은 작은 건물로, 금방이라도 무너질 것 같은 그 나무 계단을 오르는 것은 정말 쉽지 않은 일이었다. 탁자도 아주 작은 데다 열 개 남짓밖에 되지 않았다. 한 번 쪄서 나오는 샤오룽바오는 열 명 정도의 손님에게만 차례가 돌아갔다. 그래서 샤오룽바오를 먹으려면 극도의 인내심이 필요했다. 먼저 한참을 기다려 자리에 앉은 다음, 또 한참을 기다려야 샤오룽바오가 돌아왔다. 게다가 수시로 주방 안의 동정을 살피면서 순서가 뒤바뀌어 나중에 온 사람에게 먼저 음식이 가지 않도록 신경을 곤두세워야 했다. 이 모든 과정에 불안과 긴장이 가득했다. 불시에 말다툼이 벌어져 욕설이 오가기 일쑤였다. 새로 찐 증롱이 사람들 머리 위로 이동할 때면, 밀가루 향기와 고기 향기를 담은 수증기가 낮은 천장 아래 축축하고 뜨거우면서 맛있고 하얀 안개를 이루어 우리의 간절한 식욕을 자극했다.

우리는 사람 수가 많았기 때문에 먼저 흩어져 각자 탁자에 자리를 잡고 앉기로 결정했다. 그런 다음 점차적으로 자리를 조정하여 한 탁자에 모이기로 한 것이었다. 얼마나 시간이 흘렀을까, 우리는 점점 서로 가까워졌고 한 자리만 나면 전부 한데 모일 수 있었다. 그래서 바로 옆 탁자에 앉아 있는 노부인에게 자리를 바꾸자고 제안해보기로 했다. 이 노부인은 부잣집 마나님 얼굴에 금테를 두른 안경을 쓰고 있었다. 머리에는 파마를 한 흔적이 남아 있었고 옷차림은 대단히 단정했다.

노부인은 아주 안정된 자세로 이 느끼한 탁자 옆에 앉아 자신의 샤오룽바오를 기다리고 있었다. 알고 보니 그녀는 말 많은 아이들, 바로 우리 때문에 무척이나 짜증이 나 있었다. 그래서 자리를 바꾸자는 제안을 듣자마자 퉁명스럽게 거절했다. "그냥 먹으면 되지 자리는 왜 바꾸자는 거야?" 물론 우리는 계속 우리의 목적을 쟁취하려 했지만 그녀는 좀처럼 우리의 뜻에 따라주지 않았다. 오히려 태도가 더 강경해지면서 격렬한 말다툼이 시작되려는 차에 우리 모두가 기다리던 샤오룽바오가 나왔다.

나는 놀라움을 금할 수 없었다. 이처럼 적의가 가득한 환경 속에서도 그녀는 화를 가라앉히고 여유 있는 표정으로 앉아 그 두 냥兩*의 샤오룽바오를 다 먹어치우는 것이었다. 중산계급에 속하는 그녀의 중후한 의표 뒤에 이처럼 강인한 정신이 숨겨져 있을 줄은 꿈에도 생각지 못했다. 이것이 바로 진정한 성황묘의 식객食客이다.

지금은 성황묘가 여러 차례의 보수를 거쳐 전혀 새로운 모습으

* 한 냥은 24개다.

로 재탄생되면서 규모도 크게 확대되어 휘황찬란한 장관을 이루고 있다. 시장경제로 인해 상품의 유통이 가속화되면서 이곳에서 파는 물건들도 다른 곳과 크게 다를 바가 없어졌지만 찾는 사람이 많은 것은 여전하다. 어쩌면 이는 땅의 기운이 좋다는 것과 일맥상통한 일인지도 모른다.

얼마 전 나는 화바오루華寶樓 지하에 있는 골동품 시장에서 우연히 재봉틀을 하나 발견하게 되었다. 손바닥에 올려놓을 수 있을 정도로 작고 간단한 것이지만, 기계의 구조는 현대식 재봉틀과 완전히 일치했다. 손잡이를 움직여 동력전달 벨트를 가동하면 바늘이 위아래로 움직였다. 가게 주인이 처음 부른 가격은 3천 위안이었다. 청나라 때의 골동품이라면서 정말로 살 생각이 있으면 가격을 좀 깎아줄 수도 있다고 했다. 나는 감히 가격을 흥정할 엄두를 내지 못했다. 살 의사가 있었던 것이 아니라 그저 관심이 컸던 것뿐이기 때문이다. 게다가 진품인지 가품인지도 알 수 없었다. 그것이 진품이라면, 그랬다면 청나라 때에 누가 이처럼 정교한 물건을 만들어 가지고 놀 수 있었던 것일까? 틀림없이 대가大家에 사는 사람이었을 것이다. 어쩌면 궁중과도 얽히고설킨 관계가 있었을지도 모른다. 결국 이런 곳에 와서야 나는 서민들의 즐거움을 함께할 수 있었다.

도처의 농민공들

나는 매일 저녁 여섯 시 반에서 일곱 시 사이에 버스를 탄다. 버스 안에는 항상 캔버스 천으로 만든 작업복 차림에 검게 그을린 얼굴 위로 안전모를 쓴 장년의 남자들 일고여덟 명을 만나게 된다. 여름이면 옷이 땀에 젖어 있고 얼굴에도 땀이 흘러내린 자국이 선명하다. 그들은 차 안에 등을 곧게 편 채 여기저기 쭈그리고 앉아 아무 말도 하지 않는다. 비좁고 점점 어두워져 가는 공간에서 그들의 반짝이는 눈동자가 유난히 선명하게 보인다. 주위 환경에 대해 두려워하고 경계하는 표정이 역력하다. 그들은 나보다 일찍 차에서 내린다. 이때 그들이 서로 인사를 주고받는 소리를 들을 수 있다. 이 도시에서는 매우 낯선 방언 억양들이다.

그들은 서로 인사를 주고받으며 차 안 구석구석에서 뒷문 쪽으로 우르르 몰려나온다. 그들의 그림자가 하나로 뒤엉켜 뭉치면서 아주 무거운 중량감을 형성한다. 이는 아주 긴밀한 속성에서 나오는 것이고, 이 속성은 젊음과 체력, 고된 옥외 노동으로 형성된 것이다. 버스가 정류장에 멈추면 물고기처럼 쏟아져 내린 그들은 잰 걸음으로 차를 기다리는 사람들과 길을 걸어가는 사람들 사이로 재빨리 흩어진다. 가로등이 그들이 입고 있는 제복의 등에 찍혀 있는 건설회사 이름을 선명하게 비춰준다.

설을 전후한 연말연시에 서구西區의 한 구석지고 조용한 대로에서 버스를 기다리고 있었다. 길가는 온통 담벼락이었고 한쪽 구석이 부서져 있었다. 그 자리에 어떤 사람이 서서 그리 멀지 않은 곳에 높이 올라가고 있는 커다란 건물을 바라보고 있었다. 내가 가까이 다가가 말을 건네자 그 사람은 깜짝 놀라면서 뒤로 한 걸음 물러섰다. 그런 다음 어색한 표정으로 나를 향해 빙긋이 웃었다. 알고 보니 그는 무척 젊은 사람이었다. 거의 소년에 가까웠다. 젊은이는 손으로 뒷짐을 진 채 다소곳이 대나무를 엮어 만든 문에 몸을 기대고 있었다. 혼자서 그곳에서 무얼 하고 있느냐고 물었더니 젊은이는 모두 설을 쉬러 고향으로 떠나고 자기 혼자 남아 그곳을 지키고 있다고 대답했다. 내가 안에 들어가 구경을 좀 할 수 있느냐고 물었더니, 그는 얼른 한쪽으로 몸을 비켜 내가 안으로 들어갈 수 있게 해주었다. 안에는 끝이 보이지 않을 정도로 긴 공용침대가 놓여 있었다. 이부자리는 가지런하게 개켜 잘 정리되어 있었고 그 아래로 대자리가 드러나 있었다.

임시작업장의 숙소는 대나무로 울타리가 조성되어 있었다. 베어낸 지 얼마 안 된 새 대나무다 보니 온통 누런빛이었다. 창문과 문밖으로 햇빛이 쏟아져 들어와 실내 한구석을 환하게 비춰주었다. 빛이 밝게 비추는 곳에 먼지가 덩어리져 굴러다니고 있었다.

묘한 기운이 소리 없는 아우성처럼 실내에 가득 차 있었다.

아주 재미있는 풍경도 있었다. 쓰촨 출신 아가씨 둘이 손에 짐 보따리를 하나씩 들고 이리저리 객지 거리를 떠돌고 있었다. 방금 차나 배에서 내린 것이 분명했다. 아직 젊고 기대가 많아서인지 얼굴에서 지친 표정은 찾아볼 수 없었다. 오히려 약간 발그레하게 상기되어 있었다. 두 아가씨는 건축공사장 입구로 가까이 다가가 서는 잠시 걸음을 늦췄다. 그 가운데 한 명은 고개를 푹 수그린 채 발걸음을 떼려 하지 않았고, 한 명은 그런 친구의 팔을 잡아끌고 있었다. 억지로 끌려가던 아가씨는 몇 걸음 가다 말고 다시 몸을 돌려 원래의 자리로 돌아왔다. 나는 가고 싶지 않으니 가고 싶거 든 너나 가라고 버티고 있는 것 같았다. 두 아가씨는 이렇게 실랑 이를 하면서 한참이 지나도록 앞으로 나아가지 못했다. 그곳은 건 물이 반쯤 올라간 공사장이라 수시로 비계에서 인부들이 외치는 소리와 타워크레인이 움직이는 소리, 콘크리트를 뒤섞는 소리가 들려왔다. 그 비계 위에 한 사람이 있었다. 두 아가씨가 천 리 길을 멀다 않고 찾아온 사람이었다.

바로 이렇게 우리가 사는 이 도시에는 사방 도처에 농민공農民 工*들이 가득하고 공중에는 그들이 흘리는 땀 냄새와 시골 방언 억 양이 떠다니고 있다. 힘든 노동 속에서 단련된 그들의 착실한 걸 음걸이가 차량의 흐름 사이를 가로질러 간다. 아무런 거리낌도 없

---

* 중국 산업화의 영향으로 보다 나은 수입을 위해 도시로 와서 건설노동자를 비롯하여 갖가지 힘든 직종에 종사하는 사람들을 말한다.

이 당당하면서도 왠지 모를 두려움에 젖어 있는 모습들이다. 크고 작은 거리와 골목의 담장 아래에서 소변을 보고 있는 사람들의 뒷모습도 눈에 띈다. 이런 모습들은 이 도시가 갖고 있는 부르주아적 풍격을 거칠고 조악하게 바꿔놓는다.

우리 집 주변에 하나둘씩 자리 잡은 건물 가운데는 그들의 고향 지명을 따서 명명한 건물도 적지 않다. 예컨대 '신화서'新華舍라는 건물이 있다. 나는 '화서'라는 그 작은 마을이 사오싱허紹興河 다리 근처에 자리 잡고 있으며, 한때 '일출이 만 장丈의 비단'처럼 아름다운 곳으로 잘 알려져 있다는 것을 우연히 알게 되었다. 나는 또 매일 점심때가 되면 어느 건물에서 나는 소리인지 모르지만 금속을 두드리는 듯한 야릇한 소리에 귀를 기울이게 되었다. 아주 높은 곳에서 들으면 이 소리가 무척이나 멀리 퍼져나간다는 것을 알 수 있다. 여러 번 듣다 보니 그 소리에 일정한 박자가 있다는 것도 알게 되었다. 무슨 박자일까? 어느 시골 마을에 대대로 전해져 내려오는 민요가락이나 쾌서快書* 또는 대고大鼓의 박자일 것이다.

---

* 죽판(竹板)과 절자판(节子板)을 치면서 간혹 대사를 섞어 노래하는 중국 민간예술의 일종.

창강의 지류에서

    창강의 지류인 황푸강黃浦江 연변에 살다 보니 어릴 적에는 항상 증기선의 기적소리를 들을 수 있었다. 우리 집은 서구에 있고 강변은 동쪽이었기 때문에, 기적소리가 그렇게 멀리까지 들려오지는 않았을 것 같다. 특히 나이가 들면서 이 기적소리는 점점 멀어져갔다. 그래서인지 기적소리는 마치 어린 시절의 꿈처럼 느껴지기도 한다. 하지만 단정적으로 말하기는 어려울 것 같다. 기적소리는 상당한 관통력을 가지고 있고, 그 당시만 해도 도시가 오늘날처럼 시끄럽고 소란스럽지 않았기 때문이다. 요컨대 내가 기적소리를 들으면서 자랐다는 것은 너무나 분명한 사실이다. 기적소리는 조용하고 적막한 밤하늘을 돌아 아득하고 창망한 분위기를 퍼뜨리고 있었다.

    황푸강은 항상 내게 우울한 느낌을 주었다. 강변에 늘어선 식민지 시대의 건축물들은 석재를 쌓아 만든 담장과 거대한 건물 본체 그리고 탑처럼 생긴 종루가 항상 지상에 그림자를 드리우고 있었다. 황록색 강물은 너무 걸쭉해서 제대로 흐르지 못하는 것 같았다. 물결도 흙덩이 모양인 데다 강한 비린내를 풍기고 있었다. 이런 물질과 사물이 내 시야를 가득 메우고 있었다. 강 갈매기들은 수면을 스치듯 아주 낮게 날았고, 가까이 날아오는 순간 그 속도가 땅의 인력을 감소시키기 위해서는 반드시 빠른 비행으로 평형을 유지해야 한다는 것을 알 수 있었다. 이러한 우울함은 사실 너무 넓기 때문에 생기는 것이었다. 생선 비늘처럼 빼곡하게 들어선 건물 처마 밑으로 걸어 나오면, 하늘이 갑자기 높고 드넓어지면서 그 밑으로 황푸강이 흘렀다.

다른 지방에 사는 사람들이 와서 보면 별로 대단할 것도 없다고 느끼겠지만, 우리 상하이 사람들의 눈에는 건물과 골목들이 너무 비좁게 들어차 있어 그처럼 커다란 공간의 느낌을 받아들이지 못하고, 이로 인해 깊은 허무감에 빠지게 되는 것이다. 강물은 멀리 흘러갈수록 깨끗하고 투명해졌다. 원래의 속성이 빛에 용해되면서 일정한 조도를 갖게 되고, 어떤 각도에서 보면 아주 날카로운 반사광을 반사했다. 눈길이 미처 닿지 못하는 곳에 이르면 물과 하늘이 같은 색으로 하나가 되었다.

하늘이건 태양이건 안개건, 강물 위에서는 모두 높고 아득하게만 느껴졌다. 일종의 원시성을 갖고 있기 때문이다. 그래서 근대 초기의 도시들은 하나같이 황량한 지역을 갖고 있었다. 당시만 해도 지금처럼 건물과 사람들이 밀집하지 않았고 강을 가로지르는 터널도 없었다. 있는 것이라고는 강을 건널 수 있는 작은 배가 고작이었다. 문화대혁명이 막 시작되던 시기에 초등학교는 조반

反*운동에 참여하지 않았지만, 전국이 혁명의 봉화에 휩싸이면서 하는 수 없이 수업을 중단해야 했다. 당시 우리 친구들 몇몇은 스스로 짝을 이루어 사나흘 간격으로 강 건너편에 있는 마을을 찾아가곤 했다. 4학년 때는 그곳에 가서 노동에 참가하기도 했다. 그래서 내게는 그곳의 길과 사람들이 무척 익숙했다.

우리는 등에 책보를 메고 있었고 책보 안에는 도시락이 들어 있었다. 강변 부두에서 배를 타고 강을 건너야 했다. 강을 건너는 배는 직선으로 운행하는 것이 아니라 지렁이처럼 구불구불하게 물살을 헤쳐갔다. 심지어 몇 군데에서는 빙글빙글 돌기도 했다. 기적소리는 가까이에서 들으면 반대로 더 명료하지 않고 볼멘 소리가 섞여 있곤 했다.

우리가 왜 친척도 살지 않고 아무런 연고도 없는 이 마을을 찾아가는지, 그곳에 가서 뭘 해야 하는지 알 수 없었다. 뭔가 다정하게 기댈 것을 찾았던 것 같다. 농민들은 우리가 오는 것을 보고도 전혀 놀라지 않았다. 그들은 우리에게 간단한 일거리를 나눠주었다. 대부분이 부녀자들과 함께하는 노동이었다. 나는 어느 집에 들어가 이런저런 얘기를 나눌 수 있었다.

어떤 이유에서인지 진한 잿빛 강물 건너편에 있는 이 마을은 항상 밝고 아름다운 햇빛을 갖고 있었다. 해는 논밭 위로 따스하게 내리쬐었다. 암탉이 둥지 안에 낳은 달걀도 따스했고, 깨끗하게 빨아서 대나무 장대에 걸어둔 옷은 눈 깜짝할 사이에 다 말랐

* 문화대혁명 당시 주자파(走資派)에 대한 투쟁을 통칭하는 말.

다. 아궁이에 불을 땔 때는 진한 화덕 냄새가 나긴 했지만 당시에는 크게 문제가 되지 않았다. 거미줄만 보면 얼른 고개를 숙이고 밖으로 뛰어나왔기 때문이다.

강 이쪽 연안에는 유럽식 고전 건축물들이 들어서 있었다. 대부분 1949년 신정권이 정부기관의 청사로 사용하다 보니 그 재질과 형태에 권위가 만들어지고 삼엄함이 더해졌다. 르네상스풍 원형 조각상 기저에는 항상 총을 든 초병이 서 있었다. 그들 등 뒤로는 아주 높고 웅장하고 깊은 건물 입구 안에서 도시의 운명에 커다란 영향을 미칠 중요한 결정들이 이루어지고 있었다. 건축물 구역을 종으로 구분하는 직선도로는 사실 구체적이고 세밀한 생활을 좌우하고 있으면서도 무형의 벽으로 격리되어 있어 이곳의 거대한 역사서사로의 진입이 불가능했다.

한번은 일을 처리하기 위해 강변에 있는 중국은행에 가게 되었다. 갑자기 문 앞에 경계선이 설정되더니 소형 장갑차가 멈춰 섰다. 차에서는 총과 실탄을 휴대한 특수경찰들이 내렸다. 알고 보니 금괴를 수송하는 것이었다. 내 소설 『장한가』長恨歌에서도 금괴에 관해 언급한 대목이 나오지만 사실 내가 금괴를 그렇게 가까이에서 직접 본 것은 그때가 처음이었다. 금괴는 길이가 40센티미터쯤 되고 높이는 그 절반 정도 되는 나무상자에 담겨 있었다. 사람들이 끙끙대며 있는 힘을 다해 옮기는 것을 보니 금괴는 내가 생각했던 것보다 훨씬 무거운 모양이었다. 아마도 이는 금융활동 가운데 가장 외부적으로 나타나는 현상일 것이다. 그래서인지 상당히 긴장되고 삼엄한 분위기가 연출되었다.

종소리도 빼놓을 수 없다. 종소리는 항상 하늘에서 내려왔다. 종소리에 놀란 비둘기 떼는 둥지가 부서지기라도 한 것처럼 화들짝 놀라 우르르 날아올랐다. 고개를 들어 그 모습을 바라보면 마치 검은 반점들이 이동하는 것 같았다. 바람도 무시할 수 없었다. 바람은 거침없이 호탕하게 불어왔다. 강 이쪽의 기상이 이처럼 거친 것은 항구가 처음 개설될 때부터 여러 세대의 전이를 거쳐 양적으로뿐만 아니라 질적으로도 많은 변화를 겪었기 때문이다. 이런 변화 과정에는 창조도 있었고 파괴도 있었다.

유람선을 타고 황푸강에서 우쑹커우吳淞口까지 가다 보면 황푸강에 비해 유람선이라는 물건은 무척이나 경박하다는 느낌을 떨칠 수가 없다. 유람선만큼이나 경박한 물건들이 강 양안에 갈수록 더 복잡하게 솟아나고 있다. 예컨대 다리가 그렇다. 따로 떼어놓고 보면 다리는 아주 높고 웅장하지만, 일단 배를 타고 수면 위로 올라서면 갑자기 장난감 같은 모습으로 변한다. 또 강 건너편의 개발구에는 신형 건축자재들이 체적의 중력감을 완화시켜 준다. 아무리 거대한 건물도 손바닥 위의 물건처럼 느껴지는 것이다. 이것이 바로 야금야금 대자연을 잠식해가는 인류의 문명이다.

이처럼 유람선을 타고 강 위를 항행하면서 숲처럼 솟은 수많은 마스트 사이를 지나가다 보면 이 마스트들에서도 약간 고색창연한 느낌이 들면서 그윽한 회고의 정취에 빠져들게 된다. 강 건너편에 수많은 건물이 새로 건축되고 방파제가 증축되면서 수위가 올라가고 강 수면이 좁아지는 바람에 양쪽에서 조여드는 듯한 느낌을 피할 수 없다. 밤에 놀러 나오면 등불이 떠돌아다니는 반

덧불이 되어 대오를 이루면서 솟아오른다. 등불에 쫓겨 흩어진 강갈매기들은 비교적 인적이 드문 구역으로 가서 자리를 잡는다. 영국인들이 만든 티란교提監橋 감옥*의 작은 벽돌 건물은 지금도 하나의 모형처럼 서 있다. 강 이쪽에 늘어선 권력기구 건물들은 언제부터인지 모르게 두터운 벽 사이로 수많은 창문이 뚫려 있어 화려한 유행을 관통하여 또 다른 유형의 이데올로기를 형성하고 있다. 이때쯤 유람선은 우쑹커우에 도착한다. 여기서부터 황푸강은 창강으로 유입되면서 자기 조상을 알아보고 종족으로 돌아가 자취를 감추게 된다.

낮에는 포구와 강이 직선을 이루며 양쪽을 분명하게 가르고 있는 것을 볼 수 있다. 어두운 물줄기가 도도하게 흐르고 있지만 강 안에서는 보이지 않는다. 그렇게 수평선 너머로 물러서는 것이다. 이곳에 이르면 바람도 튼실하고 무거워진다. 물기를 잔뜩 머금고 있기 때문이다. 자연의 원동력이 되돌아오는 자리에서 우리가 탄 유람선도 뱃머리를 돌려야 한다.

나는 쑤저우허蘇州河도 배를 타고 항행한 적이 있다. 쑤저우허는 지류 중에서도 지류다. 내가 탄 배는 쓰레기 운반선이었다. 이 도시의 배설물을 쑤저우 남쪽의 시골로 보내는 것이다. 이 쑤저우허의 수계水系는 도시의 두터운 오물더미 한가운데를 관통하여 아름답고 그윽한 전원과 들판에 이른다. 언덕에는 버드나무 가지가 하

---

* 상하이 화더로(華德路) 117호, 즉 지금의 창양로(長陽路) 147호에 위치한 감옥으로, 중국의 사법권에 대한 영국의 침탈을 상징한다.

늘거리고, 배를 모는 아가씨는 뱃머리에 앉아 바느질을 하면서 건너편 배에 타고 있는 노인네랑 농담을 주고받는다. 이런 뱃사람들을 우습게 봐서는 안 된다. 이들은 하나같이 대단한 내력을 지니고 있기 때문이다. 그들은 대부분 쑤저우 북부 지역에서 온 사람들이다. 그들의 조상들은 난리나 기근을 피해 가족 전체를 거느리고 노 하나에 의지하여 종횡으로 그물처럼 어지럽게 얽혀 있는 물줄기들을 헤치고 타이후太湖를 거쳐 쑤저우허로 오게 되었다. 그렇지 않다면 그들의 평화롭고 안정된 정서와 태도를 해석할 방법이 없다.

요컨대 쑤저우허는 그들의 집이나 다름없다. 하늘은 좁고 온통 잿빛인 강물과는 달리 드넓고 파랗기만 하다. 바람도 부드럽고 다정스럽다. 뻐꾸기 소리가 파종을 재촉하고 강안의 논에는 이미 물 가두기가 시작되었다. 배 위의 쓰레기는 이곳에 버려져 썩고 변질되다가 흙으로 돌아가게 될 것이다.

영원히 용속해지지 말자

루쉰 선생 탄신 120주년을 기념하며

우리는 운이 좋게도 이곳, 루쉰魯迅 선생이 살다가 죽음을 맞았던 도시에 살고 있다. 그는 쉬광핑許廣平* 선생과 함께 대가정 밖에 소가정을 이루고 살면서 아들 하이잉海嬰을 낳았다. 선생 일가는 몇 차례나 거처를 옮겨 다닌 끝에 훙커우구虹口區 산인로山陰路에 있는, 규모가 대단히 큰 신식 룽탕 안에 자리한 주택에 정착했다. 집 앞뒤로는 같은 모양과 형식의 가옥들이 빽빽하게 들어차 있었고, 그 안에는 중산층 사람들과 그들이 땔감, 쌀, 기름, 소금** 등을 위해 바삐 돌아쳐야 하는 생계가 자리하고 있었다.

병중의 루쉰 선생이 한밤중에 쉬광핑 선생에게 불을 켜라고 지시하고 나서 이리저리 살폈던 것은 바로 이곳, 불과 연기로 따뜻하게 데워졌던 네 벽이었다. 사상가였던 선생은 그럭저럭 먹고 자는

* 루쉰의 제자였으나 나중에 아내가 되었다.
** 여기에 간장, 식초, 차 등을 더하면 중국인들이 전통적으로 중시하는 일곱 가지 생필품이 된다.

것을 해결할 수 있었던 시민들 사이에서 자신의 사상적 역량을 더욱 날카롭고 강력하게 키우고 다듬었다. 무실無實과 천박하고 짧은 소견이 공존하는 풍조 속에서 외로운 분노로 기울어지기 십상이었지만, 바로 이 외로운 분노 덕분에 이 용속한 인생들의 머리 위로 아주 높고 드넓은 정신의 공간을 개척할 수 있었다. 한밤중에, 그것도 병중에 불을 켜고 이리저리 살피다 보면, 눈에 보이는 것이 이 네 벽에 그치진 않았을 것이다. 선생의 눈빛은 이 네 벽을 뚫고 나가 깜깜한 밤중에 진흙탕 같은 세상의 어디쯤에 이르렀을까? 우리의 평범한 눈으로는 정말이지 따라잡기 어려울 것이다.

1936년 6월 23일, 세상을 떠나기 넉 달 전쯤에 루쉰 선생은 이미 '종이 한 장 들 힘조차 없는' 상태였다. 선생이 구술한 것을 쉬광핑 선생이 받아 적은 『소련 판화집』素聯版畫集 서문에 이런 구절이 있다.

"지난 한 달 동안 매일 몸에 열이 났다. 그런 상황에서도 이따금 판화 생각이 났다. 그 판화 작가들 가운데 소박하고 표일飄逸하며 총명하고 영리한 사람은 하나도 없는 것 같았다. 그들은 하나같이 광대한 흑토의 화신 같고 때로는 그야말로 둔중하기 그지없었다."

시민 계층이 흥기하고 신문 산업이 발달하며 크고 작은 문화면과 문예란이 가볍고 어여쁜 화변花邊문학*의 글들로 가득하고 '도처에 장미꽃이 피는' 모던의 시대에 선생이 찬미한 것은 '광대한

---

* 루쉰이 1934년에 발표한 잡문집 제목으로, 61편의 글이 실려 있다. 우리나라에서는 꽃테문학으로 알려져 있다.

흑토의 화신 같고 때로는 그야말로 둔중하기 그지없는', 무겁고 깊이 있는 성품이었다. 사실 이러한 성품은 일종의 의무에서 유래한다. 이 의무란 인류의 고통과 평탄치 못한 일들을 책임지면서 미래를 개척해나가는 것이나 다름없다. 이는 또한 선생이 스스로 어깨에 짊어지고서 평생 글과 행동으로 실천한 것이기도 하다. 오늘날 이 이기적인 도시가 누리고 있는 향락의 공기 속에서도 이러한 목소리는 자연스럽게 외로운 분노가 될 수밖에 없다.

하지만 선생이 없었다면, 입고 먹느라 빠듯한 생계 속에 선생의 사상적 역작들이 없었다면, 이 도시는 어떤 모습을 갖게 되었을까? 진흙덩어리가 잔뜩 쌓여 있고 그 어두운 그림자가 어른거리다가 온갖 향락의 희미한 빛으로 뒤덮이는 불야성에 선생의 '둔중한' 사상은 거대한 암흑을 벗겨버리고 모든 사소한 것을 덮어버렸을 것이다. 그리하여 개나 닭의 내장을 가진 소인배 무리들의 구차한 쓴웃음과 그들의 말소리와 얼굴빛을 거둔 다음, 이 모든 것을 하나로 규합하여 부피와 무게를 늘림으로써 완전한 변화의 기회를 만들었을 것이다.

이 도시는 선생을 뒤로하고 수없이 어렵고 힘든 날들을 지나왔다. 덕분에 이 세상에 사는 사람들의 모습이 조금씩 좋아지고 있다. 선생은 소련의 붉은 광장에서의 시위 모습을 담은 다큐멘터리 영화를 보면서 아들 하이잉에게 이렇게 말했었다.

"나는 볼 수 없지만 너는 볼 수 있는 광경이 이미 지나갔다. 붉은 광장도 이미 막을 내렸다."

수많은 첨예한 충돌이 이미 완화되거나 방식을 바꾸었다. 이제 세계는 협력과 평화를 향해 공동으로 나아가기 시작했다. 동시에 또다시 새로운 차이와 문제들이 생겨나 사람들에게 좀더 높은 것들을 요구하기 시작했다. 삶은 여전히 힘들고 엄준하여 사상가들의 게으름을 허락하지 않는다. 경제구조가 전환되고 있는 오늘날의 사회에서 시장의 성장과 발전은 우리를 현대화의 길로 밀어붙이면서 동시에 또 다른 곤혹감을 안겨주고 있다.

문화시장은 최고의 효율과 이익을 추구하기 위해 졸렬하고 용속한 취미에 영합하기도 한다. 예술가들이 시장에 영합하여 현실을 회피하는 화려하고 공허한 글들을 쏟아내고 있는 것이다. '소박하고 표일하며 총명하고 영리한' 작가들의 재빠른 글쓰기가 이 도시를 가득 메꾸면서 도시 전체에 경박하고 화려한 외피를 씌우고 있다. 이제 또다시 1930년대의 '모던 상하이'가 무대에 등장했다. 화려하고 염미한 소리들이 끊이지 않고 있다. 하지만 나는 자신도 모르게 그 속에서 선생의 그림자를 찾게 된다. 그 둔중하고 거대한 그림자를 찾고 있는 것이다. 선생이 있었기 때문에 '30년대'는 모던과 향락과 풍류의 시대로 밤마다 음악과 노랫소리가 그치지 않았지만, 동시에 강철의 대오가 있어 사람들을 향해 외치고 버틸 수 있었다.

나는 자신도 모르게 선생을 찾고 있다. 선생이었다면 오늘 이 시대에 어떤 목소리를 냈을지 유추해본다. 문득 선생의 목소리가 들리는 것 같다. 선생의 60년 전 목소리가 지금도 굵은 울림을 토해내고 있는 것 같다. 여전히 쟁쟁 거세게 울리면서 모든 문제의 핵심을 찌르고 있는 것 같다. 이 고독한 목소리는 아주 긴 세월을 거쳐 새로운 유행으로 다시 돌아와 일종의 흐름을 이루면서 지금도 새로운 소리를 쏟아내고 있다. 선생이 살던 곳과 비슷한 옛 룽탕의 가옥들은 대부분 불도저에 깔려 평평해진 뒤에 고층 빌딩으로 다시 태어났다. 그 건물들의 틈새로 타락하고 용속해지지 말 것을 경고하는 선생의 무거운 발소리가 들려온다. 후배들을 믿었던 선생을 절대로 실망시켜선 안 될 것이다.

2001년 8월 24일

더 행복한 삶을 위하여

곧 세계무역박람회가 시작된다. 이는 국제사회가 상하이에 주는 선물인 동시에 일종의 시험문제일 것이다. 이 시험문제의 특징은 우리 스스로 출제하고 우리 스스로 답안을 제시한다는 것이다. 여기에는 또 한 가지 분명한 요구가 있다. 인류생활의 정신에 새로운 내용을 더할 수 있어야 한다는 것이다. 우리가 정한 주제는 '도시의 삶을 더 아름답게'라는 것이다. 나름대로 아주 훌륭한 주제인 것 같다. 하지만 실현하기 쉽지 않은 주제라는 생각도 든다.

인류의 역사가 21세기까지 흘러오는 과정에서 산업혁명이 일어났고, 과학기술이 부단히 발전했으며, 생산관계도 끊임없이 진보했다. 부가 축적되면서 실체의 부에서 가상의 부로 팽창되기도 했다. 인류문명은 이제 무소불위의 능력을 갖추게 된 것 같다. 수많은 신화와 우언寓言이 현실로 변했고, 꿈이 실제가 되었다. 속도와 효율은 무한대로 확대되었고, 시간과 공간의 가능성도 한계가 없어졌다. 그러나 이러한 관성을 극복하고 조용하고 차분하게 생각해보면 약간의 망연함도 느끼게 될 것이다.

행복이란 도대체 무엇인가. 고맙게도 이번 세계무역박람회가 거침없이 열정적으로 행동하고 있는 사람들에게 생각할 수 있는 시간을 준 것 같다. 우리의 목표와 이상을 다시 한 번 점검하고 초심으로 돌아가 행복에 대한 새로운 관념을 도출할 수 있는 기회를 준 것이다. 각 민족의 오랜 전통 속에서 주인공들은 무수한 도전과 곤경을 경험하면서 노력하고 분투했다. 거기에 행운까지 더해져 마침내 위험을 평안으로 전환시킬 수 있었다. 또는 고진감래라고 할 수도 있고, 애인이 있는 사람이 마침내 가족으로 합치게 된 것이라 할 수도 있을 것이다. 어쨌든 마지막 결론은 이때부터 모두들 행복한 삶을 살 수 있게 되었다는 것이다. 이제 수많은 원시시대의 곤혹과 고통이 더 이상 곤혹스럽고 고통스럽지 않게 되었다. 그리하여 행복이라는 이 원시적 단어도 그 의미가 모호해졌다. 그렇다면 그 근원으로 다시 한 번 거슬러 올라가 보자. 거기서 생활 속에 존재하는 가장 기본적인 가치를 찾아보자.

인류는 문명의 역정에서 점차적으로 정주定住 단계로 접어들었다. 또한 흩어져 사는 환산渙散 주거에서 집단 주거로 발전하게 되었다. 이렇게 집단으로 거주하는 공간을 우리는 '도시'라고 부른다. 기계의 발명은 번다煩多하고 힘든 육체노동을 경감시켜주었고, 무역은 각종 수요를 조정해주었으며, 사회적 분업은 사람들의 능력 차이에 평형을 유지해줌으로써 각자 자신이 잘하는 일만 하면서 필요한 것을 골고루 얻을 수 있게 해주었다. 도시는 이처럼 생존 평등의 가능성을 제공해주었다.

내 직업은 소설을 쓰는 것이다. 그래서 소설이나 그 밖의 허구 예술 속에서 사회생활의 재료를 찾는 데 익숙하다. 라오서의 소설에 나오는 뤄퉈샹쯔駱駝祥子는 농민이다. 그는 부모와 얼마 되지 않은 땅을 한꺼번에 잃었다. 어떻게 잃었을까? 라오서는 이에 대해 아무 말도 하지 않는다. 그 시대는 가혹한 재앙과 병란의 시대였다. 이리하여 그는 베이징으로 오게 되었다. 베이징에 와서 무슨 일을 했을까? 인력거를 끌었다. 인력거를 끌면서 자신만의 힘에 의지하여 혼자 살아갈 수 있었다.

마오둔茅盾의 『린씨네 가게』林家鋪子에 나오는 주인공의 집은 강남의 작은 진鎭*에 자리하고 있어 사방팔방 농촌의 저소비에 직면해 있었다. 농사가 조금만 부실해져도 미미한 소비마저 압박을 받기 일쑤였다. 이런 상황에서 거대한 자본이 들어오자 소자본 경영은 뿌리가 뽑히거나 전복되고 말았다. 결국 파산하여 문을 닫은 린씨네 가게는 어디로 갔을까? 마오둔은 이에 대해 아무 말도 하지 않는다. 내 생각에는 아마도 상하이로 왔을 것 같다. 상하이는 대도시이고 수요가 많은 데다 다른 기회도 많기 때문이다.

바진巴金의 『집』家에 나오는 신청년 줴후이覺慧는 가슴 가득 뜨거운 열망을 안고 지난 세기의 부패한 사회를 구제하려 하지만, 결국 자기 신변에 있는 가장 가까운 가족들마저 구하지 못하고 심지어 자신의 아주 작은 애정마저 지키지 못한다. 실망한 줴후이는 철옹성 같은 집을 떠나 배를 타고 유유히 어딘가로 떠나간다. 그

---

* 중국 지방 행정단위의 하나로, 중소 도시에 해당한다.

광경을 소설에서는 이렇게 묘사한다.

"이 물줄기는 끊임없이 앞을 향해 흘러간다. 이 강물은 그를 미지의 대도시로 데려다줄 것이다."

그 도시의 이름은 무엇일까? 작가는 아무 말도 하지 않는다. 하지만 바진이 도착한 곳이 상하이라는 사실은 누구나 다 알고 있다. 루쉰의 소설 『애도』傷逝에서 쯔쥔子君과 쥐안성涓生의 자유결합은 베이징에서 이루어진다. 그들이 거주하던 작은 집은 베이징의 지자오吉兆 후퉁에 자리 잡고 있다. 세상 사람들의 한가한 뒷담화를 피할 수는 없었겠지만, 그래도 지나친 간섭에 시달리지는 않았을 것이다. 결국 두 사람의 사랑이 실패하게 된 것은 쥐안성 자신의 의기소침 때문이었다. 그는 사랑에 대한 루쉰의 기대를 감당할 수 없었던 것이다. 여러 해가 지나 『청춘의 노래』青春之歌*에서 린다오징林道靜과 위융쩌余永澤는 베이징에서 동거를 시작한다. 보금자리를 마련한 곳은 작은 중국식 아파트였다. 유감스럽게도 정치적 견해가 달라 두 사람은 이 신식 사랑을 끝까지 유지하지 못한다.

이런 얘기들을 통해 내가 말하고자 하는 것은 도시의 생산시스템과 생활방식이 사람들에게 전통윤리의 질서에서 벗어나 모든 물질적·정신적 유산을 포기하고 홀로 생존할 수 있는 능력을 제공해준다는 사실이다. 다시 말해서, 도시는 상대적으로 매우 공평한 공간이라 할 수 있다. 강자와 약자 모두가 어느 정도 자신의 가

---

* 중국 당대(當代)문학 사상 최초로 학생운동과 혁명지식인을 묘사한 장편소설로, 양모(楊沫)의 작품이다.

치를 획득하고 실현할 수 있는 것이다.

여성의 지위가 변천되어온 과정을 간략하게 되돌아보자.

1900년 미국 뉴욕에 '국제여성복노동자조합'International Ladies' Garment Workers' Union이 설립되어 여성 노동자의 권리를 주장하기 시작한 것이 '3·8세계여성의 날'의 기원이다. 이처럼 초보적인 성평등 조약이 만들어진 배경은 산업화였다. 산업화의 과정에서 여성과 남성은 서로 다른 신체조건과 체력을 가지고 있으면서도 기계 위에서는 이런 차이가 사라져버리는 불합리를 경험하게 된다. 나는 일찍이 상하이의 어느 민속자료에서 당시 생산공장에서 일하던 여성 노동자들이 즐겨 부르던 민요를 발견한 적이 있다.

"치자나무꽃이 송이송이 피었네. 큰 시장은 남쪽 상하이로 향하고, 상하이는 남쪽 와이탄外灘으로 향하네. 생사공장 여공들은 치장하길 좋아하여 류하이劉海식 쇼트커트 머리에 짧은 소매 블라우스를 입고 분홍색 치마에 살색 스타킹을 신네. 파란 나비구두를 신은 그녀들, 왼손에는 금반지를 끼고 오른손에는 작은 도시락 바구니를 들고 있네……"

이와 대비되는 화북華北 평야 지대 농촌에서 유행하던 민요를 살펴보자.

"작은 배추가 땅 속에 노랗게 박혀 있네. 두세 살 난 어린아이들은 엄마가 없어도 아빠랑 잘 노네. 단지 아빠가 새엄마를 얻을까 두려울 뿐……"

경제적 능력이 없는 여성은 이토록 처량하다. 사회의 현대화는 도시를 따라 진행되고 있다고 할 수 있다. 여성이 계몽과 교육을 받아들이기만 하면, 복잡하지만 여전히 체력에 의지해야 하는 이 세상에서 갖가지 잠재력을 발휘할 수 있고, 남성들을 상대로 한 경쟁에서 갈수록 더 유리한 조건을 갖춰나갈 수 있다.

장애인들의 권리도 생각해볼 필요가 있다. 장애인들은 고도의 협력이 요구되는 시스템 속에서 먼저 자립할 수 있어야만 존엄을 실현할 수 있다. 2007년에 상하이는 특수올림픽 대회를 개최한 적이 있다. 개막식 행사에 여러 사람이 몸으로 만리장성을 만들어 그 위로 올라가는 프로그램이 있었다. 뇌성마비 장애인 두 명이 이 프로그램에 참가하여 양쪽 끝에서 '만리장성'에 오르기 시작했다. 앞을 향해 기어오르는 힘든 여정에서, 밑에 있는 '성벽'의 수많은 손이 두 사람을 붙잡아주고 밀어주었다. 결국 많은 사람의 힘에 의지하여 두 장애인은 떨어지지 않고 무사히 정상에 오를 수 있었다. 이는 하나의 상징이라 할 수 있다. 협력과 상호작용, 서로 에너지를 합친 다음에 다시 나누는 새로운 분배를 통해 전부가 제대로 활용되는 결과를 상징하는 것이다. 이를 바탕으로 우리는 노년과 쇠약, 질병, 경쟁력 부족과 실패에도 불구하고 약세집단도 마땅한 생존을 보장받아야 한다는 사실을 기억해야 할 것이다.

도시에는 사회적 자원이 최대한 집중되어 있고 상당히 합리적으로 배치되어 있다. 모든 사람이 이론상으로나 실제상으로나 똑같은 세계, 똑같은 꿈을 향유할 수 있다. 이것이 바로 도시의 과학정신이자 인도주의다. '도시의 삶을 더 아름답게' 하자는 주제는 이런 의미와 정신을 크게 발양시켜줄 것이다.

나는 세계박람회 중국관의 주제토론에도 참석한 적이 있다. 그 자리에서 가장 재미있고 감동적이었던 것은 각종 방안과 건의가 출발점과 시각, 형식, 수단 등의 차이에 관계없이 도시의 이상을 논할 때마다 마치 천 갈래의 강물이 바다에서 만나듯이 약속이라도 한 것처럼 민생의 안락과 소강小康사회의 구체적이고 생동감 넘치는 정경을 강조하고 있었다는 점이다. 문득 덩샤오핑鄧小平의 탄신을 기념하는 자리에서 듣고 본 이 국가 지도자의 가정생활의 편단들이 뇌리에 떠올랐다. 너무나 따스하고 안락한 가정의 숨결이자 천륜의 즐거움이었다. 소강사회가 분투해야 할 목표는 아마도 생활과 인생에 대한 이 노인의 인식에서 나온 것이 아닌가 하는 생각이 들었다. 그는 잔혹한 전쟁과 격렬한 정치투쟁을 겪었고, 가족이 이산되는 아픔을 경험했다. 그런 그가 무엇보다도 가장 잘 아는 것은 도대체 행복이란 어떤 것인가 하는 것이다.

언제 어디서나 아주 놀라운 일들이 빈발하고 있는 이 시대에도, 사람들은 계속 깨어 있고 행복에 대한 소박한 염원을 간직하고 있다. 이는 모든 일의 시작으로서 우리가 앞으로 나아가야 할 미래의 방향을 결정한다. 세계박람회에 감사해야 할 것은 이 행사가 우리에게 인류문명이 걸어온 길을 되돌아보면서 다시 한 번 목표를 점검하고 우리가 진정으로 원하는 것이 무엇인지 다시 한 번 사유해볼 수 있는 기회를 제공한다는 점이다. 세계박람회는 세계의 축제다. 주인과 손님 모두 노력과 열정을 다하여 서로에게 가장 아름다운 선물을 주고 만물이 한데 모여 서로를 향해 흘러들 수 있게 해야 할 것이다. 이 모든 것이 우리의 삶을 더 아름답게 한다는 한 가지 목표를 지향해야 할 것이다.

제2부

남자와 여자가 동시에 출발하여
서로 어깨를 나란히 하고 나아간다.
생명을 잉태하여 양육할 때가 되면
여자는 남자를 뒤로 떨쳐버린 다음
날듯이 혼자 앞질러 가버린다.

남자와 여자, 여자와 도시

아주 긴 세월 동안 나는 줄곧 한 가지 문제에 관해 집요하게 생각해왔다. 남자란 도대체 어떤 존재이고 여자는 도대체 어떻게 된 존재인가 하는 것이다.

하느님은 여자들에게 대단히 불공평했던 것 같다. 하느님은 여자들에게 남자들보다 더 긴 수명을 주면서 청춘은 더 짧게 만들었다. 여자들에게 남자들보다 굶주림과 갈증을 훨씬 더 오래 견디는 힘을 주면서 대신 훨씬 더 연약한 엉덩이를 주셨다. 생명의 발생은 애당초 남녀의 결합에 의해 이루어지는데도, 여자들만 너무나 힘든 잉태와 분만의 고통을 부담한다. 생명은 분명히 여인의 젖과 피를 먹고 성장하는데도, 계승하는 것은 남자의 혈연과 가족이다. 이 모든 것이 나뉘기 전부터 하느님은 여자들에게 남자의 갈빗대 하나를 취한 것이라는 아주 비굴한 신분을 주셨다.

남자들은 하늘의 총애를 입어 오히려 망가져 버렸다. 여자들보다 더 많은 모성애를 받아야만 성숙해지면서도, 여자들이 이미 발육을 멈춘 뒤에도 성장을 계속한다. 여자들이 이미 초췌해지기 시작할 때쯤 남자들은 더 빛나는 얼굴과 왕성한 두발을 자랑한다. 심지어 얼굴의 주름도 매력의 상징이 된다. 이리하여 여자들은 반드시 남자들보다 더 젊어야 성애나 심리적 문제에서 남자들과 같은 보조를 유지할 수 있다. 그러면서도 여자들은 남자들보다 훨씬 더 긴 세월을 누린다. 그래서 남자는 여자의 눈물과 어루만짐 속에서 편안히 쉬고, 여자는 남자를 먼저 보낸다. 그런 다음 조용하고 고독한 여생을 보내는 것이다.

여자는 태어나면서부터 애쓰고 외로움을 견디고 인내하는 삶을 살도록 운명으로 정해진다. 게다가 비천하기까지 하다. 빛나는 일들은 전부 남자들의 몫이고, 빛나는 성정도 전부 남자들의 차지다. 하지만 여자들은 고독하고 힘든 인내 속에서 남자들보다 훨씬 더 훌륭한 성정을 갖추게 된다.

생명은 여자의 몸에서 발생하고 여자의 몸에서 숙성된다. 여자의 피와 교류하고 여자의 맥박과 리듬을 같이하며 여자의 호흡과 자양을 함께 누린다. 생명은 몸 안에서 여자를 교육한다. 그래서 생명이 대체 무엇인가 하는 문제에 대해 여자는 남자보다 훨씬 더 많은 것을 이해한다. 물론 그 생명 속에는 분명히 남자의 절반이 들어 있다. 하지만 그것은 몸과 격리되어 있어 두뇌와 사상을 통해서만 통찰하고 체감할 수 있다. 풍부한 상상력이 갖춰져 있지 않고 깊이 있는 두뇌와 소박하고 건강한 영혼이 없다면 이러한 체험은 완전한 단계에 도달할 수 없다. 반면에 여자는 자신이 갖고 있는 생명의 주체를 통해 모든 깨달음을 받아들인다.

사람들은 항상 남자들이 이기적이라고 질책한다. 하지만 남자들은 이기적이지 않을 방법이 없다. 남자들은 그저 독자적이고 자발적인 상태에서 출발하여 인간과 세계를 이해할 수 있을 뿐이다. 반면에 여자는 태어나면서부터 독자적이지 못하다. 여자들이 이처럼 기이하면서도 고통스러운 능력을 갖게 된 것은 신분에서 분리되어 나온 생명이기 때문이다. 여자들은 사물에 대한 이해의 출발점이 남자들에 비해 훨씬 넓다. 종종 이런 경우가 있다. 남자와 여자가 동시에 출발하여 서로 어깨를 나란히 하고 나아간다. 생명을 잉태하여 양육할 때가 되면 여자는 남자를 뒤로 떨쳐버린 다음, 날듯이 혼자 앞질러 가버린다.

이런 이야기는 항상 부지불식간에 작가나 예술가들의 작품으로 재현되곤 한다. 러시아 영화 「중학생 왈츠」에서는 어린 남녀가 서로 사랑에 빠진다. 여자는 남자에게 나중에 아이를 갖게 되면 함께 도망치자고 말한다. 남자는 여자를 정말로 사랑하기 때문에 사랑을 배반하려는 비겁한 생각은 조금도 갖고 있지 않다. 여자의 말에 남자는 그저 몹시 놀랄 뿐이다. 하지만 여자는 도망치려 해도 도망칠 방법이 없다. 아이에게 붙잡힌 몸이기 때문이다. 죄수나 다름없다. 그녀는 어쩔 수 없이 아이라는 문제에 직면하게 된다.

그녀의 뱃속에서 태아가 그녀를 교육시키면서 말로는 전달할 수 없는 사랑의 수많은 비밀을 전수해준다. 그녀는 점차 모든 걸 알게 되고, 결국 낙태를 위해 찾아간 병원에서 도망쳐 나오게 된다. 그녀가 완강하게 아이를 낳으려 하자 남자는 자신이 선택한 애정 없는 혼인에 가슴 졸이며 괴로워하게 된다. 여러 해가 지나 우연히 만나게 되었을 때, 두 사람은 여전히 몹시 사랑하고 있지만 다시 좋았던 시절로 돌아가지는 못한다. 두 사람 사이에 절대로 넘을 수 없는 거리가 존재하기 때문이다. 여자는 본격적으로 성장하는 데 비해 남자는 불행한 혼인을 경험하고 나서 천천히 성장하여 자신의 아이를 이해할 수 있을 정도의 약간의 용기를 갖게 될 뿐이다. 그리고 아이에 대해 신성한 호기심을 갖게 된다. 남자가 아이를 한번 만나보고 싶다고 하지만, 여자는 대답 대신 잠시 야릇한 미소를 짓는다. 그녀의 미소를 통해 남자는 자신이 아이를 만나볼 수 있는 기회를 상실했음을 깨닫는다. 동시에 그는 여자와 영원히 동행할 수 있는 기회를 상실한 것이다. 그가 얼마나 갈망하든 얼마나 고통스럽게 참회하든 그는 영원히 그녀와 함께할 수 없다. 그에게 놀라서 겁먹고 도망친 것 말고는 아무런 잘못이 없다 해도 어쩔 수 없는 일이다.

일본 영화 「여름의 사랑」夏の戀에서도 거의 같은 이야기가 재현된다. 이 영화의 젊은 남자 주인공은 더 겁이 많아 심지어 혼인 자체를 두려워한다. 그는 충분히 즐기지도 못하고 결혼을 하느니 차라리 맞아죽겠다고 말한다. 남자들에게는 넉넉하게 즐길 시간이 필요한 것이다. 생명의 격차 때문에 사랑에 대한 태도에서도 남자와 여자 사이의 거리는 더 크게 벌어진다. 동서고금을 막론하고 얼마나 많은 작가가 이런 비극을 그려냈는지 모른다.

서사시 「공작동남비」孔雀東南飛*에서 초중경焦仲卿은 영원히 유란지劉蘭芝처럼 모든 것을 몸 밖에 두고 사랑의 이상을 실천하지 못한다. 그에게는 항상 변명거리가 많고 유란지 같은 애정지상주의의 태도를 보이지 못한다. 초중경뿐만 아니라 영화 「두십랑」杜十娘**에 나오는 리자李甲도 마찬가지다. 심지어 애정지상주의의 표본이라 할 수 있는 가보옥賈寶玉***조차도 가문이 내린 종법제도의 수호와 공명의 성취라는 두 가지 임무를 완수하고 나서야 사랑하는 여인 임대옥林黛玉을 따라 가게 된다.

남자들은 외부세계에 대해 공명과 효도, 가문의 승계라는 막중한 책임을 갖고 있고, 이것 말고도 대단히 번다한 요구와 욕망들을 갖고 있다. 그래서 남자들은 여자들처럼 사랑의 전장에 가벼운 군장으로 나서지 못하는 것이다. 남자들이 사랑의 전장에서 전심전력으로 싸우면서 자신을 완전히 잊고 몸을 바친다는 것은 기대할 수 없는 일이다.

전통적으로 인간이 막 벗어났거나 한창 벗어나고 있는 대자연의 환경은 남자와 여자에게 두 가지 서로 다른 이상을 만들어주었다. 남자의 이상은 외부세계에 대한 창조와 책임이고, 여자의 이상은 내부세계에 대한 세심한 조소와 완벽한 정리다. 남자들이 사회가 제공하는 조건에 의지하여 전면적으로 발전해나갈 때, 여자들은 한 가닥 영혼의 틈밖에는 발전할 수 있는 공간이 없다. 이리

---

* 중국 육조(六朝) 시대의 장편 서사시로, 지은이는 알려지지 않았다. 고부(姑婦) 간의 불화로 빚어지는 가정 비극을 다루고 있다.
** 중국 명대의 유명 소설가인 풍몽룡(馮夢龍)의 작품 『경세통언』(警世通言)의 일부를 각색한 영화.
*** 청대 소설 『홍루몽』의 주인공.

하여 여자들은 이 좁은 길 위에서 아주 먼 길을 가야 하는 것이다. 애석한 것은 여자들의 존재범위는 너무나 협소하고 방패가 되어 줄 수 있는 외부세계에서의 생활도 없기 때문에, 한 번 사랑의 전쟁에서 패하면 모든 것을 잃게 되고 인성 전체가 실현되거나 어딘가에 기탁될 방법이 없다. 그래서 여자들은 사랑의 전장에서 승리의 순간을 누리기가 어렵다. 승리한 사례라고 해야 『금병매』金瓶梅에 나오는 반금련 같은 인물이 고작이다. 반금련은 왕성한 생명력과 남달리 계산이 빠른 두뇌로 결국 서문경을 제압하지만, 서문경이 그녀의 손에서 죽음을 맞게 되자 이 승리마저 진정한 '승리'의 맛을 잃고 만다.

어쨌든 이처럼 극단적이고 고립무원한 개인의 자아체험에서 여자들이 남자들보다 훨씬 더 성숙한 것을 알 수 있다. 사내대장부를 찾는 것은 어쩌면 여자들의 영원한 곤혹감과 실망의 근원인지도 모른다. 하지만 어떤 남자가 이상적인 남자인가 하는 문제에 대해서는 확실한 답변이 어려울 것 같다. 남자가 작고 연약하여 여자에게 의지하다면, 여자는 힘에 부쳐 주위에 도움을 청하게 될 것이다. 반면에 남자가 크고 강해 여자의 모든 것을 포용한다면 '노라'*는 또다시 가출을 하게 될 것이다. 결국 여자는 자아의 추구에서도 막막한 무력감에 빠지게 된다. 바로 이런 이유 때문에 여자의 자아 추구는 인류적 문제가 되는 것이다.

* 여성의 자유와 인간으로서의 사회적 독립을 주제로 한 노르웨이의 희곡작가 입센(Henrik Ibsen)의 작품 『인형의 집』의 여주인공으로, 여성해방운동의 선구자이자 신여성의 대명사다.

인류는 미래를 향해 나아가면서, 갈수록 땅에서 멀어진다. 부드러운 땅을 떠나 좀더 강하고 딱딱한 콘크리트와 금속의 세계로 들어가는 것이다. 이곳은 인류의 출생지보다 생존의 원천이 더 풍부한 세계다. 기계가 힘들고 번다한 사회 분업의 모든 과정을 사소하고 정교하며 적은 체력과 지혜만으로도 조작할 수 있는 우월한 일들로 해체시켜준다.

생계를 모색하는 수단도 천차만별이라 여자는 이 천지에서 처음으로 땅에게 무시당했던 능력을 인정받고 발휘할 수 있게 된다. 자연이 여자들에게 준 것은 너무나 각박하지만 다행히 다시 만들어진 자연 속에서 능력을 발휘할 수 있게 되었다. 그리고 태어나면서부터 가지고 있는 그 부드러운 인내 덕분에 여자는 현란하게 무수한 모습으로 변화하는 생활 속에서 남자들보다 더 쉽게 능력을 나타낸다. 더욱이 농업사회의 생산방식이 남자들에게 부여한 우세 덕분에 그들은 가장의 역할을 담당하게 되고 사회의 정통 자손으로 인정받게 된다. 그래서 남자들은 더 무겁게 역사와 전통, 도덕의 짐보따리를 짊어지게 되고, 이를 피하는 것은 절대적으로 불가능하다. 자연을 위배하여 도시로 들어가는 이 자연스러운 길에는 여자들보다 더 넘기 어려운 장애물들이 나타난다.

이런 이야기들은 의식적이든 무의식적이든 간에 동서고금의 수많은 작가의 예술작품에 재현되어 있다. 예컨대 졸라Emile Zola의 『여인들의 천국』 결말 부분에서는 '여인들의 천국'이 아가씨들을 이기고 아가씨들도 '여인들의 천국'을 이긴다. 도시와 여자가 물과 젖처럼 서로 잘 섞이고 융화한다. 일찍이 여자가 땅 위에서 이처럼 빛나는 승리를 거뒀다는 전설이 있었는지의 여부가 잘 기억나지 않는 것 같다. 또 다른 러시아 영화 「모스크바는 눈물을 믿지 않는다」*도 마찬가지다. 아주 오래전에 이 영화를 본 내 소감은 다른 사람들과 사뭇 달랐다. 나는 이 영화의 줄거리가 여자의 이야기로 그치는 것이 아니라 한 여자와 도시의 이야기라고 생각했다. 여자와 도시는 마치 전장에서 대치하고 있는 쌍방 같았다. 여자는 진지에 나가자마자 피해를 입는다. 그녀는 애당초 자신의 순진한 환상에 의지하며 이 낭만적인 만남에서 승리를 거두지만, 뜻밖에도 방탕한 남자에게 농락당하고 만다. 그녀의 소박하면서도 따스한 인생관이 이러한 치명적인 공격을 받는 순간, 그녀의 진지는 눈앞에서 허물어지고 만다. 이를 악물고 마음을 추스르는 수밖에 없었던 그녀는 결국 아픔을 이겨내고 앞길이 창창한 공장장으로 변신한다. 영화의 마지막 장면에는 화려하게 빛나는 모스크바의 야경이 펼쳐지는 가운데 화면 밖에서는 이런 방백이 들려온다.

"모스크바는 언어를 믿지 않는다. 모스크바는 사랑을 믿지 않는다. 모스크바는 눈물을 믿지 않는다!"

모스크바는 너무나 냉혹한 것 같지만 사실은 사람들로 하여금 그 공정함과 평등함에 감탄을 금치 못하게 만든다. 단지 노력을, 불굴의 힘든 노동을 그 대가로 지불해야 할 뿐이다. 지혜만 있으면 모스크바는 그렇게 헛되지 않다. 절대로 보상에 인색하지 않다. 이곳에서는 모든 사람이 거의 동일한 출발선에 선다. 하지만

---

* 1979년 제작된 러시아 코미디 영화.

태어난 땅과는 달리 이곳에는 가족의 배경이나 출신의 귀천 같은 너무나 부드럽고 연약한 탄성이 존재하고, 아주 먼 시대에 확립되어 이 모든 것이 의지하고 있는 단순한 힘의 비교가 있기 때문에 사람 자체가 아니라 외부적 조건들이 사람들을 같은 출발선 위에 서지 못하도록 결정해버린다.

땅이 사람들에게 요구하는 노동은 지나치게 단일하고 협애하며 너무나 고되다. 여자들은 이런 노동에서 우세할 수가 없기 때문에 남자들에게 생존을 의지해야 하는 운명을 변화시킬 방법이 없다. 그러다가 도시라는 새로 만들어진 자연으로 들어서면, 정말로 '물고기가 뛰는 것을 보고 바다가 넓은 것을 알고, 새들이 나는 것을 보고서 하늘이 높은 줄 아는' 그런 놀라운 느낌에 빠지게 된다. 여자와 남자가 동일한 출발선에 서게 되는 것이다.

이때 남자들은 성평등의 현실을 받아들일 수 있도록 충분한 마음의 준비를 갖춰야 한다. 영화에 나오는 그 8급 기능공은 이러한 준비가 결여되어 있었기 때문에 뜻밖에도 사랑마저 포기해야 했던 것이다. 결국 그는 여전히 식탁에서 가장이 앉는 자리에 앉았고, 처자식마저도 그의 식탁을 화려하게 장식하는 음식이 되고 말았다. 이는 사실 그의 지나간 영광에 대한 미약한 위안일 뿐이다. 타협하는 쪽은 여전히 그이기에, 결국 가장 급한 일이 무엇인지 깨닫고 모든 현실을 받아들이게 된다.

리준李準의 소설 『황하는 동쪽으로 흘러간다』黃河東流去에서는 거대한 홍수가 수십만 명의 농민들을 도시로 내몬다. 손에 든 것은 아무것도 없고, 주머니에는 돈 한 푼 없는 가난한 사람들을 도시로 데려다놓는 것이다. 이어서 잔혹한 적자생존의 투쟁이 펼쳐진다. 그 가운데 가장 눈에 띄는 이야기는 춘이春義와 펑잉鳳英, 하이라오칭海老淸과 딸 아이아이愛愛의 이야기다. 농민들이 부득이하게 도시로 오게 되었을 때 수천 년의 전통 습속과 도덕적 기준은 얼마나 고통스럽고 심각한 장벽이 되었던가. 도시에서 생존하기 위한 전투에서는 확실히 여자들이 남자들보다 군장이 가볍고 속박하는 것이 훨씬 적으며 발전에 필요한 개성을 더 많이 가지고 있다. 이는 아마도 여자에 대한 땅의 속박이 더 엄하고, 따라서 일단 땅을 떠나면 여자들은 남자들에 비해 더 가볍고 자유로워지며, 도시가 여자들에게 던지는 유혹도 더 강렬해지기 때문일 것이다. 일에 대한 펑잉과 아이아이, 춘이와 하이라오칭의 관계는 이처럼 참괴한 감정을 포함하고 있어 그녀들과 도시의 투합과는 정반대 모습을 나타내게 되는 것이다.

그들은 서로 잘 어울리지 못하고 한순간에 너무나 가련하고 무능한 모습을 보이게 된다. 그러면서도 온몸에 전혀 쓸모없고 피곤하기만 한 존엄을 고집하고 있다. 하지만 펑잉은 더 이상 도시를 떠나지 못하고 생사를 함께하는 사랑도 그녀와 춘이의 결별을 막지 못한다. 고향 친척들이 고향으로 돌아가려고 준비할 때 하이라오칭의 아내가 던진 한마디는 도시에 대한 그녀의 인식을 아주 소박하게 개괄해준다. 그녀는 이렇게 말한다.

"나도 그녀의 동서 노릇 하기가 힘들어! 농촌은 도시와 다르다고. 문을 걸어 잠그고 혼자 세월을 보내게 되지. 아이아이가 이 억울한 서자(아이아이의 사생아)를 데리고 고향으로 돌아가지만,

아이는 아버지도 없고 성도 없으니 시골 사람들은 부모가 다 죽었다고 말하지 않을까? 게다가 고향으로 돌아가 황무지를 개척한다는 것도 말처럼 그렇게 쉽지는 않을 거야……. 나는 돌아가고 싶지 않아. 여기서는 힘 들이지 않고도 여유 있게 기계로 찍어낸 국수를 먹을 수 있거든. 지금 나에게 국수를 빚으라고 하면 절대 빚지 못할 거라고.”

아신阿信처럼 완강한 여자라 해도 고향집으로 돌아가 다시 땅을 마주하라고 하면 속수무책일 수밖에 없을 것이다. 배부르고 등 따스한 것도 문제가 되지 않는다. 그녀의 마음속에 한 가지 분명한 사실은 도시인 둥징東京에만 자신의 자리가 있다는 것이었다. 한편 룽싼龍三은 바다를 메꿔 밭을 만드는 일에 희망을 건다. 남자들은 여자들보다 더 농지를 갈망하는 것이다. 땅이 그들에게 특권을 주기 때문이다. 남자들은 도시로 가도 이런 특권을 포기하려 하지 않는다. 이는 여자들이 완전히 독립을 하고서도 자신도 모르게 남자들의 보호를 갈망하면서 영원히 용감한 남자를 찾는 것과 마찬가지다. 아마도 땅이 사람에게 주는 천성이 더 자연스럽고 더 사람의 본성에 부합할 것이다.

「모스크바는 눈물을 믿지 않는다」에서 여자 공장장은 8급 기능공 없이는 살아가지 못한다. 그녀는 사랑을 거의 일종의 사업으로 간주한다. 강인한 기질의 아신도 마찬가지로 유약한 룽싼에 대한 비련을 버리지 못한다. 여자란 이처럼 남자에게 의지해야 하는 존재다. 바로 여기서 여자들의 연약함이 제대로 드러난다. 이처럼 기이한 자연의 안배는 하와가 선악과를 훔친 데 대해 야훼가 내린, 아내는 반드시 남편을 흠모하고 따라야 한다는 징벌과 다르지 않다.

여자는 한편으로는 몸과 마음이 발전하고 긍정을 얻기를 갈망하지만, 다른 한편으로는 남자가 자신을 강력하게 비호하고 지원해주기를 바라는 것이 여자의 마음이다. 강하고 유능한 대장부를 찾는 노력이 결과를 얻지 못할 수도 있을 것이다. 강한 대장부는 열심히 찾지 않는 여자들 곁에 있어서, 열심히 찾는 여자들은 영원히 이들을 찾지 못할지도 모른다. 자연의 안배는 항상 이처럼 인간의 뜻과 다르게 형성된다. 인간의 뜻과 완전히 들어맞는 주도면밀한 구석은 하나도 찾아볼 수 없다. 인간은 항상 생활의 결함 속에 있도록 운명으로 정해져 있다.

인간과 자연은 영원히 힘겨루기를 하면서 완전한 평형상태를 유지할 수도 있고 유지하지 못할 수도 있다. 그리고 보니 생명이란 것은 아주 피곤한 짐이고 성별이란 것도 만만치 않은 부담이라는 생각을 금할 수가 없다. 하지만 모든 사람은 그만큼의 행운을 지니고 있다. 한 남자와 한 여자가 남모르게 자기 성별을 행운이자 행복으로 여기고 있고, 이 성별을 위해 거기에 맞는 즐거움을 쟁취하고 맞아들인다. 이것이 바로 자연이다. 어느 정도 불합리한 점이 있긴 하지만 인정하지 않을 수 없는 자연이다.

여성의 얼굴

모두 사진을 보지 않나요? 오래된 사진이나 영화에 등장하는 여성의 얼굴을 주의 깊게 살펴본 적이 있나요? 있다면 1949년 이후 국가와 집단의 이익이 곧 감정이 되던 시대에도 여성들의 얼굴은 오늘날에 비해 훨씬 개성이 강했다는 것을 알 수 있을 겁니다. 예컨대 영화「백모녀」白毛女*에 나오는 시얼喜兒은 배우 톈화田華가 분연하고 있습니다. 볼이 통통하고, 눈은 비교적 크며, 눈꼬리는 약간 아래로 처져 있지요. 아래턱은 약간 작으면서 뒤로 조금 들어가 있지만 아주 탐스럽고 토실토실한 얼굴입니다. 입으로는 웃고 있지만 우는 듯한 느낌도 들지요. 그러면서도 달콤함이 남아 있습니다. 약간 거칠고 시골스러운 애교라고나 할까요. 특히 '시얼'이라는 이름에 잘 어울립니다.

---

* 1950년 왕빈(王濱)이 감독을 맡은 영화로. 가난한 농민들과 지주 사이의 갈등을 다룬다.

한편 「봄을 만난 고목」枯木逢春*에서는 요우쟈尤嘉가 쿠메이즈苦妹子로 분연하고 있습니다. 언뜻 보기에는 평범한 얼굴인 것 같지만 자세히 살펴보면 눈두덩이 남들보다 좀 큰 편이고 입술 모양도 약간 세련되고 매력적입니다. 이마의 선도 무척이나 아름답지요. 이 여인은 과부인 데다 병을 앓고 있긴 하지만 실제로는 아주 젊다는 것을 알 수 있습니다.

문화대혁명 시절의 영화 「춘먀오」春苗**에서는 리슈밍李秀明***이 춘먀오로 분연하고 있습니다. 그녀는 눈과 눈썹이 유난히 곧지요. 거의 선전그림에 나오는 영웅 이미지에 가까운 얼굴입니다. 하지만 영화에서는 입 모양이 약간의 변화를 보입니다. 그녀는 인중이 약간 짧긴 하지만 입술이 코에 달라붙어 있진 않습니다. 그래서 웃을 때 입꼬리가 아래로 처지지 않고 평행을 유지하지요. 속담에서 말하는 '옆으로 찢어진 듯이 긴' 입은 그다지 좋은 이미지로 들리지 않습니다.

그렇다면 이는 실제로 어떤 모습일까요? '어리광'이라고 말하기에는 그다지 적합하지 않습니다. '어리광'보다는 좀 약하고 '천진난만'에 가깝다고 할 수 있지요. 그렇다고 순진한 이미지라고도 할 수 없습니다. 한마디로 꽃이 활짝 핀 상태의 매우 아름다운 모습이라고 할 수 있지요.

---

* 1961년 유명 감독 정쥔리(鄭君裏)가 상하이영화제작소에서 제작한 영화.

** 1965년 셰진(謝晉), 옌비리(顔碧麗) 등이 감독하여 제작한 영화.

*** 1954년 12월 허베이(河北) 다청(大城) 출생. 「춘먀오」 이외의 대표작으로 「쉬마오와 그의 딸들」(許茂和他的兒女們), 「달콤한 사업」(甜蜜的事業) 등이 있다.

그 시절의 화장은 지금처럼 화려하지 않아 화장의 흔적을 거의 찾아볼 수 없었습니다. 분을 거의 바르지 않은 것처럼 피부 결이 빛을 그대로 받아들였고 빛과 그림자의 조율이 무척이나 절묘했지요. 얼굴은 지나치게 매끄럽고 빛도 지나치게 강해서 반사광선이 생기는 데다 분가루를 지나치게 많이 발라 가짜 얼굴처럼 보이는 오늘날의 화장과는 사뭇 다른 모습이었습니다.

오늘날에는 여성의 얼굴이 결점을 찾을 수 없을 만큼 전체가 완벽하게 아름다워야만 대접을 받습니다. 특히 영화나 텔레비전에는 『홍루몽』처럼 많은 미인이 한꺼번에 구름떼처럼 출연하기도 하지요. 그렇게 많은 미인이 다 어디서 나온 건지 놀라울 따름입니다. 하지만 곧바로 당혹감이 따라옵니다. 어찌 된 영문인지 그녀들은 모두 서로 닮아 있기 때문이지요. 생김새뿐만 아니라 표정까지 똑같아 누가 누군지 구분하기가 쉽지 않습니다. 미인들은 마치 한 거푸집에서 찍혀 나온 것 같습니다.

배우 공리鞏俐*의 얼굴은 좀 특별합니다. 그녀의 얼굴은 수렴형이지요. 눈꺼풀 아래의 얼굴이 보드랍고 매끄러우면서도 날카로워 뚜렷한 대비를 이루고 있습니다. 일종의 퇴고推敲하는 아름다움이라고 할까요. 하지만 그녀가 다른 사람들을 닮아가는 건지 다른 사람들이 그녀를 닮아가는 건지는 모르겠지만, 이런 얼굴도

---

* 1965년 랴오닝(遼寧) 출생. 데뷔작인 「붉은 수수밭」(紅高粱)이 베를린영화제에서 대상을 차지하면서 천카이거(陳凱歌), 장이머우(張藝謀) 등 중국 5세대 감독들의 중요 영화에 출연하여 세계적인 여배우로 인정받고 있다.

점점 많아져 그녀의 개성이 파묻히는 추세입니다. 린팡빙林芳兵*이라는 여배우의 외모도 무척 특별합니다. 거의 모든 부위가 아름다운 그녀의 미모는 가히 놀라운 아름다움이라고 할 수 있지요. 하지만 지나치게 빛나고 아름다운 외모가 그녀의 성격을 가리고 말았습니다. 일단 젊은 여성들의 우상이 되고 나니 추종자가 많아지고 누구나 따라하는 바람에 그녀의 복사본이 너무 많아진 겁니다.

다시 거리에 나가보면 거리의 여성들이 서로 많이 닮아 있고, 특히 아름답고 모던한 여성이 대부분이라는 사실을 발견하게 됩니다. 여기에는 화장도 한 가지 요인으로 작용하고 있습니다. 눈썹이나 눈, 코의 모양이 대단히 규격화되어 있는 것이지요. 황금분할의 이미지를 갖는 모습입니다. 얼굴에 바른 분의 깊이가 조형하는 윤곽도 마찬가지로 이런 기준에 따른 것입니다. 헤어스타일도 중요 요소 가운데 하나지요. 헤어스타일은 다시 매만지기가 훨씬 용이하고 유형화하기도 쉽습니다. 의상과 장신구는 더더욱 말할 것도 없지요.

모든 시기마다 하나의 형식이 주류를 이루고 나면 지류가 파생되기 마련입니다. 이런 갖가지 수단이 하나의 새로운 형상을 만드는 데 일조하게 되지요. 이러한 형상과 이미지들이 대체로 서로를 모방하고 있는 것이라 단정해서는 안 됩니다. 실제로 모든 것은 개성을 강조하고 과장한 형식에서 나온 것으로서 사상해방의 배

---

* 1965년 11월 장쑤 우시 출생. 대표작으로 「야간화물차」(夜行貨車), 「산 자에 대한 죽은 자의 인터뷰」(一個死者對生者的訪問), 「당명황」(唐明皇) 등이 있다.

경을 가지고 있으니까요. 베이징 제21중학의 한 교사가 자신이 담임하고 있는 반 여학생들은 머리를 길러선 안 된다는 규정을 제정하자 수많은 지식인이 나서서 그가 개성을 억압하고 구태의연한 교육방식을 고수하고 있다면서 일제히 항의의 뜻을 밝힌 적이 있습니다. 개성이 이미 유행의 자원이 되어 집단적인 이미지를 디자인하고 있다는 사실을 몰라서는 안 되겠지요.

유행, 더욱 강대해진 이 이데올로기가 지금 우리의 생활을 통제하고 있습니다. 정교함과 다채로움 또한 전부 유형화되고 규격화되고 있지요. 조형과 화장, 의상과 장신구는 외부적인 기능을 하지만 내면적인 체험과 감정의 방식 또한 유행을 타고 있습니다. 그리고 유행이 모든 흐름을 이끌어 하나의 거대한 바다로 안내하지요. 그곳에 바로 규격화된 방식이 있습니다. 표정이 얼굴 형태마저 규격화된 추세로 몰아가고 있는 겁니다.

사실 유행은 남성들에게도 같은 영향을 미칩니다. 하지만 우리 마음속의 여성들은 항상 더 높은 심미적 성격을 나타내지요. 역사적으로 오랫동안 사회의 무대 밖으로 소외되어 있던 여성들은 다행히 남성들처럼 그렇게 실용적인 동물이 되지 않았습니다. 여성들은 훨씬 더 허무해졌지만 그만큼 더 큰 정신적 가치를 갖추게 되었습니다. 그래서 유행으로부터의 손실 또한 훨씬 더 크고 무거운 것이지요.

여성 작가의 자아

    중국의 신시기新時期* 문학에서 여성 작가들이 담당했던 대단히 중요한 역할을 다시 한 번 강조할 필요가 있을 것 같다.

    장제張潔의 소설『사랑, 잊을 수 없는 것』愛, 是不能忘記的이 사람들에게 격정의 감정을 되살려 주었던 일은 지금도 눈앞에 선하다. 그보다 앞서 루신화盧新華의『상흔』傷痕이 일으킨 뜨거운 열기가 어떤 주제의 작품들이 사회주의 문학의 전당에 들어갈 수 있는가 하는 문제를 확실하게 해결해주었던 일도 잊을 수 없을 것이다. 또한 류신우劉心武의 웅변을 통해 사람들의 사회생활에서 사랑이 차지하는 지위도 재평가되기에 이르렀다. 늦게 도착한 장제의 이 사랑이야기는 어떤 이유로 사람들에게 이처럼 뜨거운 감정을 일으킬 수 있었던 것일까? 완곡하고 아름다운 이 이야기는 사회와 아

---

* 중국에서는 문화대혁명이 끝나고 개혁개방이 시작된 1977년 이후의 시기를 신시기라고 구분한다.

무런 충돌도 일으키지 않았고 완전히 개인생활에 속하는 작은 일로 받아들여졌다. 개인의 작은 일들이 모든 사람에게 소설의 형태로 공포된다는 것 자체가 이미 괄목할 만한 일이었지만, 사태는 이것으로 끝나지 않았다. 중요한 것은 이 사건이 사회정치와는 아무런 연관도 없이 개인적 감정에만 관련된 것이라는 사실이었다. 아주 오랫동안 중국의 문학은 '교조화'教條化의 길을 걸으면서 마침내 그 극단의 상황에 이르렀고 모두가 자기 자신을 잃어버렸다.

'개인'은 비판의 대상이 될 때에만 일종의 '주의'主義로 승화될 수 있었다. 사람들은 개인의 심정에 속한 일들을 받아들일 준비를 갖추고 있지 못했다. 이는 아주 오랜만에 처음으로 개인적이고 사적인 일이 문학에 등장한 사례였다.

『사랑, 잊을 수 없는 것』이 배우자 선택의 원칙에 관한 일정한 훈계를 담고 있고, 아직 사회의 집단의식이나 공통적인 사유와 어느 정도 관련을 맺고 있다면, 곧이어 발표된 같은 작가의 또 다른 소설 『보리이삭을 털다』揀麥穗는 좀더 철저하게 개인의 영역에 천착하고 있는 작품이라고 할 수 있다. 여기서 솔직하게 언급하고 넘어가야 할 것은, 나도 이 작품을 읽고 나서야 작가로서 내게 어떤 가능성이 있는지를 깨달았다는 사실이다. 그전까지만 해도 내 마음속에는 문학에 대한 외경과 두려움의 정서가 가득했다. 마음속에 수많은 감정을 쌓아놓고 이 감정들이 사회적 사명을 지닌 공통의식의 중요한 부분으로 소통되게 하려고 노력했고, 그 결과 매번 실패를 거듭했다. 그때 내 문학창작은 일기와 편지가 대부분이었다. 그래서 전에도 여러 번 밝혔던 것처럼 '과거에는 소설을 쓰

듯이 일기를 썼지만 지금은 일기를 쓰듯이 소설을 쓰고 있다.'

위뤄진遇羅錦의 소설『겨울날의 동화』冬天的童話는 더욱 극단적인 경향을 보여준다. 『사랑, 잊을 수 없는 것』과『보리이삭을 털다』는 개인적인 이야기를 다루고 있지만 우리는 이것이 작가 자신의 이야기라고 단정하기 어렵다. 우리는 아무래도 이 두 작품을 창작된 이야기로 규정할 수밖에 없다. 하지만『겨울날의 동화』는 정말로 작가 자신의 개인적 이야기로서 순수한 사적 소설이라고 할 수 있다. 문학의 개인적 성향을 극단으로 몰고 간 작품인 셈이다.

다시 얼마 뒤에는 장신신張辛欣의 소설『같은 지평선 위에서』在同一地平線上가 발표되었다. 이 작품으로 마침내 '개인'이 하나의 '주의'로 승화되었고, 진정으로 일부 순결한 집단주의자의 분노를 자극하게 되었다. 하지만 분노한 사람들은 이 작품 속에 담겨 있는 개인주의와 당시에 이미 아주 멀리 가 있던 페미니즘 작품들이 나타내고 있는 개인의식과의 연결을 간파해내지 못했다. 그들은 '다위니즘'이나 '실존주의' 등의 심오한 비평으로 이 소설을 비판하고 있었다. 실제로 일어나야 할 일들은 이미 전부 일어나 있었던 것이다.

남성 작가들이 혁명의 붓을 거세게 휘두르면서 관료주의와 봉건주의 등의 반동과 낙후, 부패 세력을 상대로 전면적인 투쟁을 벌이고 있을 때, 여성 작가들은 조용히 문학의 새로운 길을 열면서 전선의 참호 같은 은밀한 도로를 진지 바로 앞까지 파나가고 있었다. 이로써 중국의 문학은 참신하면서도 고색창연한 원형의 모습을 보이게 되었다. 더 이상 문학은 선전의 도구나 전투의 무기가 아니었다. 좀더 넓은 폭의 시간이 허용되어 이미 발생한 일들과 약간의 거리를 두고 한 발짝 늦게 개인적 감정과 의견을 표현할 수 있게 된 것이다. 아울러 갈수록 독립성이 강화되는 대신 광적인 환호와 눈부신 빛은 줄어들고, 더 짙은 적막을 느끼게 되었다. 문학이 본연의 자리로 돌아간 것이다. 여기서 내가 하고 싶은 얘기는 문학을 제자리로 돌아가게 하는 과정에서 여성 작가들이 실질적인 공헌을 했다는 것이다.

때로는 사회적인 원인으로, 때로는 생리적인 원인으로 인해 여자들은 남자들보다 자신의 마음속 감정을 더 잘 체감하게 되고, 자신의 심리적 감상을 더 중시한다. 그래서 여자들은 남자들보다 개인의식이 강한 반면, 남자들은 집단의식이 더 강하다고 할 수 있다. 실패한 남자들은 종종 사랑에 탐닉하기 쉽지만 여자들은 성공한 경우에도 사랑을 위한 희생을 두려워하지 않는다. 여자들은 남자들에 비해 좀더 많은 감정이 필요하다. 그래서 감정을 드러내야 하는 필요성도 더 크다. 사실 문학은 감정이 겉으로 흘러나오는 것에서 처음 시작한다고 할 수 있다. 여성과 문학은 이렇게 시작부터 자연스럽게 일치하는 것이다.

또한 여성은 남성보다 개성이 강하고 이것이 문학의 기초에 있어서 좀더 견고한 연맹을 제공한다. 그래서 신시기 문단에 수많은 여성 작가가 쏟아져 나왔고, 출현과 동시에 대대적인 환영을 받게 되었던 것이다. 당시 여성 작가들은 큰 시대와 큰 운동, 큰 불행과 큰 승리를 묘사하면서 자신의 작지만 겹겹이 착종된 복잡한 감정들을 함께 표현했다. 이들은 천성적으로 자신에서 출발하여 인생과 세상을 바라보았다. 여성 작가들에게는 자아가 가장 중요한 창작 요소였고, 자신이 작품의 가장 중요한 등장인물이었다. 작중 인물들은 항상 얼굴을 바꿔 등장했지만 아무리 변화시킨다 해도 그 본질에서 크게 멀어지진 않았다. 그녀들이 아주 섬세하고 핍진하게 묘사하는 모든 것이 작품에서는 선명하면서도 각기 다른 세계관과 철학관, 감정과 품격을 나타냈다.

이 모든 것이 중국에서는 더욱 특이하게 표현되는 것 같았다. 아마도 중국의 여인들이 다른 나라의 여인들보다 더 오랫동안 좁은 천지 안에 갇혀 살아온 반면, 중국의 남자들은 다른 나라의 남자들보다 정치와 도덕에 대해 좀더 큰 인생의 이상을 지니고 있었기 때문일 것이다. 그래서 중국 여인들의 자아의식은 더욱 강렬해지고 남성들은 집단의식을 더욱더 강화하게 되었던 것이다.

하지만 곧이어 만나게 되는 문제는 여성 작가들에게 발생하여 점차 발전해가는 자아가 어떻게 진실로 이어지느냐 하는 것이다. 우리는 진실한 것만이 소중하고 아름다우며 진리에 가깝다는 사실을 잘 알고 있다. 우리는 대부분 루쉰의 『행복한 가정』幸福的家庭을 읽었을 것이고, 그가 상상하는 행복한 가정이 어떤지 잘 알고 있을 것이다. 자유연애로 결혼한 부부가 남자는 양복을 입고 여자는 중국 복식을 한 채 손에는 『이상적인 인간』理想之良人이라는 책을 한 권씩 들고 있다. 테이블에는 눈처럼 희고 정갈한 천이 깔려 있고, 이윽고 조리사가 음식을 내온다. "이리하여 '용호투'龍虎鬪*

* 용과 호랑이가 싸운다는 뜻으로 뱀·고양이 고기 등을 주재료로 한 광둥식 보양식.

라는 음식 한 접시가 테이블 한가운데 놓이고 두 사람은 동시에 젓가락을 들어 접시의 가장자리를 가리키며 달콤하게 웃으면서 서로를 바라본다." 그리고 일련의 서양 말을 쏟아내면서 두 사람이 동시에 젓가락을 내민다. 가난한 작가가 디자인한, 이처럼 행복한 가정의 모습은 행복하긴 하지만 우스울 정도로 왜곡되어 있다. 일부 여성 작가들의 작품에 나타난 자아표현은 내게 이런 유형의 행복한 가정을 생각나게 한다.

사람들은 너무나 쉽게 자신을 또 다른 이미지로 상상하곤 한다. 여성에게는 남성에 비해 이런 왜곡의 갈림길로 들어설 위험이 두 배는 더 크다.

여성은 남성에 비해 자신의 이미지를 몹시 아끼는 편인 데 비해, 남성은 여성에 비해 어떤 것에도 개의치 않고 수치를 모르는 용감함을 갖고 있다. 여성들은 자신의 자아를 더 잘 느끼고 살필 수 있는 만큼 자아를 더 아끼고 중시한다. 여인들은 인생의 이상을 직조해나가듯이 정성껏 자신들의 이미지를 잘 빚어낸다. 그 결과 여인들은 뜻밖에도 암암리에 남을 속이고 자신마저 속이고 만다. 그렇게 억지로 만들어진 자아가 바로 자신의 자아라고 오인하는 것이다. 사실은 진정한 자아가 아닌데도 말이다.

순박하고 교육을 받지 않은 여인들은 자신을 설계할 수 있는 두뇌와 지혜가 없기 때문에 오히려 어느 정도 소중한 진실을 지닐 수 있다. 그녀들은 시기심과 탐욕, 악독한 기질, 자기비하, 추한 사심과 저속한 정욕 등을 억누를 힘이 없기 때문에 오히려 이를 솔직하게 있는 그대로 드러낸다. 반면에 어느 정도 지혜가 있고 두

뇌가 있으며 교양을 갖춘 여인들이 어떻게 여성 작가들처럼 자신의 이미지를 곧장 대면할 수 있겠는가. 그녀들은 자아에 대해 수식과 검증을 진행하지 않을 리가 없다. 여기까지 얘기하고 나니 유대계 미국인 작가 싱어Isaac Singer의 소설 『고레이의 악마』에 나오는 아름다운 여인이 생각난다. 자신을 너무 사랑한 나머지 육체적 사랑을 나눌 때도 자신을 풀어놓지 못하다가 결국에는 몸이 쇠약해져 죽고 만다.

중국 신시기 문학 초기에 여성 작가들은 무의식적으로 작품 속에 자아의식을 표현했다. 자아의식이 완전히 각성되지 않은 상태에서 문학의 무대로 올라온 덕분에 나름대로 소중한 진실성을 갖추고 있었다는 것이 정확한 설명일 것이다. 이와 동시에 우리가 똑바로 직시해야 할 사실은 이 시기의 자아의식은 철저히 자각되지 못한 상태였기 때문에 깊이를 결여하고 있었다는 것이다. 자아의식은 그저 표면적으로 드러났을 뿐이다. 문제는 각성과 심화 이후에 발생하기 시작했다.

사람들에게 긍정적으로 인정받고 사랑받고 애모의 대상이 되고 싶어 하는 여성들의 욕망이 그토록 강렬한 것은 자신들의 관중을 잊을 수 없기 때문이다. 여성들은 자신을 겉으로 드러내고자 할 때 최대한 멋지게 표현하려 하지만, 그러면서도 무의식적으로 깊이 뿌리박힌 전통적 심미 습관 또는 당시에 유행하는 양식에 따라 자신을 디자인하게 된다. 이처럼 왜곡과 총민함에 의해 개조된 자아에서 출발하여 어떤 경지에까지 이를 수 있을까? 좀더 고상하고 심원해질 수 있을까? 아니면 더 용속하고 천박해지게 될까?

이는 토론할 가치가 충분히 있는 중요한 문제인 동시에 가장 토론하기 어려운 부분이기도 하다. 앞에서도 얘기한 것처럼 여성 작가들의 자아는 대개 작품에 등장하는 첫 번째 인물로 재현되지만, 때로는 겉으로 잘 드러나지 않을 수도 있고 얼굴을 바꿔 다른 모습으로 나타날 수도 있다.

그렇다면 우리는 어디에서 그 인물을 찾을 수 있을까? 찾을 수 없다면 또 그 진위는 어떻게 판단해야 할까? 바로 그 진위가 작품의 성패로 연결되고 토론의 답안을 도출해줄 수 있을 것이다. 나는 성공한 작품 속에서 그 자아가 진실한 것인지 아니면 왜곡된 것인지 추적할 수 있고, 이 진실한 또는 왜곡된 자아가 작품 속에서 담당하는 역할이 어떤 것인지 파악할 수 있어야 한다고 생각한다. 하지만 내가 여기서 제공할 수 있는 것은 나의 편견이라 인정한 몇몇 작품의 제목뿐이다. 예컨대 브론테Emily Bronte의 『폭풍의 언덕』이나 장제의 『방주』方舟 같은 작품이다. 여기까지 얘기하고 나니 내가 자신을 막다른 골목으로 몰고 있다는 생각이 든다. 다시 맨 앞으로 돌아가 얘기를 계속하는 수밖에 없을 것 같다.

시름이 많고 선한 감정을 지니고 있다 보니 여성들은 자신들의 자아의식을 확산시키려는 본능을 갖게 된다. 이는 낭만적 기질을 갖고 있는 대부분의 사람이 쉽게 갖게 되는 본능으로, 망상에 가까운 상태라고 할 수 있다. 량스추梁實秋가 1930년대에 쓴 글 「현대 중국문학의 낭만적 추세」에서 날카롭게 풍자했던 것처럼 "집을 떠나 백 리를 벗어나지 못하면서 자신이 이러저러하게 유랑을 했다고 말하는" 것과 같은 꼴이다. 여인들은 또 실리를 중시하는 남성들에 비해 낭만과 환상의 기질을 더 많이 지니고 있다. 여성들은 외부세계에 대한 참여가 남성들에 비해 현저하게 취약하다. 여성들은 항상 자신의 내면세계에 깊이 빠져 있는 것이다. 여성들은 자신의 마음과 경험을 되새기면서 원래 없던 맛을 낼 수밖에 없다. 여성들은 남성들과 동등하게 활발한 창조력을 지니고서도 남성들보다 훨씬 작은 천지에 구속될 때, 무에서 유를 창조하듯이 환상을 만들어낼 수밖에 없는 것이다. 또한 비좁은 삶의 공간이 보다 많은 체험을 제공할 수 없을 때, 여성들은 빈약한 내용에 약간의 수분을 주입할 수밖에 없다.

여기서 내가 더욱 깊이 슬픔을 느끼게 되는 것은 수많은 남성 작가도 갈수록 이런 곤경에 빠져 중국의 신시기 문학이 갈수록 여성화되는 추세를 보이고 있다는 사실이다. 아마도 남성들이 이런 곤경에 빠지는 원인은 여성들과 같지 않을 것이다. 예컨대 남성들은 여성들처럼 그렇게 사랑받기를 갈망하진 않지만, 남들 특히 여성들에게서 숭배와 추앙을 받고 싶어 하고 때와 장소를 가리지 않고 자신들이 위대한 남성임을 자각하려 한다. 그리하여 모든 것을 얻을 수 있다고 확신할 때, 남성들에게는 허영심이 자라게 되고, 이 허영심이 그들의 허황된 환상을 현실에 더욱 가깝게 느껴지게 하는 것이다. 남성들은 원래 생활의 폭이 매우 넓다. 하지만 작가로서의 운명이 그들을 부엌은 아니지만 밀폐되어 있기는 마찬가지인 서재로 몰아넣어 버린다. 심지어 서재는 부엌보다도 단조롭고 무미건조하여 사소하고 일상적인 일들마저도 문밖에서 단절되고 만다. 대신 청결한 서재가 무한한 환상의 공간을 제공하게 된다. 남성들이 거친 힘을 외부세계에서 내부로 돌릴 때, 왜곡된 자아의 창조는 비범한 효과를 발휘하게 되는 것이다.

자아의 왜곡을 비판하고 나니 내가 진행하려는 비판은 진보하지 않은 자아에 관한 것이 되고 만다. 다시 말해 우리가 이미 자아의 진실성을 유지하고 있다면 그 뒤에 이어지는 문제는 자아의 제고다. 진실한 자아와 자아의 제고 사이에는 이성적인 거리가 있어야 한다. 이를 심미적 거리라고 할 수도 있고 비판적 거리라고 할 수도 있을 것이다. 량스추는 앞에서 언급한 글에서 "진실한 자아는 감각의 경지에 있지 않고 이성적인 생활 속에 있다. 그래서 자아를 표현하려면 이성적 활동의 단계를 거쳐야지 감각적인 경지의 일부 인상에만 의지해선 안 된다"라고 말했다. 자아를 해석하는 데 큰 도움이 되는 말이 아닐 수 없다.

어려운 것은 어떤 것이 이성적 활동을 거쳐서 표현되는 자아이고 어떤 것이 왜곡된 자아인지를 변별하는 것이다. 진실한 자아는 이성적 활동 단계를 거쳐야 하고, 그렇지 못할 경우 진실하지 못한 자아가 된다는 뜻으로 해석될 수도 있다. 그렇다면 이성적 활동 단계에서 우리는 무엇을 어떻게 해야 하는 것일까?

우리는 이미 '여자로 사는 것은 무척이나 어려운 일이고, 유명한 여자가 되는 것은 더더욱 어려운 일'이라는 불행한 이야기를 수없이 들어왔다. 우리는 자신들이 써낸 작품들이 진실로 느껴질 수 있는 작품이라고, 작가가 그 작품 속에서 표현하고 있는 자아 역시 진실하며 작품의 결론도 진실하다고 가정할 수 있다. 하지만 우리는 또 묻게 된다. 여자로 사는 것이 힘들다면 남자로 사는 것은 힘들지 않단 말인가? 유명한 여자가 되는 것이 힘들다면 유명하지 않은 여자로 사는 것은 힘들지 않단 말인가? 우리가 대단히 너그러운 마음으로 남자들도 사는 것이 힘들고 유명하지 않은 여자로 사는 것도 힘들다고, 심지어 남자로 사는 것보다 더 힘들다고 인정할 수 있다면, 다시 돌아가 그토록 어렵다는 사정들을 살펴볼 수 있다면, 성별이나 명망으로 인해 형성되는 불행의 본말을 발견할 수 있지 않을까? 자신의 곤경을 만드는 이처럼 선량하지 못한 자아가 더 큰 진실성을 갖추고 있는 것은 아닐까? 전혀 고상하진 않지만 자아의 진실한 내면에 진리의 의미를 함유하고 있어야 하는 것이 아닐까?

오늘날 진리라는 단어를 잘 따져보면 뜻밖에도 진부함에 가까운 고전적인 의미를 지니고 있음을 알게 된다. 하지만 나는 아무리 해도 그 기본적인 취지에서 벗어날 수 없을 것 같다. 고전주의는 우리의 출발점에서 가장 가깝게 떨어져 있기 때문에 어쩌면 사람과 사물의 원래 모습에 더 가까이 다가가 있는지도 모른다. 나는 이런 진리의 관념이 유지될 수 있기를 희망한다. 우리는 자기 자신 이외의 광대한 세계나 인생과 연결되지 않는다면 자아에 대한 판단 역시 왜곡과 오해로 추락하고 말 것이라고 말할 수 있지 않을까? 한편으로는 자아의 진실성에 대한 성찰과 점검이 있어야 하고, 다른 한편으로는 몸 밖의 세계와 인성에 대한 광범위한 이해와 연구가 있어야 하는 것이다. 그래야만 진실한 자아와 제고된 자아 사이에 심미적 거리와 이성적 거리, 비판의 거리를 확보할 수 있기 때문이다. 이런 거리는 진실한 자아와 깊이 있는 세계관 사이에 세워져야 하고 반드시 서로 분리되어야 한다.

한 자아의 면전에서 또 다른 자아의 관조가 필요하다. 이렇게 관조하는 자아가 더 높이 서 있을수록 본체의 자아는 더 진실하고 투명해질 것이다. 이처럼 관조하는 자아의 제고는 우리의 이성적 활동의 단계에서 기대할 수 있다. 자아와 관조는 작가 한 사람의 몸에 동시에 공생하고 있는 요체다. 이것이 바로 위대한 곤경인 것이다.

하지만 여성들은 자신들의 감정에 너무 깊이 빠져 있어 왕왕 자신을 주체하지 못하고 쉽게 감정에 좌우되곤 한다. 그리고 자기 몸에서 탈피하지도 못하고, 거리를 벌려 자아를 냉정하게 바라보지도 못한다. 이로 인해 또 한 번 자아를 왜곡의 곤경에 빠뜨리고 만다.

내가 여기서 설명하고자 하는 것은 나 스스로도 여성 작가로서 앞에서 말한 모든 것에서 완전히 벗어나지 못한다는 사실이다. 하지만 나는 내가 의식한 모든 것을 실천하려고 노력한다. 텅 비어 있는 깨끗한 원고지 앞에 앉을 때 나는 어떻게든 자신을 고독의 끝으로 몰고 가려고 애쓴다. 그래야만 자유로울 수 있기 때문이다. 진정한 자신을 조용히 마주할 수 있기 때문이다.

물질의 세계

상하이는 물질의 세계다. 그래서 상당한 저항력 없이는 쉽게 무너질 수밖에 없다. 특히 상하이 여자들은 역대 문학작품에서 종종 연약한 존재로 묘사되곤 한다. 환경과 우연한 사건에 속수무책이고, 결국 비참한 운명을 맞게 되는 것이 상하이 여인들의 모습이다. 이는 어느 정도 작가들의 눈에 비친 부분적인 모습일 수도 있다. 뒤뜰 꽃밭에서 일어난 일들을 도시 한가운데로 옮겨온 결과일 수 있다. 비판적 리얼리즘의 눈으로 보자면 아무래도 남권男權의식에서 벗어날 수 없다. 여성은 결국 자주적이지 못한 존재로 규정되고 마는 것이다. 최근 들어 거대한 소비주의의 흐름 속에서 이 이야기는 또 다른 양상으로 변하고 있다. 여성이 점령자의 자세로 물질적 세상의 원칙을 복종시키면서 이 세계에 대한 합리적 인정을 표출하고 있는 것이다. 실제로 상하이 여성들은 물질주의에 대해 대단한 포용력을 갖추고 있다. 내가 말하고자 하는 여성은 드라마에 나오는 여성들이 아니라 일상생활 속의 여성들이다.

이 여성들에게서는 특별한 모습이나 성격이 드러나지 않는다. 그녀들은 그저 도시 안에 잠복한 채 앞에서 용솟음치는 파도에 놀라지도 않고 가장 일상적인 상규常規를 유지하면서 생활하고 있다. 이런 가장 일상적인 상규는 겉으로는 평범하게 보일지 모르지만 사실은 매우 심오하게 감춰진 견문이자 단련된 교양이라 할 수 있다. 그렇지 않다면 이렇게 거대한 편차를 지닌 지방에서 사람들이 여전히 기본적으로 침착하려 애쓰는 표정을 유지할 수 있다는 놀라운 사실을 설명할 방법이 없을 것이다.

여자가 물질에 대한 욕망을 가지는 것은 여자가 남자보다 생활에 대해 훨씬 더 큰 열정을 가지고 있을 뿐만 아니라 감정적인 인식도 훨씬 더 크기 때문이다. 여성에게 인생은 대단히 구체적이다. 의식주와 교통에 이르기까지 모든 것이 구체적이고 이데올로기와는 동떨어져 있다. 이처럼 구체적이고 활력이 넘치는 상태는 종종 동물적인 무의식으로 오인되기도 한다. 하지만 실제로 여성은 도시의 도덕의식에 철저히 제약을 받고 있다.

상하이의 번화가 샹양襄陽남로南路에 있는 일용품 시장에 가면 물욕과 도덕 사이의 극단적인 평형을 체험할 수 있다. 온갖 가짜 상품이 가득한 그곳에는 세계 유명 브랜드 제품이 거의 다 갖춰져 있다. 그곳의 물건들은 세밀한 부분은 크게 신경 쓰지 않는다. 백 퍼센트가 아니라 팔구십 퍼센트 정도만 비슷한 것이 그곳 물건들의 특징이다. 눈썰미가 있는 사람이라면 금세 여기저기서 잘못된 부분들을 찾아낼 수 있다. 이 물건들은 무례한 대담함을 유명 브랜드의 존엄에 담아 거리낌 없이 유행의 대열에 참여하고 있는 것이다. 심지어 일부는 은근히 고급 백화점으로 흘러들어가 비웃음을 당하기도 한다. 실제로 이 도시의 모더니티 속에 진품이 얼마나 되고 위조품이 얼마나 되는지 정확히 판단하기는 어렵다. 이리저리 잘 살펴보아야만 비로소 모던 속에 감춰져 있는 조잡한 진상을 찾아낼 수 있다. 이것이 바로 위조품이 조성하는 악영향이다. 이런 물건들은 겉치레로 본질을 대체함으로써 돈후한 마음을 가장한다.

나는 겨울철 거리에서 흔히 볼 수 있는 치마 입은 여인들을 좋아한다. 대부분 젊고 아리따운 여자들이 아니라 유행을 따르지 않는 나이 든 여자들이다. 그녀들의 복사뼈만 봐도 길고 두꺼운 치마 안쪽에 두꺼운 양모 팬티스타킹과 메리야스 바지를 껴입고 있는 것을 알 수 있다. 털로 안감을 댄 부츠의 뒤축은 제때 신경 써서 수리를 하지 않아 눈에 띄게 많이 닳아 있다. 비교적 진한 화장을 하고 있긴 하지만 화장품은 절대 프랑스 수입품이 아니라 국산이거나 합자 회사 제품이라 비교적 가격이 싸고 색과 광택이 화려하지만 촌스럽다. 이런 여인들이 마치 명절날 도시에 온 농촌 아낙네들처럼 짙은 화장을 하고서 화려한 쇼윈도 앞을 지나간다. 전혀 부자연스럽지 않은 모습이다. 나는 그저 전혀 주눅 들지 않은 데다 배짱까지 있는 그녀들의 모습에 탄복할 따름이다. 물질주의라면 당연히 그녀들에게도 있을 것이다. 하지만 그녀들은 그 부분에서 대담하게 뒤처진다.

언젠가 대형 극장에서 월극「홍루몽」을 본 적이 있다. 유리궁처럼 돔으로 사방이 둘러싸인 공간에서 이미 공연이 시작되었는데도 시끄럽게 떠들어대는 여자들이 사방에 가득했다. 자신들이 생각하기에 가장 멋진 옷차림을 한 그녀들은 서로 몸을 밀쳐대면서 요란하게 대리석 계단을 오르내리고 있었다. 이 또한 재미있는 광경이 아닐 수 없었다. 화이트칼라 아가씨와 외국인 여행자, 기이하게 분장한 예술가, 그 사이에 행색이 초라한 여공들이 한데 뒤섞여 있는 광경도 정말 감동적이었다. 가보옥과 임대옥의 비극이 가장 처량한 대목에 이르자 모든 관객이 이 호화로운 공간의 엄숙한 분위기는 전혀 고려하지 않고 일제히 흐느껴댔다.

대중화된 음식점 문 앞에 서 있는 신부들도 내가 무척 좋아하는 구경거리 중 하나다. 신부들이 서 있는 곳은 그럴듯하게 꾸며놓은 평범한 음식점 계단 위지만, 바로 옆은 떠들썩한 길거리다. 하지만 신부들은 전혀 기죽지 않고 사소한 부분까지 모든 과정을 하나하나 스스로 다 해낸다. 관례대로 미용실에 가서 화장을 하고, 손에 장미꽃 다발을 받쳐 들고서 찬바람을 맞고 서서 손님들을 맞이한다. 빈틈없이 모든 격식을 다 갖추면서 자신의 신세에 대해 조금도 원망하지 않는다. 그 젊은 신부들은 어린아이와 흡사하다. 하지만 온갖 의론이 분분한 세상에서 이미 수련을 거쳐 태연자약한 자세를 보일 수 있는 당당함을 지니고 있다. 실제로 이러한 모습이 바로 이 번화한 도시의 기둥이다. 예술가들의 눈에 비친 그녀들의 모습은 절대로 가인佳人이 아니다. 게다가 이는 도시에 대한 현실주의 비판의 상상에도 부합되지 않을 뿐만 아니라 '보배' 같은 존재와는 더더욱 거리가 멀다. 그래서 그녀들의 삶은 연극이 되지 못한다.

상하이 여인들은 퇴폐적인 극을 연기하지 못한다. 게다가 상하이는 항상 사람들에게 사치와 낭비의 인상으로 각인되어 있기 때문에 실제로는 상하이 사람들의 몸과 기질 속에 강철처럼 단단한 근육과 뼈가 감춰져 있다는 사실을 아무도 알지 못한다. 그들의 그런 몸과 기질이 아니었다면 이 콘크리트 천하가 무엇에 의지하여 버틸 수 있었겠는가. 상하이라는 이 단단한 세계에 사는 사람들은 곧고 강직한 성격을 가져야 한다. 그렇지 않으면 쉽게 영락하고 말 것이다. 우리는 얼마간이라도 이 도시의 진정한 모습을 볼 수 있어야 한다. 이 도시의 여자들이 강인하게 자신들의 존재와 현실을 대면하고 있다는 사실을 기억해야 한다.

상하이의 여성

상하이 여성들의 마음속에는 견고한 기개가 살아 있다. 그렇지 않고는 이 도시의 사람과 일에 제대로 대처할 수 없을 것이다. 잘 모르는 사람들은 상하이 방언이 무척 부드럽고 호감을 준다고 하지만 사실 그런 말들은 대부분 오어吳語*, 즉 쑤저우 방언을 두고 하는 말이다. 상하이 방언은 오어 중에서도 주로 억센 표현들만 골라낸 것이라고 할 수 있다. 상하이 방언으로 사랑을 표현하는 것은 거의 불가능하다.

상하이 방언에서는 '사랑한다'愛는 말보다 '좋아한다'喜歡는 말이 조금 더 부드러운 표현이다. '사랑한다'는 단어는 실질적인 '사랑'을 의미하기 때문이다. 상하이 방언에서는 의협義俠의 분위기가 느껴진다는 말이 오히려 더 잘 어울린다. 결단력 있고 단호하며 말 한마디만 듣고도 곧바로 결정을 내리는 듯한 화끈한 억양

* 전국 시대 오나라 지방의 방언.

의 상하이 방언은 다분히 강호의 기질을 띠고 있다. 그래서 상하이 방언을 쓰는 여인들은 항상 협사의 기질을 지니고 있어 남자들과도 기탄없이 얘기를 주고받고, 가슴 깊이 간직한 애절한 사연을 나누기보다는 천하의 도리를 논하기 좋아한다. 사정을 잘 모르는 사람들은 상하이 여성들을 완곡하고 함축적이라고 말하지만, 이는 오월吳越*의 기풍을 말하는 것이다. 상하이 여성들은 오월의 기풍 가운데서도 가장 강인한 부분만을 취사선택하여 받아들였다. 상하이 여인들의 강인함은 '공격'攻의 강인함이 아니라 '수비'守의 강인함이다. 아마 상하이 여인들보다 억울한 일을 더 잘 견뎌내는 부류는 없을 것이다. 견뎌낸다는 것은 외부로부터의 압력을 무조건 참고 받아들이는 것이 아니라 일정한 대가를 지불함으로써 득실의 균형을 찾는 것을 의미한다. 상하이 여인들의 눈물을 절대로 연약함의 눈물이라고 할 수 없는 것도 바로 이런 이유 때문이다.

플라타너스 가로수 몇 그루를 가지고 상하이라는 이 단단한 도시를 낭만의 도시로 규정해선 절대 안 된다. 상하이라는 도시는 숙달된 솜씨로 한 장 한 장 차곡차곡 쌓아올린 벽돌과 기왓장으로 이루어져 있기 때문이다. 깊이 숨을 들이마시면 상하이의 바람 속에 섞여 있는 역청 냄새와 바닷물의 소금기 냄새 그리고 축축한 습기 냄새를 맡을 수 있겠지만, 얼굴 위로 불어오는 그 바람을 부드러움과 아름다움의 상징으로 여겨선 안 된다. 어느 건물이든지 옥상에 올라가 이 도시를 내려다보라. 한눈에 들어오는 이 도시의

---

* 전국 시대 원수지간이었던 오나라와 월나라.

풍경은 벌집이나 개미굴처럼 조밀한 작은 시멘트 상자들이 흉악한 표정으로 한데 몰려 있는 그런 모습일 것이다. 20년이나 30년 전의 지나간 모습들을 그리워할 필요도 없다. 그 시대의 풍경에는 무대 조명이 요란했지만, 그 장막 뒤로는 빽빽하게 들어찬 벌집과 개미굴이 펼쳐졌고, 그 안에 숨어 사는 사람들은 이를 갈고 주먹을 다지면서 웅비의 기회를 찾고 있었다.

이 도시에는 정말로 눈곱만큼의 시정詩情도 찾아볼 수 없다. 노래도 전부 노동요뿐이다. 철야작업을 하는 공사현장의 환한 등불과 땅에 거대한 파일을 박는 굉음을 여기저기서 듣다 보면 마음속이 격앙된 열정으로 끓어오를지도 모른다. 이것이 바로 이 도시의 창세기요, 거시적인 안목이 필요한 대목이다. 하지만 그 비좁은 시멘트 틈새 같은 고층 빌딩 아래 도로에서 꿈틀대는 개미 떼 같은 인생에서 사람들이 어떤 유형의 시정을 가질 수 있겠는가.

상하이 여성들은 어느 정도 남성의 기질을 지니고 있다. 상하이 남자들도 그녀들을 완벽하게 여성으로만 보지 않는다. 분투노력해야 하는 임무도 항상 똑같이 주어진다. 그래야 남녀 모두 그 빽빽한 건물 지붕 꼭대기에서 발붙일 곳을 찾을 수 있기 때문이다. 서로 목표가 일치하면 남녀가 일시적으로 동지가 되어 함께 손잡고 노력하면서 목표를 향해 나아가지만, 일단 적이 되면 너 죽고 나 살자는 식으로 절대로 중간에 물러나지 않고 치열하게 자신만의 목표를 향해 달려간다. 이러한 육박전 장면은 다소 처참하고 슬프기도 하다. 모두가 아주 보잘것없는 인생들이기 때문이다. 비좁은 공간에서 다람쥐 쳇바퀴 돌듯 빙글빙글 돌면서 설사 이겼다 해도 자신에게 돌아오는 것은 몇 치밖에 안 되는 작은 승리이고, 졌다 해도 절대로 완전히 진 것이 아니다. 남자로서의 기백을 쓸 곳이 없는 상하이 남자들은 무슨 일이든지 자신을 낮추고 여성들의 뒤를 따르면서 잔뜩 몸을 웅크린 채 여성들이 여성답지 않은 것을 탓하지 않는다. 쌍방의 힘이 서로 대등한 데다 서로를 의지하지 않고 각자 스스로 일가一家를 이루었기 때문에 서로를 탓하거나 치켜세우지 않는다.

성평등을 말하자면, 동일한 지평선 위에 남녀가 각각 세상의 절반을 차지하고 있다고 하는 것이 맞다. "사내대장부를 찾습니다"라고 소리쳐 외치기도 하지만, 대부분의 여성은 자신이 만족할 때까지 스스로 배우면서 자신들의 삶의 무게를 직접 짊어진다. 대체로 곤경에 처해 피눈물을 흘려본 사람들은 사내대장부를 찾는 것이 아니라 차라리 허물없고 친절하게 자신을 옆에서 붙잡아주고 보듬어줄 수 있는 그런 사람을 찾는다. 약자들끼리 서로 마음으로 하나가 될 수 있는 것이 이 도시의 가장 부드러운 낭만이라고 할 수 있을 것이다.

상하이에 대해 글을 쓰자면 가장 대표적인 주제가 바로 여성이다. 얼마나 많은 불평등이 존재했든 상하이는 여성들에게 좋은 무대를 제공했고 여성들이 자신들의 능력과 소질을 마음껏 펼칠 수 있는 기회를 만들어주었다. 상하이 여성이 처음 무대에 올라 배역에 맞게 이야기를 시작하면 누구도 그녀들보다 더 발랄하고 활력에 넘치는 모습을 보이지 못한다. 상하이에 관한 이야기에 영웅이 있다면 그건 당연히 여성일 것이다.

사회적 신분의 축적에서 상하이 여성들은 주로 아주 가난한 프롤레타리아다. 그래서 혁명가가 많다. 상하이 여성 가운데서도 중년 여성이 특별한 대표성을 갖는다. 그녀들은 이미 꿈과 환상은 사라졌지만 추억의 시기는 아직 오지 않은 단계다. 게다가 풍부한 실천력을 지닌 그녀들은 상하이의 행동하는 거인들이다. 운명의 결정에 직면하여 단호하고 과단성 있는 태도와 주도면밀한 행동을 보이는 상하이 여성들은 스스로 자신의 주인이 된다.

　　상하이 여성들에게서 중년은 대략 서른이 갓 넘은 젊은 나이부터 시작되지만 이때부터 이미 경험과 에너지가 모두 왕성해지는 시기를 맞이한다. 그녀들에게는 소녀의 부끄러움이나 독선적인 자기만족이 없지만, 그렇다고 노인 같은 해탈의 경지에 이른 것도 아니다. 그녀들은 모든 희망이 자신들의 두 손 안에 있다는 사실을 분명하게 인식하고 있다. 그래서 모든 면에서 좋은 본보기가 되는 것이다.

　　하지만 상하이 여성들은 낭만적인 내면 추구에 만족하지 못한다. 상하이 여성들은 너무 구체적이다. 이 도시의 생존은 대단히 분명하다. 모든 것이 역동적이고 에너지로 넘친다. 하지만 더 높은 단계로 나아갈 공간이 없다. 더 높고 넓은 곳을 추구하여 불철주야 일과 현장에만 몰두하지만, 아직 운명을 쥐고 흔들 시간이 남아 있다면 지금 당장 고개를 숙이고 세월의 편린들을 주워야 할지도 모른다. 뿔뿔이 흩어져 있는 삶의 조각들을 거두어 다가올 초월의 경지를 준비해야 할지 모른다.

생사와 이별,
모든 것을 당신과 함께

　내가 눈을 떠서 이 도시를 바라보았을 때, 이 도시는 마침 교체의 시절을 맞고 있었다. 옛이야기가 전부 막을 내리고 새로운 이야기가 고개를 들고 있었다. 너무나 드라마틱한 시절이었지만, 나는 너무 어려서 아는 것이 별로 없었고 삶의 뿌리도 없었다. 그래서 그 안에 담긴 세밀한 내용과 미묘함을 체감한다는 것은 불가능한 일이었다. 수많은 이야기를 생략해버릴 수밖에 없었다. 드라마의 줄거리가 핵심 부분에 이르렀을 때, 다시 말해 절정에 이르렀을 때가 되어서야 고개를 돌려 그 본말을 따져볼 수 있을 뿐이었다. 게다가 일단 고개를 돌리면 사건은 이미 지나가 버리고 인물도 전혀 다르게 변해 있어 줄거리의 시작과 끝을 어디에서 찾아야 할지 알 수 없었다.

　도시의 생활은 또 어느 정도 은밀한 성격을 지니고 있었다. 모두가 서로 안면이 없고 상대에 대한 지식도 없는 사람들이라, 한데 모인다 해도 서로를 믿지 못하고 항상 경계심을 드러내면서 남들에게 자신의 바닥이 드러날까 두려워했다. 그러다 보니 서로를 분명하게 이해한다는 것은 애당초 불가능한 일이었다. 사실 이 도시에 순탄하게 자리 잡은 사람은 아무도 없었다. 이곳은 어느 정도 격한 투쟁과 생사生死를 건 모험의 장이라는 의미를 지니고 있었다. 이곳에 오면 누구나 뭔가를 쟁취해야 하는 임무가 있었고, 약간의 달갑지 않은 마음을 갖게 됐다. 그래서 경험한 것들을 다 늘어놓는다 해도 우리가 항상 말하는 얘기의 한계를 벗어나지 않는다. 우리가 서둘러 이 도시에 들어왔을 때, 이 이야기는 거의 끝나가고 마무리 단계의 자잘한 내용만 약간 남은 상태였다.

말은 교체의 시절이라고 하지만, 옛이야기가 가고 새 이야기가 왔다고 한 것은 이 두 가지 이야기가 서로 완전히 다르기 때문이다. 이 두 이야기는 보기에는 서로 아무런 관계가 없는 것 같다. 시간상의 연속성을 제외하면 줄거리와 디테일, 인물 등이 전부 중단되어 다 끝난 다음에 다시 시작되고 있다. 독립적으로 발전하는 경향을 보이고 있는 것이다. 어쩌면 역사의 전환이라는 것도 이처럼 격변의 형태를 띠는 것인지 모른다. 그래서 내가 눈을 떴을 때, 이 도시의 사람과 일들이 갑자기 얼굴 가까이 다가왔다. 모두 제1막의 성질을 띠고 있었다. 서막은 나도 모르는 사이에 지나가 버리고 이제 본격적으로 연극이 시작되고 있었다.

때는 대략 1950년대 말에서 60년대 초였던 것 같다. 우리 집이 있던 룽탕 앞에는 이 도시의 유명한 거리 가운데 하나인 화이하이淮海 중로中路가 자리 잡고 있었다. 오동나무가 이 거리의 하늘을 가리고 있었다. 여름에는 특히 더해 거리가 온통 짙은 그늘이었다.

부서진 햇빛이 나뭇잎 사이로 떨어져 땅바닥 가득 새어 들어왔다. 땅바닥에 떨어진 것은 햇빛뿐만이 아니었다. 절반은 딱딱해진 매미소리였다. 우리 집이 있던 룽탕 입구에는 거리 한가운데 화단이 조성되어 있었다. 사람들은 이 화단을 작은 정원이라고 불렀다. 화단 뒤로는 키 작은 붉은 벽돌집들이 죽 늘어서 있었다. 서양 건축 양식이긴 했지만 완전한 서양식은 아니었다. 건물 뒤편으로는 모양이 비슷한 내륙 사합원 양식의 천정이 이어져 주위 건물들을 에워싸고 있었다. 지붕에는 검정 기와가 덮여 있고, 뒷문은 개방되어 있었다. 앞문의 현관은 아주 넓고 높은 계단 위에 세워져 있어 저층이라고는 하지만 실제로는 반 층 정도의 높이였다.

내가 다닌 초등학교 건물은 이런 민간 주택 틈바구니에 끼어 있었다. 당시에는 수많은 초등학교가 이처럼 민간 주택과 뒤섞여 있었다. 하지만 내 인상 속에서 이런 낮은 주택에 사는 사람들은 집 안 깊숙이 틀어박혀 밖으로 나오는 일이 아주 드물었다. 그들의 그림자를 보기가 쉽지 않았다. 그들의 일상생활은 커다랗고 육중한 대문 안 깊은 곳에 굳게 밀폐되어 있어 그 높이와 깊이를 가늠할 수 없었다.

우리의 자기중심적 심리로 볼 때, 이런 사람들의 생활은 우리의 떠들썩한 초등학교 생활의 부속물에 지나지 않았고, 그 어떤 의미도 거론할 수 없었다. 이들 무거운 나무 재질의 문과 창문은 소리를 막아주는 훌륭한 방음벽 역할을 했다. 그윽하고 어두운 주랑과 다락방, 담장, 그리고 소리 없는 정적이 그들에게 은거하고 있는 두더지 같은 이미지를 더해주었다. 나는 시종일관 그곳에 사는 어떤 사람에게도 가까이 다가가지 못했다. 사실 이는 이 도시에 사는 거의 모든 사람이 똑같이 유지하고 있는 생활 유형이었다. 서로 격리되어 있다 보니 그들은 내게 암담하고 몰락한 듯한 인상을 남겼다. 나는 이런 인상에 유민遺民이라는 이름을 붙이고 싶었다. 이런 인상은 다른 시간과 장소에서도 생겨났다. 예컨대 '문화대혁명'이 시작된 후인 1969년에도 그랬다.

그해에 우리는 원래 시골로 내려가 '삼추三秋*운동'에 참가해야 했다. 그러나 린뱌오林彪의 1급 전투준비 명령이 하달되는 바람에 가을이 깊어질 때까지 시골에 남아 있어야 했다. 나는 학교 선전대에서 아코디언을 연주했다. 집이 그리워 기분이 처져 있던 터에, 마침 선생님은 내게 상하이에 가서 아코디언을 수리해오라고 지시하셨다. 혼자 집으로 돌아가게 되고 보니 가는 길이 너무나 멀고 힘들게만 느껴졌다. 차를 여러 번 갈아타고 배도 타야 했다. 하지만 나는 구세주를 만난 기분으로 길을 나섰다. 집에 도착했을 때는 이미 저녁 무렵이었다.

집에는 나이 든 가정부와 동생밖에 없었다. 부모님들은 전부 '5·7간부학교'**에 계셨고 언니는 안후이安徽로 삽대되었다. 너무나도 처량한 상황이었지만, 나는 오히려 마음이 놓였다. 여러 날 동안의 억울함이 많이 해소되는 것 같았다. 저녁 식사를 하고 나서 나는 곧장 친구들 집으로 돌아다니며 편지를 전달하기 시작했

* 가을걷이(秋收), 가을경작(秋耕), 가을파종(秋种)을 말한다.
** 문화대혁명 시절 마오쩌둥의 지시에 따라 사상적으로 문제가 있는 간부들을 재교육시키기 위해 설립된 학교로, 일종의 수용소 성격을 지녔다.

다. 당시에는 거주하고 있는 지역에 따라 중학교에 진학했기 때문에 내 학교 친구들은 대부분 화이하이로 인근에 살고 있었다. 나는 시골로 내려갔다가 상하이로 돌아온 최초의 학생이었기 때문에 수많은 친구의 편지 부탁을 받은 상태였다. 그중에는 평소에 별로 친하지 않은 아이들도 있었다. 하룻저녁에 나는 화이하이로 인근의 골목을 돌아다니며 수없이 많은 집의 대문을 두드려야 했다. 전에는 한 번도 가보지 않은 곳들이 대부분이었다.

당시 거리는 매우 썰렁해져 있었다. 네온등은 이미 사라져버렸고 쇼윈도의 불도 꺼져 어둡기만 했다. 가로등만이 행인들의 적막하고 허탈한 발걸음을 비춰주고 있었다. 전투준비로 사람이 많이 없었기 때문이기도 하고 마음의 여유가 없어 사람과 차가 거의 밖으로 나오지 않았기 때문이기도 했다. 거리를 향해 나 있는 창문마다 하나같이 '미'*자 형으로 긴 종이가 붙어 있었다. 공습에 대비하기 위한 조치라고 했다. 이렇게 하면 굉음에 유리창이 깨져 사방으로 튀는 것을 막을 수 있고 소리도 나지 않는다는 것이었다. 도시 전체가 정말 황량하기 그지없었다. 게다가 가을바람이 소슬하고 오동나무 낙엽이 처량하게 길바닥을 쓸고 있었다.

이 거리에 비하면 우리 반 친구들과 선전대 학생들이 모여 있는 시골은 사람 사는 맛이 나고 젊음의 활력이 넘치는 곳이었다. 문득 그곳이 그리워지기도 했다. 하지만 나는 마음이 편안했다. 거리에 나선 시각은 일곱 시밖에 되지 않았지만, 이미 깊은 밤이 된 것처럼 인적이 드물었다. 나는 집집마다 찾아다니며 문을 두드리기 시작했다. 쉽게 문이 열리는 집은 거의 없었다. 문을 한참 두드려야 사람이 나오기 일쑤였고, 그것도 반쯤은 모습을 가린 채 먼저 내게 어디에서 무슨 일 때문에 왔느냐고 물었다. 그들은 대부분 내게 편지만 전달하게 하고는 곧장 문을 닫아버렸다. 나는 얼른 발걸음을 옮겨 다른 친구의 집으로 향하는 수밖에 없었다.

찾기 쉽지 않은 주소도 적지 않았다. 이미 없어진 경우도 있었고, 간신히 찾은 집이 알고 보니 상점이라 문을 닫은 뒤인 경우도 있었다. 뒷문으로 돌아가 보았지만 이번에는 번지수를 잊고 말았다. 다시 주머니를 뒤져 번호를 찾다가 차라리 아예 친구 부모님의 이름을 부르기로 했다. 머리 위에서 갑자기 아주 청아하고 듣기 좋은 소녀의 목소리가 들려왔다.

이 소녀는 내게 누구를 왜 찾느냐고 꼬치꼬치 캐물었다. 고개를 들어보니 아주 좁은 길을 향해 난 나무 테라스에서 나는 소리였다. 등불도 없어 캄캄하기만 했다. 발코니에는 이런 소녀들 몇몇이 함께 나와 있었다. 우리보다 어린아이들로 초등학교에 들어간 지 얼마 안 된 것 같았다. 그중에는 내 친구 여동생도 끼어 있었다. 아이들의 모습을 뚜렷하게 볼 수는 없었지만 민첩하고 활발한 움직임은 충분히 짐작할 수 있었다. 소녀들은 야간 통행금지가 실시되고 있는 듯한 이 밤중에 유일하게 밝고 쾌활한 모습을 유지하고 있었다. 소녀들은 또 그날 밤 인근 거리에서 찾아볼 수 있는 유일한 광점光點이기도 했다. 소녀들은 아주 쾌활했고 즐거웠으며 아무런 근심과 걱정도 없었다. 이미 초보적으로 인간세상을 맛보고 있는 우리와는 다른 것 같았다.

소녀들을 떠나 나는 다음 집으로 향했다. 큰 건물 안에 있는 집이었다. 복도에는 조명이 없어 무서울 정도로 깜깜했다. 간신히 벽을 더듬어 이 집 문을 찾아갔다. 노크 소리에 문이 열리면서 얼굴이 나타났다. 역광 때문에 희미한 윤곽만 보이는 사람은 노부인이었다. 내가 자기 딸의 학교 친구라고 하자 부인은 얼른 나를 집 안으로 맞아들였다. 아주 좁지만 갖출 것은 다 갖춘 집이었다. 우리는 이등변삼각형 모양의 현관에 서 있었다. 한쪽 벽에는 아주 오래된 사각 탁자가 하나 놓여 있었고, 그 맞은편에 바로 내가 통과해 들어온 문이 있었다. 또 다른 벽에도 문이 하나 있었고, 그 문 위쪽으로 두 개의 작은 유리를 통해 빛이 새어나오고 있었다. 아마도 안에 누군가 있는 모양이었다. 하지만 밖으로 나오지는 않았다.

객청에는 또 한 분의 노부인이 서 있었다. 방금 문을 열어준 부인의 친척이나 친구쯤 되는 것 같았다. 두 분은 함께 나를 탁자 옆에 앉게 한 다음 말을 걸었다. 두 분이 왜 그렇게 목소리를 낮춰 말하는지 알 수 없었다. 더구나 얼굴을 내게 아주 가까이 대고 말했다. 내 시야에서 두 분의 얼굴은 몹시 크게 확대되었다. 게다가 이상하게 변형된 얼굴이었다. 마치 구리 국자의 둥근 부분처럼 돌출된 얼굴에 머리는 무척이나 뾰족했다. 가운데는 북 모양이었다.

두 부인은 자기 집 딸의 신체 상태에 관해 장황하게 설명하면서 시골에서 지내는 생활이 적합하지 않을 것이라고 말했다. 그 시절에는 헛소문이 많이 떠돌았기 때문이다. 우리 중학생 가운데 일부는 도시로 돌아오지 못하고 호구戶口를 옮겨가야 한다는 소문도 있었다. 두 부인은 몹시 두려워하는 모습이었다. 밝은 등불이 켜져 있는 그 유리문 안에도 두려움이 배어 있는 것 같았다. 집 안에는 야릇한 냄새가 가득했다. 연기와 간장 냄새가 나무그릇에 가득 배어 있는 것 같은 냄새였다. 냄새는 내가 몸을 기대고 있는 나무 탁자에서 났다. 한쪽에는 찬장도 있고 칸막이 안에 도마 등이 놓여 있었다. 따스하고 축축하면서도 사람들을 상심하게 만드는 냄새였다.

나는 가슴이 뛰기 시작하면서 얼른 다시 밖으로 나갈 수 있기를 갈망했다. 하지만 두 부인은 내게 가까이 다가선 채 얘기를 멈출 줄 몰랐다. 두 분은 나와의 대화를 몹시 기다리고 있었던 것 같았다. 두 분의 입과 몸, 머리에서도 연기와 간장 그리고 나무 냄새가 뒤섞인 야릇한 냄새가 났다. 유리 문 뒤의 등불은 계속 켜져 있었지만 아무런 동정도 없었다. 이 집은 내게 두더지 굴 같은 인상을 주었다. 이 집에 거주하고 있는 사람들은 지나간 조대의 유민들 같았다. 그들의 삶에는 이렇다 할 희망이 없었다. 이 시기에는 우리 모두가 고뇌하고 있었고, 앞날을 예측할 수 없었지만 그래도 우리는 희망을 잃지 않고 있었다.

그랬다. 우리는 우리의 생활에만 빛이 있다고 생각했다. 우리의 즐거운 초등학교 생활을 제외하면 모든 것이 집단에서 떨어져 나온 부스러기 생활이었다. 그들의 역사는 이미 어둠 속에 묻혀가고 있었다.

우리 집이 있는 룽탕 앞으로는 쓰난로思南路라고 불리는 작은 거리가 하나 펼쳐져 있었다. 거리는 아주 좁고 길었다. 그러다 보니 길 양쪽 오동나무 사이의 거리도 가까웠고, 나무그늘도 아주 짙었다. 매미 울음소리는 더 진했다. 아주 그윽하고 조용한 거리였다. 길 양쪽에 작은 점포들이 간간이 들어서 있긴 했지만 대부분이 일반 주택이었다. 아주 운치 있고 아름다운 서양식 주택도 더러 있었다.

거리에서 이런 집들의 풍경을 바라보고 있다 보면 너무나 깨끗하고 아늑하다는 느낌이 들었다. 복잡한 화이하이로의 모습과는 선명한 대비를 이루는 풍경이었다. 이 거리는 비교적 모던하고 분위기도 밝았다. 다른 곳과는 확실히 차별화된 모습이었다. 하지만 이 거리의 '모던'은 왠지 몰락한 적막감의 표정을 하고 있었다. 이것이 우리 집이 있는 룽탕 앞 화이하이로 특유의 정경이었다.

모든 '모던'이 낙후와 부패의 징후를 지니고 있었다. 이는 아주 밝고 아름다운 쇠락의 징조로서 무척 새로우면서도 구태의연했다. 밝고 아름다운 모습의 남녀들이 화이하이로를 걸어갈 때면 마치 지난 세기에 약속한 데이트에 나서는 사람들 같았다. 그들은 '유행에 아주 민감하게' 옷을 입었다. 이는 '모던'에 대한 사람들의 통념으로서 대단히 퇴폐적인 표현이었다. 그들이 주로 출입하는 장소는 아주 비싸고 화려하고 우아하면서도 풍류가 있는 곳들이었다. 예컨대 서양 음식점 같은 곳이었다.

룽탕 입구의 화이하이로에는 '바오다'寶大나 '푸싱위안'復興園 같은 유명한 서양 음식점들이 자리 잡고 있었다. 푸싱위안은 여름이 되면 노천카페를 운영하기도 했다. 뒷문 밖에 있는 공터에 테이블을 펼쳐놓고 촛불을 밝혀 영업을 한다. 꽃과 나무도 있었던 것으로 기억된다. 거리 입구를 비추는 가로등은 깃발처럼 흔들리는 효과를 냈다. 이 음식점에서 파는 요리 중에 '샤런베이'蝦仁杯라는 것이 있었다. 잔에 든 새우 샐러드를 다 먹은 다음에 잔까지 씹어 먹을 수 있는 음식이었다. 아주 맛있고 부드러운 음식이었다. 당시의 샐러드 접시는 버터케이크 같아서 고객의 요구에 따라 그위에 소스로 '생일 축하합니다' 같은 축의의 문구를 써주기도 했다. '라오다창'老大昌은 서양 제과점으로, 아래층에서는 빵이나 케이크를 팔고 위층에서는 손님들이 홍차나 커피, 치즈그라탱 등을 팔았다.

사자마자 먹을 수 있도록 자리도 마련되어 있었다. 무척이나 살기 어려웠던 1960년대에 이 도시의 서양 음식점들은 전례 없이 큰 발전과 성장을 이루었다. 오후 네 시만 되면 수많은 고객이 문앞에 줄을 서서 기다렸다. 양표糧票*에는 제한이 있었지만 음식점에서 음식을 사먹는 데는 별도로 찬권餐券이라는 것이 있었다. 이것으로 케이크나 떡을 살 수 있었다. 그 시절에는 수많은 가난한 가정이 이런 찬권을 포기했다. 따라서 찬권을 쓸 수 있다는 것은 양식이 있을 뿐만 아니라 생활에 크게 부족함이 없다는 것을 의미했다.

서양 음식점에서 줄을 서서 자리를 기다리는 사람들은 대부분 부유하고 여유가 있는 사람들이었고, 그 가운데는 '모던' 남녀도 끼어 있었다. 그들은 정성껏 아주 멋지게 차려 입고 머리에는 포마드까지 바른 모습이었다. 구두는 반짝반짝 광이 나게 닦여 있고

---

* 식량배급표.

바지통도 날이 설 정도로 잘 다려져 있었다. 여성들은 진하고 요염한 저녁화장으로 우아하고 기품 있는 자태를 드러냈다. 하지만 이런 것들도 그들이 음식점 문 앞에 줄을 서는 데는 전혀 방해가 되지 않았다. 그들은 여기저기 자리가 비기를 인내심 있게 기다렸다. 때로는 자리가 돌아오지 않는 경우도 있었다. 그럴 때면 하는 수 없이 낯선 사람들과 합석을 해야 했고, 그러다 보면 서로의 음식과 수프가 뒤섞이기 일쑤였다. 사정을 잘 모르는 사람들은 이런 광경을 보고 아주 친밀한 대가족이 한데 모여 식사를 하는 것으로 여겼다. 하지만 식사를 하는 사람들은 타인의 시선에 전혀 개의치 않았고, 이런 상황이 그들의 식욕에 별다른 영향을 미치지도 않았다.

　다행히 이 시기에 서양 음식점에 출입하던 사람들은 거의 같은 계층에 속한 사람들로, 경제적인 수준도 서로 비슷했다. 우리는 이 도시에 새로 이사해온 주민이었다. 부모님이 남하한 해방군 간부이다 보니 아버지가 이미 직장을 잃은 상태였는데도 두 분의 수입은 비교적 여유가 있는 편이었다. 게다가 자녀가 적어서 부담도 크지 않았고, 덕분에 생활에 어느 정도 여유가 있었다. 엄마는 내게 그런 음식점에서 식사하는 여성들의 음식 먹는 모습을 조롱하여 말하기도 했다. 그녀들은 아주 우아한 자태로 일단 자리를 잡고 앉으면, 그 다음에는 찬 것 더운 것 가리지 않고 입을 쩍쩍 벌리면서 고깃덩어리를 비롯하여 온갖 음식을 집어넣고는 소리도 없이 씹어댄다는 것이었다. 당시 이 도시의 여성들은 식성이 무척이나 좋았다.

그 시절 오전 아홉 시 전후의 풍경이었다. 부모님은 나를 데리고 '라오다창' 2층에 가서 세 식구가 함께 간단한 음식을 주문해 먹곤 했다. 더 많은 고객을 수용하기 위해 2층에는 긴 테이블과 걸상만 놓여 있었다. 사람들은 회의라도 하는 것처럼 나란히 앉아서 음식을 먹었다. 커피를 마시는 것은 음식을 먹는 것과 달리 비교적 조용하고 여유 있는 활동이었다.

일반적으로 커피의 의미는 먹는 데 있지 않았다. 비상시기라 먹는 것의 의미가 아주 크고 중요했지만, 사람들은 여전히 커피의 여유와 우아한 분위기를 즐길 줄 알았다. 모두들 자랑스러운 표정으로 앉아 있었고, 눈앞에 있는 서양 간식에 마음이 흔들리지도 않았다. 그저 조금씩 홀짝홀짝 커피나 크림을 탄 홍차를 마시는 데 열중할 뿐이었다. 뜨거운 그라탱이 나와도 사람들은 여유 있게 포크로 잘 익은 가장자리 부위부터 찢어서 먹기 시작했다. 마치 어쩔 수 없어 억지로 먹는 사람들 같았다. 모르는 사람들과 함께 테이블에 앉아 있다 보면 대화를 하는 것도 몹시 불편했다. 그래서 모두들 말없이 건조하게 앉아 있는 모습이 무척이나 지루하게 보였다. 우리 세 식구만 목적이 분명했다. 다름 아닌 먹는 것이었다. 나는 크림케이크를 아주 맛있게 먹었고, 부모님은 이런 나의 모습을 흐뭇한 눈빛으로 감상하셨다. 케이크 한쪽을 다 먹자 부모님이 말씀하셨다.

"제1막은 끝났습니다. 이제 제2막이 시작됩니다."

나의 거리낌 없는 식욕에 주위 사람들도 놀라움과 부러움을 금치 못하는 눈치였다. 사람들이 우리 부모님에게 말했다.

"아이가 정말 잘 먹는군요!"

사실 그 시절에 잘 먹을 줄 모르는 사람이 누가 있었겠는가. 그들이 놀라고 부러워했던 것은 음식을 잘 먹는 것 자체가 아니라 태연하게 왕성한 식욕을 표현할 줄 아는 나의 태도였을 것이다.

그들도 희망이 없는 사람들인 것 같았다. 그들의 향락과 모던 안에는 항상 쓸쓸한 서글픔이 배어 있었다. 그들은 은거하는 두더지라기보다는 나중에 수업시간에 배운 박쥐새 같았다. 이 새는 항상 꾸르르 꾸르르 노래를 하면서 죽도록 추운 날씨에도 내일을 위해 둥지를 짓는다. 사람들은 하루하루 근근이 세월을 보내고 있었다. 오늘 술이 있으면 마시고 취하면서 내일을 기대하거나 걱정하지 않았다. 그들의 화려함은 세기말의 화려함이었다. 그저 눈앞을 스쳐가는 연기와 같은 것이었다.

'문화대혁명' 초기에 이 도시에서 가장 먼저 공격을 받은 것은 이들 모던 남녀들의 뾰족한 구두와 통이 좁은 바지였다. 너무나 조악하고 저급한 복장이었기 때문에 이런 공격이 그다지 뜻밖의 일도 아니었다. 그랬다. 너무나 당연하고 자연스런 일인지도 몰랐다. 이처럼 시의에 맞지 않는 화려함은 결국 화를 부르기 마련이었다. 화를 당하는 것은 시간문제일 뿐이었다. 그러나 높은 굽의 구두를 신고 의기양양하던 젊은 남녀가 맨발로 거리를 질주하는 모습을 실제로 보게 되니 무겁고 쓸쓸한 마음을 금할 수 없었다. 눈앞에 닥친 것이 그들의 세기말일 뿐만 아니라 나 자신의 세기말이기도 한 것 같았다.

대략 1972년의 풍경이었던 것 같다. 때는 '문화대혁명' 중기에 해당했다. 당시 우리들 가운데 일부는 장기간 삽대되어 있던 생산대를 떠나 상하이로 돌아와 있었다. 함께 모여 활동하면서 지방에서 시험을 치르거나 부대의 문공단文工團*에서 일하고 있었다.

우리는 서로 오가면서 함께 음악을 배우고 감상했다. 어느 날 우리는 한 여성의 집을 찾아가 나이 지긋한 선생님에게서 화성기법에 관한 강의를 듣게 되었다. 그녀는 장시江西 지방으로 삽대되었던 여자로서, 음악대학 부속 초등학교를 다니면서 첼로를 전공했었다. 그녀는 생김새가 약간 거칠고 촌스러울 정도로 소박한 차림이었지만, 자세만큼은 무척 침착하고 조용했다. 훌륭한 교양을 갖춘 여성임에 틀림없었다. 그녀의 집은 시끌벅적한 징안사靜安寺 근처에 있었다. 시끄러운 채소시장을 지나 아주 구석지고 좁은 골목을 돌아 안으로 꺾어 들어가야 했다.

첫 번째 건물의 아래층 대문을 열고 들어서면 그녀의 집이 있는 아파트였다. 이 아파트 안에는 뜻밖에도 이처럼 색다른 삶의 풍경이 펼쳐지고 있었다. 초를 먹인 종려빛 마룻바닥에서는 반짝반짝 윤이 났다. 한쪽에 소가죽 소파가 놓여 있고, 그 옆에 있는 스탠드 불빛 아래서는 금테 안경을 쓴 남자가 신문을 보고 있었다. 응접실의 또 다른 모퉁이에는 커피색 피아노가 한 대 놓여 있고, 소파와 피아노 사이에 테이블이 하나 가로놓여 있었다.

응접실 옆으로는 침실로 통하는 문이 하나 있었다. 어쩌면 문 안쪽의 방이 침실이 아니라 화장실인지도 몰랐다. 문은 반쯤 열

---

* 노래와 춤 등 다양한 예술형식으로 중국공산당의 선전활동을 담당하는 단체.

려 있어 마침 잠옷바지를 입은 나이 지긋한 여인이 걸어 나왔다. 이 집 주인의 어머니인 것 같았다. 응접실이 아주 넓고 어느 정도 거리가 있었기 때문에 그녀의 움직임은 한쪽 구석에 국한되어 있었다. 전등 불빛이 그녀의 뒷모습을 비추고 있었다. 나른하면서도 한적한 분위기였다. 장아이링의 소설 『빨간 장미와 흰 장미』紅玫瑰 與白玫瑰에서는 퉁전바오佟振保가 왕자오루이王嬌蕊를 보고는 침실에서 그녀를 불러내 천당穿堂*에서 전화를 받는다. 노란 등불이 희미하게 비치는 영화 속의 분위기가 이 방과 너무나 흡사했다.

이처럼 부르주아적인 생활이 피부 하나, 털끝 하나 손상되지 않은 채 이토록 완벽하게 보존되고 있었다. 시간과 변고가 이곳의 생활에는 아무런 영향도 미치지 않은 것이다. 폭풍이 몰아치는 혁명의 시기인데도 이곳의 생활은 심지어 사치스러운 분위기마저 풍기고 있었다. 정말 불가사의한 일이었다. 이런 응접실 모습을 어느 시대의 풍경이라고 할 수 있을까? 1930년대나 40년대라고 할 수 있을까? 억지로나마 50년대나 60년대라고 할 수 있을지도 모른다. 하지만 70년대는 풍운과 혼란이 휘몰아치는 중요한 시기였다. 그들에게는 희망이 없었다고 하지만, 그들은 여전히 자신들의 옛 모습을 그대로 유지하면서 조용히 시대의 좁은 관문을 넘고 있었다. 그들이 낙오되어 시대의 흐름에서 이탈되어 있다고 할 수도 있겠지만, 그들은 시대에 기대지 않고 나름대로 완전히 자급자족하면서 한 세대 한 세대 이어가고 있었다.

* 중국 가옥에서 두 개의 뜰 사이에 있어 통로 역할을 하는 당옥(堂屋).

우리 집이 있는 골목 맨 안쪽에는 한 의사 가정이 살고 있었다. 노^卢의사는 상하이에서 제법 명망 있는 소아과 의사였다. 그의 시대에는 소아과가 전문 의료과목으로서 서양 학문의 배경을 암시하는 하나의 상징으로 여겨졌다. 그는 원래 개인병원을 열어 운영하고 있었다. 병원을 개업해야 하다 보니 그의 집은 신식 룽탕 건축을 바탕으로 확장과 개조를 거쳐야 했다. 그의 집은 다른 집에 비해 면적이 훨씬 넓었고 확장된 부분이 룽탕 맨 끝을 차지하고 있었다. 그래서 그의 집 후문은 다른 집들의 후문과 나란히 이어져 있는 것이 아니라 직각으로 룽탕 뒤쪽 입구와 마주하고 있었다. 개조된 부분은 문 앞쪽이었다. 일반 가옥들은 일률적으로 장방형 원자였지만, 그의 원자는 기다랗게 개조되어 현관으로 사용되고 있었다. 그리고 현관에 접수용 창구를 만들어 진짜 병원 같은 분위기를 조성했다. 나는 그 집에 한 번도 들어가 본 적이 없었다. 집 입구가 무척 삼엄했기 때문이다. 그저 그 집 반쪽짜리 정원에 자란 무성한 나무와 꽃의 가지를 담장 너머로 만질 수 있을 뿐이었다.

그의 집에는 3남 2녀의 자녀들이 있었고 그 가운데 1남 1녀가 부친의 가업을 이어받아 서양의학을 배웠다. 그것도 부친과 똑같은 소아과였다. 나중에 노의사는 병원 문을 닫고 아동병원의 의사를 초빙하여 원장 직위를 맡게 했다. 이런 점에서 볼 때 그는 대단히 신중한 사람임에 틀림없었다. 당시에도 개인적으로 병원을 개업하는 의사들이 있었고, 정부에서도 이를 금지하지 않기 때문이다. 그는 또 가끔씩 우리 엄마를 찾아와 뭔가 물어보곤 했다. 그는 항상 '동지'^{同志}라는 호칭 앞에 성을 붙이는 식으로 우리 부모님을 불렀다. 그는 우리 엄마의 정책수준을 대단히 신봉했다.

'문화대혁명'이 끝나고 우리도 이 룽탕을 떠나 다른 곳으로 이사했다. 하루는 노의사가 부인과 함께 우리 집을 찾아와 우리 엄마에게 퇴직할 것인가 말 것인가 하는 문제에 관해 상의했다. 그는 룽탕에 얼굴을 드러내는 일이 아주 드물었고 출퇴근 때에도 항상 자동차로 데려갔다 데려오곤 했다. 그들 가정은 보통 사람들의 룽탕 안에서 대단히 신비한 존재였다.

그 집 가정부와 룽탕 안에 있는 다른 집 가정부들이 서로 친구가 되어 수다를 떨면서 그 집 소식을 전해주지 않았다면 그 집에 관해 아는 사람은 아무도 없었을 것이다. 그의 집에는 아주 오랫동안 일해온 가정부가 두 명 있었다. 그 가운데 한 명은 사모님의 시중을 전담했다고 한다. 나중에 경제적인 문제로 그 집을 떠나게 된 그녀를 이웃집에서 대신 고용했지만, 그 뒤로도 그녀는 자유롭게 그 집을 드나들었다. 이 가정부에게서도 그 집의 생활 수준이 얼마나 높은지 알 수 있었다. 다른 가정부들과는 달리 이 가정부는 독립적으로 식사문제를 해결했다. 그녀가 그 집에서 누렸던 음식은 그녀가 새로 일하게 된 집 주인들이 먹는 것보다 더 풍족하고 수준이 높았다. 그것도 부엌에서 혼자 자유롭게 즐길 수 있었다.

그녀가 털어놓는 얘기를 통해 알게 된 사실이지만, 노의사의 가정부는 아예 부엌일을 하지 않고 자잘한 일만 거들었다. 음식은 전부 사모님이 직접 조리했다고 한다. 매일 날이 밝기 전에 가정부는 신선한 두즙을 갈아 쌀과 함께 섞은 다음 쌀죽을 만들어 노의사의 아침 식사로 제공했다. 그의 집에서는 식사할 때 엄격한 분찬제分餐制*를 실행했고 공용 젓가락은 물론 개인용 그릇과 젓가락도 끼니마다 소독해야 했다. 언젠가 나는 뒷문 입구를 통해 그 집 부엌을 엿본 적이 있었다. 정말로 그 집에는 두즙을 가는 맷돌이 있었다.

노의사가 좀 왜소하고 연약해 보이는 것과는 달리 그의 아들딸들은 대단히 건장했다. 하나같이 키가 크고 잘생긴 데다 외모와 인상도 아주 매력적이었다. 옷차림도 유행에 뒤지지 않아 가장 모던한 청년층에 속했다. 특히 큰아들이 가장 잘생기고 멋있었다. 그는 항상 눈처럼 흰 와이셔츠를 입고 아랫부분을 바지춤에 집어넣어 품을 약간 넉넉하게 했다. 움직이는 데 지장이 없게 하기 위해서였다. 서양식 짧은 바지가 엉덩이와 허벅지를 탱탱하게 받쳐주었고, 그 밑으로 긴 다리가 쭉 뻗어 있었다. 그런 차림으로 그는 아주 빠르게 자전거를 몰고 룽탕을 휙 빠져나가가곤 했다. 들리는 소문으로는 그는 이 도시의 한 유명 대학에서 토목을 전공하고 있으며 학교 교향악단에서 튜바 연주자로 활동하고 있다고 했다. 그는 한눈에 음악을 즐기는 사람임을 알 수 있는 그런 인물이었다. 때로는 그가 발코니에서 휘파람 부는 소리를 들을 수 있었다. 그 소리는 아주 경쾌하면서도 절묘했다. 음색이 맑은 데다 곡목도 아주 다양하고 풍부했다.

사모님이 자녀교육에 아주 엄격하다는 소문도 들렸다. 이처럼 전도양양한 젊은이로 잘 자라고 있는 아들들이 적절치 못한 여자

* 모든 음식을 1인용 용기에 담아 각자 따로 먹는 식사법.

를 사귈 경우에는 고개를 숙이고 굴복할 때까지 화장실에 가둬놓고 심하게 질책을 가한다고 했다. 때로는 현관에 불이 환하게 켜지면서 정원도 대낮처럼 밝아졌다. 이어서 손님들을 배웅하는 소리가 들렸다. 큰아들의 목소리가 유난히 두드러졌고 음색도 아주 좋았다. 쩡쩡 울리는 테너 음색이었다. 이어서 손님들을 배웅하는 소리가 들리고 문 앞에도 불이 켜지면서 룽탕의 절반을 환하게 비춰주었다. 집으로 돌아가는 손님들의 발소리가 경쾌하게 룽탕 안의 네모난 보도블록을 울렸다. 탁탁 타탁 소리에, 일찍 잠드는 데 익숙해진 룽탕 안의 사람들이 일제히 놀라서 깨고 말았다.

이 젊은이는 자부심이 강해 누구도 그를 압도할 수 없었다. 잘생긴 데다 운도 좋았고, 게다가 아주 똑똑했다. 불꽃이 활활 타오르고 있는 모습이었다. 사실 이것이 바로 그의 천진한 부분이었다. 약해지는 법을 모르고, 쉽게 머리가 뜨거워졌으며, 굳세고 강인한 것을 좋아하면서도 한가한 일에 관여하기를 좋아했다.

어느 날 저녁 그는 손님을 배웅하게 되었다. 손님을 보내고 몸을 돌려 집 안으로 들어가려고 하는 순간, 담장 밑에 검은 그림자가 웅크리고 있는 것을 발견했다. 그가 걸음을 멈추고 고개를 드는 순간, 검은 그림자는 담장 밑에서 나와 뒤로 몇 걸음 물러서더니 냅다 도망치기 시작했다. 그때 우리는 집 안에 있었기 때문에 밖에서 무슨 일이 벌어지고 있는지 전혀 알지 못했다. 갑자기 "도둑 잡아라!" 하고 외치는 소리가 들렸을 뿐이다. 문을 열고 나가보니 담장에는 천이 널려 있었다. 우리 집 가정부가 낮에 젖은 천을 말리려고 널어놓았다가 깜빡 잊고 들여놓지 않은 것이었다. 우리는 그제야 도둑이 들었다는 것을 알았다. 우리 룽탕의 역사에 처음 일어난 대형 사건이었다.

우리 룽탕 입구에는 파출소가 없었다. 이전에 있던 파출소가 얼마 전 다른 곳으로 옮겨갔기 때문이다. 룽탕 전체가 놀라서 발칵 뒤집혔고, 집집마다 창문을 열고 밖을 내다보았다. 도둑과 도둑을 쫓는 사람의 모습은 보이지 않았다. 둘 다 전속력으로 앞에 있는 대로를 달리고 있었다. 사람들은 전부 도둑을 잡지 못할 것이라고 말했다. 화산華山 쪽 길밖에 다른 퇴로가 없었던 도둑은 죽어라고 달렸다. 하지만 이번에는 목숨을 걸고 달리는 추격자를 만나고 말았다. 뜻밖에도 도둑을 따라잡은 그는, 이미 다른 골목으로 이사한 파출소로 도둑을 끌고 갔다.

파출소 안에서 숨을 헐떡거리며 도둑을 잡은 경위를 설명하는 그의 모습에는 여전히 기품이 서려 있었다. 신혼의 아름다운 아내가 뒤쫓아 달려와서는 그의 가슴을 두드려주면서 숨을 가라앉히느라 애를 먹어야 했다. 그러다가 여러 사람 앞이라 다소 부끄러웠던지 얼굴이 빨개지면서 얼른 손을 거뒀다. 그러나 잠시 후 젊은 아내는 다시 손을 올려 젊은 남편의 몸을 몇 번이고 주물러주었다.

그의 아내는 놀라울 정도의 미모를 갖고 있었다. 서구형 미인으로 조형감이 뛰어난 얼굴 윤곽을 자랑하고 있었다. 그러면서도 눈과 눈썹 사이에는 동양적인 청초함이 가득했다. 나중에 신문이나 영화에 자주 모습을 드러낸 시아누크Norodom Sihanouk* 친왕의 부인

* 캄보디아의 전 국왕(1993~2004)이자 정치인.

모니크Monique Izzi 왕비와 약간 닮은 모습이었다. 두 사람의 혼례는 무척이나 성대했다. 결혼 피로연이 끝나고 자동차를 타고 집 대문 안에 들어선 두 사람은 남녀 빈객들에게 둘러싸여 멋진 모습을 연출했다. 신부는 당당함 속에서도 겸손함을 잃지 말아야 한다는 이치를 잘 알고 있었다.

그녀는 그날의 주인공으로서 많은 사람에게 부러움의 눈길을 받으면서도 한쪽 구석에 다소곳이 서서 평소의 소박하고 함축적인 아취와 격조를 드러내고 있었다. 그녀는 옅은 회색 양장 차림이었다. 머리는 아주 단정하게 다듬어져 있었고 치마는 무릎을 살짝 덮는 정도였다. 흰 실크 블라우스는 허리 안으로 잘 여며 넣고 상의를 어깨에 걸친 채 팔은 끼워 넣지 않고 있었다. 긴 웨이브 머리는 허리까지 늘어져 있었다. 그녀의 두 눈은 별처럼 빛났고, 미소는 보일 듯 말 듯했다. 이토록 뛰어난 아름다움을 지니고서도 그녀는 조금도 오만하지 않았다. 한없이 부드럽기만 했다. 그야말로 사람들이 흔히 말하는 '선한 얼굴'面善이었다.

하늘이 맺어준 듯한 이 부부는 이듬해에 희고 통통한 딸을 낳았다. 완전히 인형 같은 아이였다. 게다가 총명하기까지 했다. 일요일에 이 가족이 외출하는 모습은 정말 보기 좋았고 항상 이웃에게서 부러움의 눈길을 받았다. 그들은 그토록 아름다웠고 빛나는 기품을 지니고 있었다. 다소 지나치다는 느낌이 들 정도였다. 그래서 노자도 "화禍는 복福에 기생하고, 복은 화 속에 숨어 있다"라고 말했던 것일까?

우리 룽탕 안, 우리 집 원자의 다른 한쪽에도 대가족이 살면서

3층짜리 건물 전체를 다 사용하고 있었다. 상하이의 유명한 비단 가게 주인의 본채였다. 이 집의 역사는 문사文史자료에서도 찾아볼 수 있을 정도였다. 노부인은 상하이 푸둥浦東 출신으로서 남편과 함께 가업을 일으켰고 가업이 크게 성장했지만 여전히 검소한 본분을 유지하고 있었다. 언젠가 그녀가 뒷골목에서 천 자투리를 줍는 것을 본 적이 있었다. 걸레를 만들기 위해서였다. '문화대혁명' 후기에 압수한 재산을 반환할 때, 노부인은 이미 세상을 떠나고 없었지만 다시 집으로 돌아온 소파 안에서 노부인이 감춰둔 금은 장식품들이 쏟아져 나왔다. 그토록 완전하게 감춰져 있어 땅을 뒤덮을 정도로 기세등등하고 철저했던 홍위병들도 이를 발견하지 못하고 고스란히 주인에게로 돌아오게 된 것이다.

이는 원래 노부인이 급할 때 쓰기 위해 하나둘씩 모아놓은 것이었다. 이 집에는 자주 인근 친척들이 찾아와 며칠씩 놀다 가곤 했다. 어린아이들은 룽탕에서 놀다가 방언 억양 때문에 극성스런 이웃집 아이들에게 놀림감이 되기도 했다. 그럴 때도 노부인은 화를 내는 일이 없었다.

노선생은 평소에 둘째 부인 집에서 함께 지냈고, 노부인은 1남 2녀를 데리고 이곳에서 생활했다. 큰아들은 이미 장가를 가서 딸들을 낳았다. 큰딸 아다阿大와 둘째 딸 아얼阿二은 둘 다 나와 나이가 비슷하여 내 소꿉놀이 친구가 되었다. 이 집의 생활은 다른 집들에 비해 별로 다른 점이 없었다. 집 안 출입도 그다지 삼엄하지 않았고 이웃들과의 왕래도 잦은 편이었다.

이 집의 며느리, 즉 아다와 아얼의 엄마도 무척 미인으로, 또 다른 품격을 지니고 있었다. 비교적 고전적이고 오관이 정교하게 잘 조화를 이루고 있으면서도 현대적인 분위기를 잃지 않았다. 그녀는 두 딸의 어머니면서도 그처럼 고아한 자태를 잃지 않고 있었다. 옷차림과 장식도 비교적 소박한 편이었고, 내 기억으로는 화장을 전혀 하지 않았음에도 모던한 분위기가 몸 깊은 곳에서 그윽하게 풍겨 나왔다. 그녀의 큰딸 아다가 나보다 한두 살 위였는데도 그녀는 무척이나 젊어 보였다. 나이가 그 집 새색시랑 거의 비슷해 보였다.

우리가 살고 있는 건물 3층에는 과거 마이반의 가족이 살고 있었다. 이 집은 우리 룽탕에 가장 오래 거주한 주민으로서 거의 모든 집안의 자세한 속사정을 잘 알고 있었다. 심지어 우리 아버지가 1957년에 '우파'로 몰렸던 일을 나는 몰랐지만 그 집 식구들은 알고 있었다. 그 집 외손녀도 내 친구였다. 그 애는 제멋대로 입을 놀리는 아이였다. 바로 그 애가 내게 아다의 엄마가 원래 유명한 카바레 댄서였고 아다의 아버지는 돈 많은 손님이었다는 사실을 알려주었다. 그녀는 열아홉 살에 시집을 왔지만 남편 집안에서는 두 사람의 혼인에 대해 지나칠 정도로 불만을 드러내면서 그녀를 집 안에 들어오지 못하게 했다. 그러다가 둘째 딸을 낳고서야 그녀를 받아들이게 되었다.

이 얘기의 진실 여부가 어떻든 간에 나는 아다의 엄마를 무척 좋아했다. 어쨌든 그 집 새색시는 약간 오만하고 건방진 면이 있었지만, 아다의 엄마는 시종일관 사람들에게 친절했고 누구나 쉽게 다가갈 수 있도록 마음을 열고 있었기 때문이다. 게다가 말도 아주 재미있게 잘했고, 우리가 노는 모습이 그다지 만족스럽지 못할 때는 직접 나서서 조율해주기도 했다. 우리는 그저 어린아이들에 불과했는데도 그녀는 항상 우리의 체면을 생각해주었다.

한번은 우리가 함께 놀 생각으로 아다를 찾아간 적이 있었다. 막 초등학교 1학년에 입학한 아다는 숙제를 하느라 여념이 없었다. 우리 언니가 2학년의 학력을 발휘하여 대담하게 그 애를 대신해 글씨를 써주었다. 이런 경험이 없었던 아다는 몹시 긴장하면서 자꾸 방 밖을 내다보았다. 주랑에서 바쁘게 일하고 있는 엄마를 바라보고 있었던 것이다. 얼렁뚱땅 넘어가긴 했지만 그녀의 엄마는 모든 걸 다 알고 있었던 것이 분명했다. 그런데도 아무 말 없이 우리를 내보내 나가서 놀게 해주었던 것이다.

당시 나는 아직 학교에 들어가지 않아 낮이면 집에 혼자 남아 있어야 했다. 어린아이가 혼자 있다 보면 이상한 장난을 하기 마련이었다. 나는 코피가 났다고 상상하면서 종이를 조그맣게 말아 콧구멍을 막아버렸다. 그러다가 실수로 종이가 코 안으로 깊숙이 들어가 버렸다. 몹시 무서웠던 나는 얼른 뒤뜰로 달려가 빨래를 하고 쌀을 일고 있는 가정부에게 도움을 청했다. 그러나 가정부도 어찌 해야 좋을지 몰라 발만 동동 구르고 있었다. 이때 아다 엄마가 나와 가정부의 대화를 듣고서 어찌 된 일인지 알아채고는 얼른 몸을 돌려 안으로 들어가 작은 쇠꼬챙이를 하나 들고 나오더니, 나를 무릎 위에 눕혀놓고 억지로 머리를 누른 다음 내가 울음을 터뜨리기도 전에 재빨리 꼬챙이를 콧구멍 안으로 집어넣어 그 재수 없는 종이뭉치를 끄집어냈다.

그 집은 대가족이긴 하지만 허장성세가 전혀 없었고 신비하지도 않았다. 그 집 가정부들도 이웃들의 입에 오르내릴 만한 이상한 행동을 하지 않았다. 그저 남들과 다른 주거생활을 두 가지 보일 뿐이었다. 그중 하나는 언제부터인지 모르지만 집 뒤쪽 발코니에 안테나가 하나 세워져 있었던 것이다. 이는 그 집에 텔레비전이 있다는 것을 의미했다. 그 시절만 해도 텔레비전이 있다는 것은 사람들의 이목을 집중시키기에 충분한 일이었다. 그래서 아다와 아얼도 이 주제에 대해서는 굳게 입을 다물고 있었다. 한번은 아얼이 갑자기 전날 밤에 본 어린이 TV프로그램에 관해 이야기하자 옆에 있던 아다가 재빨리 아얼의 입을 막고 말을 못 하게 했다. 당시에는 이런 상황을 보면 굳이 따져 묻지 말아야 한다는 것을 어린아이들도 다 알고 있던 터라 그것으로 끝나고 말았다.

또 하나는 그 집 담장 위를 깨진 유리조각이 빙 둘러 박혀 있었던 것이다. 앞에서도 말했지만 우리 원자에 도둑이 들었던 것은 룽탕이 생긴 이래 처음 있는 일이었다. 그래서 담장을 빙 둘러 깨진 유리를 박아놓은 것은 도둑을 막기 위한 것이 아니었다. 그렇다면 누굴 막기 위한 것이었을까? 바로 옆 룽탕의 아이들을 막기 위한 것이었다.

옆 룽탕은 사람들이 많이 왕래하고 모이는 룽탕이지만, 원래는 서로 관여하는 일이 없었다. 그러나 대규모 철강제련 운동이 벌어지던 해에 우리 룽탕과 그 룽탕 사이의 벽을 허물고 벽 안에 박혀 있던 철근을 철강제련에 사용했다. 이때부터 두 룽탕이 서로 연결되었다. 그 룽탕의 아이들은 항상 우리 룽탕 입구의 넓은 공터로 와서 공을 차고 놀았다. 그러다 보니 공이 담을 넘어 남의 집 마당 안으로 날아가 떨어지기 일쑤였다. 그 뒤로 아이들은 아주 자연스럽게 공을 주우러 담장을 넘어왔고, 이 때문에 종종 말다툼이 벌어지곤 했다. 하지만 이 유리 때문에 아이들은 맘대로 담을 넘지 못하게 되었다. 이는 소리는 없지만 아주 효과적인 거절이었고, 이 '야만스런 장난꾸러기'들의 존엄에 대한 좌절이자 상처였다. '야만스런 장난꾸러기'들은 우리 룽탕에서 그들을 부르는 이름이었다.

어느 일요일인가 이 집 아들, 즉 아다와 아얼의 아버지가 담장 위에 올라가서는 꽃을 심듯이 유리조각을 심어놓았다. 그의 태도는 아주 진지하면서도 여유가 있었다. 심어놓은 유리를 감상하기라도 하듯이 흐뭇한 표정을 지어보이기도 했다. 이 유리조각들은 아주 가지런하고 운치 있게 심어져 햇빛 아래서 사방으로 빛을 반사했다. 이때 나중에 닥쳐올 재난에 대해서는 누구도 예감하지 못했다.

방금 말한 것처럼 이 도시의 혁명은 바지를 자르고 구두를 벗는 것부터 시작되었다. 우리 룽탕에서 첫 번째 희생자가 된 사람은 바로 토목을 전공하는 그 집 큰아들이었다. 그날 오후, 그는 맨발에 구두를 손에 들고 룽탕을 지나 집으로 걸어 들어왔다. 그가 맨발로 걸어서 집에 돌아오는 모습은 그래도 괜찮았다. 지독한 낭패는 아니었다. 집에 들어선 그는 고개를 돌려 웅성거리며 꽁무니를 따라온 '야만스런 장난꾸러기'들을 향해 몇 마디 꾸짖었다. 아이들은 그의 기가 꺾이지 않은 것을 보고는 어찌 된 일인지 이해하지도 못하면서 놀라서 우르르 물러갔다. 하지만 이는 작은 시작에 불과했고 곧이어 큰 일이 이어졌다.

나는 비단 사업을 하는 집에 일주일 내내 홍위병들이 진주해 있던 일을 잊을 수가 없다. 하루는 룽탕 뒤쪽으로 지나가다가 부엌 뒤 창문을 통해 아다 엄마의 모습을 보게 되었다. 그녀는 홍위병들이 감시하는 가운데 쌀을 일고 있었다. 이런 광경만으로도 내가 놀라기에 충분했다. 그런 상황에서도 그 집은 정상적으로 하루 세끼를 유지하고 있었던 것이다. 정말 뜻밖이었던 것은 너무나 편안하고 안정된 그녀의 태도였다. 그녀는 쌀을 일면서 홍위병들이 던지는 질문에 일일이 대답했다. 다급하지도 않았고 당황스럽지도 않았다. 비굴하지도 않고 불손하지도 않았다. 게다가 옷차림도 아주 단정하고 깨끗했으며 여전히 아름다웠다. 평소보다 표정이 좀 엄숙한 것을 제외하면 큰 변화는 없었다. 이런 모습에 나는 마음이 편안해졌다.

그 집에 홍위병들이 진주한 뒤로 룽탕 전체가 침울한 분위기에 뒤덮여 있었다. 아이들도 더 이상 룽탕에 나와 놀지 않았고, 사람들은 모두 자기 집에 틀어박혀 있었다. 말도 아주 작은 소리로 했다. 룽탕 뒤에 모여 이런저런 얘기를 나누며 수다 떨기를 좋아하던 아낙네들과 가정부들도 이제는 전부 각자의 집에 조용히 틀어박혀 있었다. 사람들은 두려운 마음으로 그 집 가족 전체의 상황을 상상했다. 무서운 소문들이 이웃 골목에 떠돌았다. 그 집 노선생이 둘째 부인의 집에서 여기로 끌려와 7일 밤낮 동안 잠을 자지 못하면서 심문을 받았다고 했다. 우리는 이 노선생을 본 적이 거의 없었기 때문에 마음속으로 그가 너무 늙고 쇠약하여 이런 고통을 감당하지 못할 것이고, 이 집 전체가 이처럼 고된 풍파를 견뎌내지 못할 것이라고 생각했다. 하지만 사람들의 예상과는 달리 아다의 엄마는 끝까지 쌀을 일어 밥을 했다.

얼마 후 그 집의 생활에 변화가 생겼다. 둘째 부인과 셋째 부인이 이 집으로 들어오게 된 것이다. 아래층을 회수하지 않은 채 추가로 두 가구가 더 이주해 들어오는 셈이었다. 이 두 가구는 아주 먼 도시 변두리 장베이江北 사람들이 모여 사는 판자촌에서 온 것이 분명했다. 그들은 쑤베이蘇北 방언을 썼고 자녀가 많았으며 가스를 신청하지 않았기 때문에 뒷골목에서 조개탄 화로를 피워 취사를 했다. 그러다 보니 골목에는 항상 연기와 그을음이 가득했다. 그들은 옥외활동을 좋아했다. 조용했던 우리 룽탕도 갑자기 시끌벅적해지면서 바로 옆 룽탕과 똑같은 분위기를 갖게 되었다.

게다가 앞쪽 마당에 온갖 잡동사니와 불을 때기 위한 장작이 쌓이기 시작했다. 꽃과 나무는 전부 시들어 협죽도와 비파나무만 각각 한 그루씩 남게 되었다. 눈 깜짝할 사이에 비파나무 꽃이 피었다가 지면서 땅바닥 가득 푸른 비파가 떨어졌다. 담장을 빙 둘러싸고 박혀 있던 유리조각은 한차례의 가택수색 때 소문을 듣고 몰려온 이웃 아이들이 환호작약하며 담장 위에 올라가 깡그리 뽑아버리고 말았다. 유리조각이 날아다니면서 오색찬란한 빛을 뿌렸다. 그 찰나에도 잔혹한 아름다움이 있었던 것이다.

당시의 세월은 정말로 아침에 저녁을 보장하기 어려웠다. 언제든지 홍위병이 들이닥칠 수 있었다. 홍위병이 몰려올 때면 이웃 룽탕의 '야만적인 장난꾸러기'들도 함께 왔다. 룽탕 입구에는 작은 학교가 하나 있었다. 초등학교에는 아직 문화대혁명에 참여하라는 분명한 지시가 없었지만 수업은 더 이상 진행하지 않았다. 심심해진 초등학생들은 이제 어디든지 마구 몰려다니다가 바로 이때 이곳으로 몰려오게 된 것이다. 한순간에 묘회廟會* 같은 어수선한 분위기가 조성되었다. 집 안에 마구 들어가 가택수색을 하는 아이들이 있는가 하면, 담장 위에 올라가 앉아 있는 아이들도 여러 명이었다. 담장 아래에도 아이들이 있었다. 이들을 이끄는 사람이 누군지는 알 수 없었지만 하나같이 구호를 외쳐대고 있었다.

다른 어떤 혁명 시기와 마찬가지로 문화대혁명의 흐름 속에서는 옹졸하고 악독한 일들이 마구 벌어지곤 했다. 몰려와서 소란을 피우는 아이들 가운데 한 여자아이의 활약이 두드러졌다. 이 아이는 혁명 간부 가정 출신임이 분명했다. 그래서 홍위병이 아니었는데도 하얗게 세탁한 구식 군복을 구해 입고 있었다. 그 애의 혁명은 가장 적극적이었고 담장이나 나무 위에 올라가는 것도 서슴지 않았다. 그 애는 담장 위에 올라간 유일한 여성이기도 했다. 우리는 모두 같은 초등학교에 다녔고, 그 애는 나보다 한 학년 아래로 아다의 여동생 아열과 같은 반이었다. 한번은 그 애가 남의 집 담장에 올라가 구호를 외치다가 갑자기 눈썹을 깜박거리더니 마당에 누워 동정을 살피고 있던 나를 발견하게 되었다. 그 애는 재

---

* 신에게 제사를 올리는 날이나 명절에 절 안이나 절 부근에서 벌어지던 장과 축제.

빨리 몸을 돌려 손가락으로 나를 가리키면서 큰 소리로 내 이름을 불러댔다. 그러면서 소리쳤다.

"너 이리 나와봐!"

마음속으로 왠지 불길한 예감이 엄습했다. 하지만 나는 이미 도망칠 데가 없었다. 대문의 빗장을 열고 룽탕으로 나오는 수밖에 없었다. 그 애는 담장 위에서 뛰어 내려와 내 앞으로 달려와서는 내 코를 향해 손가락질을 하면서 욕을 했다.

"내가 물건을 훔쳤다고 네가 말했지?"

그 애의 거친 기세는 나를 완전히 압도했다. 나는 아주 무력하게 해명하는 수밖에 없었다.

"네가 그런 것 아니냐."

그 애가 격하게 맞받아쳤다.

"이게 나를 속이려 들어!"

바로 그 순간, 그 애의 등 뒤에 나타난 그림자를 보고서 나는 번개처럼 몸을 움츠렸다. 가슴이 철렁 내려앉는 것 같았다. 그림자의 주인공은 우리 룽탕 안에 사는 또 다른 아이였다. 말 옮기는 걸 무척 좋아하는 아이였다. 나는 그 애가 전혀 미덥지 못하다는 것을 분명히 알면서도 그 애가 내 앞으로 다가왔을 때 달콤한 어투와 목소리로 아주 비밀스런 사실을 말해주었던 것이다. 사실 나는 그 애에게 아주 진지하게 그런 말을 전했던 것도 아니다. 그냥 어디에서 들었는지 잘 기억나지 않는 말을 아무 생각 없이 옮겼을 뿐이었다. 어쩌면 허공에 떠도는 바람이 날라다 준 말이었는지도 모른다. 나는 그 애의 문책에 대답하지 못했다. 뒤로 물러서려 해도 물러설 데가 없었다.

어쩔 수 없는 상황이 되자 나는 비굴하게 아무나 한 사람을 지목했다. 변명하기가 가장 어려운 아이였다. 다름 아닌 이 집의 아얼이었다. 아얼은 이 애와 같은 반이었다. 나는 그 일을 아얼이 말해줬다고 했다. 내 말을 들은 그 애는 고개도 돌리지 않고 곧장 아얼네 원자로 달려가서는 가택수색을 하고 있는 사람들 틈바구니에서 큰 소리로 아얼을 불러대면서 당장 나와서 나와 대질할 것을 요구했다. 너무나 간악한 함정이었다. 이런 상황에서는 이처럼 사소한 일이 불난 데 기름을 끼얹듯이 그 집에 큰 화를 가져올 수도 있었다. 아얼네는 이미 충분히 억울하고 고통스런 시기를 보내고 있는 터였다. 그 애는 아얼이 나오지 않자 아얼의 엄마, 즉 아다의 엄마를 불러댔다. 아다 엄마는 얼굴에 미소를 지으면서 다급해하거나 화를 내지 않았다. 어찌 된 일인지 그 아이도 어느새 다소 얌전해져 있었다. 내 거짓말은 여지없이 드러나고 말았다. 그 애가 내게 말했다.

"아얼은 너한테 그런 말을 하지 않았대."

나는 너무나 미안하고 창피해서 쥐구멍이라도 찾아 들어가고 싶었다. 이런 상황을 어떻게 수습해야 할지 알 수 없었다. 아다 엄마는 나를 향해 웃으면서 내게 따질 생각이 조금도 없다고 말했다. 그러면서 아다가 정신이 오락가락해서 자신이 한 말도 곧잘 잊어버리는 편이니 그냥 없던 일로 하라고 당부했다. 그 애도 더이상 목소리를 높이지 않고 나를 조용히 보내주었다. 나는 마음속으로 아다 엄마에게 말할 수 없는 감격을 느꼈다. 그녀의 너그러움과 나를 궁지에서 풀어준 은혜에 진심으로 감사했다.

아다의 엄마는 이런 분이었다. 그녀는 언제나 사람의 도리를 다했다. 사람의 도리를 다하고 있는 그녀를 어찌 탓할 수 있겠는가. 그녀는 남들을 보살필 줄 알았고, 사람들은 그녀에게서 많은 도움을 받았다. 그녀와 함께 있으면 언제나 편안함과 즐거움을 느낄 수 있었고 마음이 놓였다. 그 시절 몹시 외로웠던 나는 시의적절치 못한 것도 모르고 아무 때나 아다나 아얼을 친구 삼아 놀기 위해 그녀의 집을 찾아가곤 했다. 그럴 때마다 그녀는 항상 친절하고 상냥한 모습으로 이야기와 미소를 건넸다. 우리는 한창 성장할 나이라 식욕도 왕성했지만, 시국과 세상의 불안에 고통받고 있었고 경제적으로도 항상 불안하기만 했다.

우리 집 형편은 그나마 조금 나은 편이라 적은 액수이긴 하지만 용돈을 탈 수 있었다. 우리는 함께 거리를 구경하다가 돈을 모아 음식점에 들어가 소고기 청탕을 사먹곤 했다. 이 국은 정말로 청탕이라 건더기가 전혀 없었다. 하지만 카레 맛과 조미료 맛이 너무 강해 그런대로 매력이 있었고 출출함을 달래기에 충분했다. 이 국을 먹고 나서 속이 든든해지면 우리는 서로 팔짱을 끼고서 아주 격정적으로 힘 있게 걸음을 재촉하여 집으로 돌아가곤 했다. 아다는 천성이 대단히 쾌활하고 명랑한 편이라 이처럼 불안하고 곤궁한 환경 속에서도 별다른 걱정 없이 잘 생활했다. 이는 상황이 변해도 전혀 놀라거나 두려워하지 않는 엄마의 우량한 유전자 덕분인 것 같았다. 이는 대단히 바람직한 기질로, 아무리 심한 압박과 스트레스 속에서도 선하고 완전한 인성을 유지할 수 있게 해주었다.

　그 시절 아다네는 기본적으로 집에 있는 물건을 내다 팔아 하루하루 연명해야 하는 처지였다. 그러다 보니 우리의 거리 구경에 추가된 또 하나의 과제가 바로 중고물품 가게에서 그녀가 내놓은 물건이 팔렸는지 안 팔렸는지 확인하는 것이었다. 일단 물건이 팔린 것을 확인하면 우리는 재빨리 집으로 달려가 아다 엄마에게 이 기쁜 소식을 전하곤 했다. 이처럼 아슬아슬한 삶의 환경 속에서 아다의 엄마는 두려움 없이 조용하고 안정된 생활을 유지했다. 매일 그녀는 아침 일찍 장에 가서 채소를 사고 돌아오는 길에 담백한 더우장豆漿*을 한 병 사서 집에 돌아오자마자 맛있게 마시곤 했다. 그녀는 몇 번인가 길을 가다가 소고기 청탕이나 잘 익은 마름 열매를 사먹고 있는 나와 아다를 본 적이 있었다. 나중에 아다 엄마는 농담으로 우리의 입맛이 형편없어서 아무거나 마구 사먹는다고 놀리셨다. 우리는 부끄러움을 감출 수 없었다.

　하루는 아다가 흥분하여 우리 집 창문 밑으로 달려와서는 무척이나 신비한 표정으로 내게 5자오짜리 종이돈을 내밀었다. 이는 적지 않은 돈이라 함께 많은 것을 누릴 수 있었다. 아다의 엄마는 아다에게만 이런 돈을 주면서 비밀을 지켜 절대로 동생 아얼에게는 말하지 말라고 했다. 경제적으로 어려운 형편에서 이 정도의 돈을 떼어준다는 것은 결코 쉽지 않은 일이었다. 이는 아다의 엄

* 두유와 비슷한 중국 전통 음료로, 주로 유탸오(油條, 밀가루 반죽을 길게 성형하여 기름에 튀긴 음식)와 함께 먹는다.

마가 보름 동안 더우장을 사먹을 수 있는 액수였다. 사실 이는 아다로 하여금 친구인 나에게 진 신세를 갚게 하여 딸의 체면을 세워주려는 아다 엄마의 깊은 뜻이 담겨 있는 돈이었다. 이날 우리는 파격적으로 음식점에 가서 양면황초면兩面黃炒麵*에 소고기 청탕을 곁들여 먹고 나서 말로 표현하기 어려운 만족감을 누렸다.

그녀의 두 딸이 예쁘고 단정한 것도 엄마의 유전자 덕분이었다. 조금 나이가 들었을 때쯤 우리 엄마가 아얼에게 남자를 소개시켜주었다. 왜 아다가 아니라 아얼이었을까? 여기에는 누구나 다 알지만 입 밖에 낼 수 없는 분명한 이유가 있었다. 아다는 농촌으로 삽대되어 가는 바람에 먹고 입는 것도 해결되지 않았고 앞길도 막막한 데 비해, 아얼은 상하이의 한 공장에 배치되어 기계조작 노동자로 일하고 있었기 때문에 이제 평생의 대사를 고려할 수 있는 조건이 되었던 것이다. 합리적이고 인지상정에 어긋나지 않는 일이었지만 아다에게는 어느 정도 상처가 될 수 있는 일이었다. 아다의 엄마는 혁명 동지인 우리 엄마를 대단히 존경하긴 했지만 엄마의 제안을 완곡하게 사양했다. 이유는 아다에게 남자친구가 없는데 어떻게 아얼이 먼저 남자를 사귀게 할 수 있겠느냐는 것이었다. 엄마는 거절당하긴 했지만 이런 아다 엄마의 반응을 충분히 받아들일 수 있었다.

바로 이렇게 아다의 엄마는 복잡한 세상사 속에서도 완곡하게 융통성을 유지하면서도 기본적인 원칙들을 지켜나갔다. 또한 이

* 옥수수로 만든 넓적한 국수.

런 원칙들은 전부 사람들과의 선한 관계를 위한 것이었다. 여러 해가 지나 한번은 우리 엄마가 상하이 한 유명 호텔에서 열리는 연회에 참석하게 되었다. 호텔 안에 있는 음식점을 찾아간 엄마는 바로 옆방에 혼례를 알리는 길상의 문구가 붙어 있고 신부 이름을 적는 칸에 놀랍게도 아다의 이름이 적혀 있는 것을 발견하게 되었다. 놀란 엄마가 아다를 만나보기 위해 안으로 들어가자 아다의 엄마가 먼저 엄마를 발견하고는 달려 나와 반갑게 맞아주었다. 그녀는 신부를 불러 엄마에게 인사를 시키면서 세 번 절하는 예를 올리게 했다.

엄마의 말에 따르면 아다의 모친은 조금도 늙지 않고 여전히 감동적으로 아름다웠다고 했다. 소박한 차림이긴 했지만 누구도 늦은 혼례를 올리는 신부의 어머니라고는 생각지 못할 것이라는 것이 엄마의 생각이었다. 두 사람의 혼례는 상하이에서는 부르주아 계층의 혼례에 속했지만, 벽을 사이에 두고 귀를 기울여봤지만 요란하고 떠들썩한 소리는 들을 수 없었다고 했다. 그저 결혼식이 끝났을 때 모든 사람이 입을 모아 결혼을 축하하는 노래를 합창했고, 노래가 끝나자 한차례 가벼운 박수소리와 함께 아주 고상하고 우아하게, 그리고 예의 있게 혼례가 마무리되었다는 것이다.

노의사 집안의 그 아름답고 고귀하며 우아한, 공주 같은 새 며느리도 문화대혁명이라는 잔혹한 재난 속에서 놀라운 수용력과 적응력을 보여주었다. 대문 밖에 나오지 않는 것은 물론이요, 안채 밖으로도 잘 나오지 않던 그녀가 앞장서서 이 가정의 대외적인 업무를 도맡아 처리했다. 예컨대 찬거리를 사러 가거나 골목 안에서 정치학습에 참여하는 일은 전부 그녀의 몫이었다. 문제 있는 사람들을 소집하여 회의를 열 때마다 그녀는 작은 책상을 하나 들고 골목에 나와 한쪽 구석에 자리 잡고 앉았다. 비좁고 바람이 부는 데다 위에선 햇볕이 내리쬐는 가운데 아스팔트루핑 방수지로 지은 작은 방에서 조용히 앉아 규정에 따라 정해진 글을 읽거나 즉흥적으로 쏟아지는 질책과 훈도를 받아들였다.

그녀는 항상 두 손을 무릎 위에 단정하게 모으고 평온한 표정으로 앉아 있었다. 아름다운 눈동자를 돌려 문밖을 내다보기도 했지만, 남들의 호기심 어린 눈길에 겁을 먹는 일은 없었다. 또한 그녀는 룽탕 주변을 깨끗이 청소하기도 했다. 그녀는 통이 넓은 부츠를 신고 머리는 두 갈래로 땋은 모습으로 손에는 알루미늄 양동이를 들고 있었다. 날씨가 추운 탓에 머리에는 양모로 짠 네모난 머플러를 두르고 있었고, 머플러는 턱 아래서 매듭을 지었다. 소련 영화에 나오는 여주인공 같은 모습이었다. 양동이를 가볍게 들고 걸어가는 모습을 보면, 그녀는 제법 힘도 있는 것 같았다. 빗자루로 땅바닥을 쓰는 모습에도 힘이 넘쳤다.

얼마 후 그녀는 리위원회 생산조에 가서 생계 상담을 하고 어린아이들을 위한 방한모를 짜거나 바지를 꿰매는 등의 노동을 했다. 이렇게 룽탕을 빈번하게 드나들면서 그녀는 신비의 베일을 완전히 벗어버렸다. 하지만 그녀의 아름다움은 그 일로 조금도 손상되지 않았다. 그녀는 여전히 사람들의 눈길을 한 몸에 받았다. 그녀의 아름다움은 사람들에게 일종의 근엄한 두려움을 조성했다.

그래서 너무나 쉽게 사람들에게 그 아름다움을 건드리고 싶은 충동을 유발하기도 했다. 사실 그 집 가족 전체가 이런 기질을 지니고 있어 사람들로 하여금 자기비하감에 빠지거나 화가 나게 만들었다. 말하자면 그 집안에 아직은 별로 큰일은 일어나지 않고 있었다. 하지만 큰 화가 닥치게 된다면 그건 아마도 이 집 식구들의 이런 기질에 기인할 것이었다.

건너편 룽탕의 '야만적인 장난꾸러기'들도 있었고, 녀석들의 이미 성장한 형제들도 있었다. 그들은 이 집안에 대해 특별히 주목하고 있었다. 거의 매일 저녁 이 집을 찾아가 소란을 피우면서 이를 큰 즐거움으로 삼았다. 그들은 저녁 식사를 마치고 목욕을 하고 난 다음 슬리퍼를 질질 끌고서 이 집 문 앞에 나타나서는 쾅쾅 소리가 나도록 마구 대문을 두드렸다. 어떻게 해야 좋을지 몰랐던 이들은 아무 이유도 없이 문밖으로 나온 이 집 식구에게 한바탕 질책과 훈계를 쏟아놓곤 했다. 그들이 쏟아놓는 질책이 무슨 말인지도 알 수 없었다. 그래서 제때 적절히 대응할 수가 없었다. 그러자 성실하지 못하다는 이유로 또 한차례 질책이 이어졌다. 문밖으로 나와 이들에게 응대한 사람은 이 집 큰아들이었다. 그는 화를 억누르면서 얼굴에 억지웃음을 띤 채 어렵사리 이들을 상대하고 있었다.

한번은 서로 대치하는 과정에서 화가 났는지 결국 그 가운데 한 녀석이 큰아들의 따귀를 때렸다. 큰아들로서는 정말 받아들이기 힘든 상황이었다. 줄곧 존엄과 우아함을 지켜온 그에게 이 녀석들은 '망나니'나 다를 바 없었다. 마음속에서 하늘이 뒤집히고 땅이 꺼졌지만 그런 마음을 그대로 드러낼 수도 없었다. 가장 우두머리인 녀석은 나이가 적지 않은 것이 청년노동자인지 사회청년인지 알 수 없었다. 녀석은 의관을 단정하게 갖추고 발에는 구두를 신고 있었다. 외모는 거칠어 보이지 않았지만 속마음은 도무지 알 수가 없었다. 이 녀석이 가장 무서운 놈이었다. 마음속으로 얼마나 야비하고 저급한 의도를 갖고 있는지 알 수 없었다. 큰아들의 따귀를 때리고 나서 약간의 만족감을 느꼈는지 몇 마디 더 내뱉고 나서 녀석들은 득의양양하여 돌아갔다. 멀어져가는 그들의 뒷모습을 바라보면서 이 집 큰아들은 어금니를 앙다물고 욕을 해댔다.

"죽일 놈들, 강도가 따로 없군!"

그 시절에는 세상이 온통 이렇게 어지러웠다. 도처에 깃발이 나부꼈고 어디든지 싸움이 벌어졌다. 얼마 후 큰아들의 팔에도 완장이 하나 채워졌다. 완장에는 모모 전투대라고 쓰여 있었다. 그는 자전거를 몰고 쉴 새 없이 룽탕을 드나들었다. 자신의 신분을 분명하게 드러내려는 의도였다. 우리 엄마가 매일 잠자리에 들기 전에 우리 언니의 붉은 완장을 겉옷에 끼워 집 안팎에서 선명하게 볼 수 있는 자리에 걸어두는 것과 마찬가지였다. "너희들이 홍위병이라면 우리 집에도 홍위병이 하나 있다"는 의미였다. 그 집 큰아들의 기세는 이웃 룽탕의 그 녀석들에게 커다란 자극이 된 것이 분명했다. 녀석들은 침묵 속에서 며칠을 보내다가 어느 날 또다시 대문 앞으로 몰려왔다. 하지만 이번에는 이 집 큰아들도 일찌감치 만반의 준비를 갖추고 있었다. 마치 줄곧 이날이 오기를 기다리고 있었던 것 같았다. 그리고 마침내 정말로 이날이 찾아왔다.

그는 아주 상쾌하게 대문을 열고서 그들을 응대했다. 화두가 아주 강경했고 녀석들도 가만 있지 않았다. 서로의 기세가 팽팽해질 무렵 룽탕 안으로 갑자기 거대한 병력이 밀려오듯 자전거 부대가 들이닥쳤다. 자전거에 탄 사람들은 전부 팔에 완장을 차고 있었다. 자전거에서 내린 사람들은 곧장 녀석들에게로 달려들었다. 녀석들은 사실 오합지졸에 불과했다. 혁명 시기의 아Q^{阿Q}* 같은 인물에 지나지 않았다. 알고 보니 녀석들은 이 집안의 자세한 내력도 모르고 있었고, 몰려온 사람들이 어떤 사람인지도 알지 못했다. 녀석들은 그 자리에서 기가 꺾일 수밖에 없었다. 하지만 몰려온 사람들은 이들을 그냥 보내주지 않고 큰 소리로 문책하기 시작했다. 이 시기에는 항상 기가 센 쪽이 이길 수밖에 없었다. 목소리 큰 쪽이 승자였다. 녀석들은 놀라고 당황하여 뒤로 물러설 계단을 찾고 있었다. 하지만 몰려온 사람들은 이들을 그냥 보내주지 않고 끝까지 추궁하려는 기세였다. 이때 이웃 룽탕의 그 우두머리 녀석도 고민이 이만저만이 아니었다. 나이가 가장 많았기 때문에 이런 상황에서는 누구보다도 낭패일 수밖에 없었다. 결국 녀석은 자신의 잘못을 인정하고 사정하여 간신히 풀려나 돌아갈 수 있었다. 녀석들은 방귀 한 번 제대로 뀌지 못하고 황급히 꽁무니를 빼 룽탕을 빠져나갔다.

이 집 큰아들은 그 뒤로도 여전히 기염을 토하며 이웃 골목의

---

* 루쉰의 소설 『아Q정전』의 주인공.

주민들에게 등사한 전투대 간행물을 돌리곤 했다. 보아하니 그도 혁명으로 인해 무척 바쁘게 돌아치는 모양이었다. 하지만 룽탕 안의 나이 든 주민들도 그를 위해 적지 않은 땀을 흘렸다. 주민들은 이 집안이 너무 큰 고통을 겪고 있다고 말했다. 주민들 모두 이 도시의 원로 시민들이었다. 여러 차례의 혁명을 겪었지만 누가 혁명의 진정한 역량인지 잘 알고 있었다.

시간은 사람들을 불안하게 하는 조용함 속에서 계속 흘러갔다. 이어서 노의사의 병원에 조반파가 들이닥쳤다. 노의사를 찾으러 온 것이었다. 사람들은 그제야 노의사 부부가 얼마 전부터 눈에 띄지 않는다는 사실을 깨달았다. 이날 그의 집에는 둘째 아들과 셋째 아들, 큰며느리 그리고 임신한 티가 나기 시작한 둘째 아들의 아내가 공동으로 이 상황에 대처하고 있었다. 조반파는 노의사의 행방을 캐물었지만 아들과 며느리들은 입을 굳게 다물고 말해주지 않았다. 오후가 지나 저녁이 되면서 사람들은 이미 저녁 식사를 끝냈지만 이 집의 상황은 아직 끝나지 않은 상태였다. 대문은 열려 있었고 구경하러 온 사람들이 방과 계단, 복도에 빈틈없이 들어차 있었다. 이웃 룽탕의 그 녀석들도 달려와서는 적극적으로 조반파를 위해 아이디어를 제공했다. 얼마 후 한 가지 결정이 내려졌고 동시에 즉각적으로 행동에 옮겨졌다. 다름 아니라 인근 중학교 운동장에서 이 집안의 아들과 며느리 네 사람에 대한 비판투쟁대회를 거행하는 것이었다.

중학교 운동장에는 재빨리 조명이 설치되었고 사방에 현수막이 내걸리기 시작했다. 순식간에 사람들이 운동장으로 몰려들었다. 혁명은 정말로 민중의 축제 같았다. 하지만 피비린내로 가득한 축제였다. 모든 준비가 갖춰지고 마침내 이 집안의 네 식구가 문을 나서서 압송되기 시작했다. 룽탕 안을 가득 메우고 있던 사람들은 한쪽으로 비켜서서 이들을 위해 길을 내주었다. 두 아들이 앞장섰다. 그들은 여전히 의젓하고 멋진 의표儀表를 유지하고 있었다. 키가 크고 잘생긴 두 사내에게는 당황하거나 좌절하는 기색이 전혀 없었다. 큰며느리는 뒤에 서서 임신한 둘째 며느리를 부축하며 걷고 있었다. 이들이 우리 집 앞을 지나갈 때 나는 아름다운 큰며느리의 눈을 보았다. 그녀의 두 눈은 대담하게 모든 사람의 눈길을 받아들이고 있었다. 조금도 피하는 기색이 없었다. 이 가족은 처음부터 끝까지 입을 열지 않았고, 노의사가 어디 숨어 있는지 행방을 밝히지 않았다.

우리 룽탕의 오래된 주민들은 어르신이 집에 있지 않은 것을 큰 다행으로 여기며 축하해주었다. 만약 집에 있었다면 그것으로 끝이었기 때문이다. 사람들 말에 따르면 그날 저녁 이웃 룽탕의 그 우두머리 녀석이 기세등등하게 나타나 이리저리 설쳐대면서 가죽 허리띠를 마구 휘둘렀다고 한다. 그들은 병원 조반파가 발동하고 의존하는 가장 기본적인 군중이었다. 사람들은 둘째 며느리 뱃속에 있는 아기가 안전할 수 있을지 무척 걱정했다. 하지만 아기는 기적처럼 살아남았고, 아주 건강하고 활발하게 성장했다. 그날 저녁 엄마는 그 집 며느리들을 아주 간단한 말로 평가했다.

"그 집 식구들에게는 기품과 절개가 있더구나."

이 가족은 그 뒤로도 계속 안 좋은 일을 더 겪어야 했다. 예컨대 집이 몰수되어 강제로 여러 가구가 입주해 들어오는 것을 감수해야 했다. 이들은 모두 도시 변두리 빈민가에 살던 사람들로, 천성적으로 부유한 사람들에 대한 원한과 분노를 품고 있었다. 극도로 모욕적인 그들의 언사와 행동은 모두 프롤레타리아 독재라는 고상한 이름으로 자행되었다. 룽탕 안에서 여러 차례 타도의 대상이 되었다가 파출소에 가서 시비를 따지게 되어도 잘못은 항상 이 집 식구들에게 돌아갔다. 이어서 큰아들의 직장에서도 압력이 내려왔다. 그에게 삼선三線* 업무에 참여하라는 지시가 하달된 것이었다. 그는 가지 않으려 완강하게 버티다가 더욱 거세게 압력이 가해지자 절망적으로 소리를 질렀다.

"난 안 간단 말이야!"

룽탕 안의 거의 모든 사람이 이 소리를 들었다. 그런 다음 심장병이 발작한 그는 곧장 병원으로 이송되었다. 그제야 그에 대한 동원은 없던 일이 되었다. 하지만 이때부터 그는 공직을 잃게 되었고, 가정을 부양하는 책임은 고스란히 그의 아름다운 아내 몫으로 떨어지게 되었다. 그녀는 바쁘게 룽탕을 드나들면서 사방으로 일자리를 찾아다니는 것 같았다. 그러다가 한번은 우연히 벽을 사이에 두고 젊은 부부가 다투는 소리를 듣게 되었다. 리위원회에서 그 집 아내를 차출하여 교사로 일하게 하려 했지만 그녀는 이를 원치 않았다. 말다툼을 하다가 그녀는 결국 울음을 터뜨리고 말았

---

* 1964년부터 1980년까지 주로 중국 서부의 13개 성(省)에서 전비를 위한 국방과 과학기술, 공업 및 교통의 기본건설을 강화했던 조치와 그 현장을 말한다.

다. 모든 일이 힘들고 어렵기만 한 것 같았다. 하지만 그 뒤로 그녀는 차분하게 가정의 생계를 담당했다.

이것이 바로 상하이의 부르주아였다. 이것이 바로 부르주아의 상하이였다. 상하이 부르주아는 이 아름다운 여인의 몸을 통해 그 진정한 모습을 선명하게 보여주고 있었다. 이 여인들은 우리와 행복도 고난도 함께할 수 있었다. 행복과 즐거움을 함께 누리고 재난과 고통을 함께 나누었다. 뜻을 잃어도 이런 상황은 변치 않았다.

복숭아를 던져주기에
옥구슬로 보답했지요

　나는 항상 자신을 행운아라고 생각한다. 내가 태어나 성장하던 시대에는 여성과 남성이 평등하다는 사상이 시종일관 긍정적인 평가를 받았고, 심지어 법이 정한 관념으로 확정되기도 했다. 사진에서 옷깃을 단정하게 여미고 앉아 있는 우리 할머니와 외할머니의 몸 아래쪽에는 기형적으로 작은 발이 보일락 말락 했었다. 내게는 너무나 먼 시대의 일이었고 현실로 느껴지지도 않았다. 우리가 같은 세기에 속해 있다는 사실조차 상상하기 힘들었다. 평생 결혼하지 않은 한 교육자를 알게 된 나는 호기심을 이기지 못하고 그녀에게 물어보았다.

　"선생님, 선생님 시대에는 독신주의가 새로운 사조였나요?"

　선생님은 인자한 눈빛으로 나를 바라보며 대답하셨다.

　"나는 신사조와 구사조의 문제를 생각할 여유도 없었단다. 그저 내 주위에 결혼한 수많은 여자가 하나같이 행복해 보이지 않던 것뿐이지."

이제는 그때의 광경도 진부하고 흐릿하게만 느껴진다. 선배 작가 딩링丁玲은 「삼팔절유감」三八節有感이라는 글에서, 부녀자들의 지위를 쟁취하기 위해 자신이 전개했던 투쟁은 프롤레타리아 정권 초기에는 새로 태어난 이 사회의 남성 권위주의의 유습에 경종을 울림으로써 거의 끝난 상태였다고 말했다. 우리는 여러 세대에 걸친 여성들의 복종과 희생, 투쟁의 운명 위에서 성장했던 것이다.

나는 정말 순진했다. 심지어 성별이 평등한 이 사회에서 무지몽매하게 생활했다. 책상 위에 선을 그어 남학생과 경계를 분명히 하면서 청춘기의 싹이 트기 시작했고, 동일한 노동에 대한 보수가 남성에게 뒤지지 않는 것을 자랑스럽게 여기면서 생활했다. 독립된 경제적 지위가 있었던 덕분에 가정에서도 남성과의 분할을 주장하면서 예의에 맞섰다.

내가 사는 도시 상하이에서는 남편에게 '처관엄'妻管嚴*이라는 미명을 부여하기도 했다. 이처럼 가볍게 얻은 평등은 '선천적인' 허상을 가져다주었다. 생산성이 낙후됐던 시기에 사람들이 여성이 보여주었던 진실성을 무시하게 된 것이다. 외부적인 평등을 실현하기 위해 여성들은 몸과 마음으로 이중의 대가를 지불해야 했다. 순수한 육체노동에서 체력을 넘어서는 무게를 인정해야 했고, 마음속으로는 성별의 특별한 요구를 극복해야 했다. 역대의 부녀자들이 분투하여 얻은 결과인 평등은 평화로운 환경 속에서의 실험을 결여하다 보니 점차 변형되어 성별을 말살하기 시작했다. 하

* 아내의 관리가 엄격하다는 뜻.

지만 내게는 또다시 행운이 찾아왔다.

1980년대의 사상해방운동 과정에서 지난 백 년 동안 집대성된 각종 철학 사조가 나를 향해 몰려오기 시작했다. 초보적으로 문자를 사용하기 시작한 문학 노동자로서 다행히 직접 이들을 접하게 되면서, 나는 개방의 결과를 향유하는 동시에 그 기회와 무기를 얻어 새롭게 남녀관계에 관해 사유하기 시작했다. 수많은 새로운 과제가 질의 형식으로 내게 다가왔다. "성별에는 도대체 자연적 차이가 없는 것일까?" "사회에서는 성별의 차이가 어느 정도로 어떻게 수정되는 것일까?" "차이를 존중하는 것과 차이를 없애는 것 중에 어느 것이 더 인성의 본의에 부합하는 것일까?" 하는 문제들이었다.

이 수많은 문제에 대해 그 뒤로 20년 동안 끊임없는 혼란만 가중되면서 결론을 내리기가 어려웠다. 하지만 원래부터 폐쇄되었던 관념은 이로 인해 대문과 창문이 동시에 활짝 열리면서 활발하게 유동하는 공기를 획득하게 되었다. 다시 한 번 정신의 활력이 가득 차게 되었고 쇠퇴한 사상이 건강을 회복할 수 있었다. 이는 더 큰 발전으로 이어졌다. 자유롭고 건강하게 성장한 본능이 내게 가장 유익한 자양분을 공급하여 온갖 정취를 마음껏 흡수할 수 있게 해주었다.

이는 여성 작가에게 대단히 특별하고 유익한 환경이었다. 나는 남자들과 어깨를 나란히 하면서 세계를 관망할 수 있는 입지를 확보했을 뿐만 아니라 여성의 처지라는 또 다른 시각을 유지할 수 있었다. 이런 위치에서 세계를 바라볼 수 있다는 것은 여성이 아직 남성과의 진정한 평등에 도달하지 못했다는 것을 의미했다. 여성들은 아직 사회의 중심에서 어느 정도 유리되어 주변을 떠돌고 있는 것이다.

이때 우리는 세계 여성혁명의 대오에 참여하게 되었다. 성대한 축제 같은 분위기였다. 1994년, 제6회 국제부녀도서전에 참석하기 위해 멜버른에 가게 되었다. 이 자리는 완전히 여성들을 위한 카니발이었다. 개막식에서 호주 정부관리가 부적절한 발언을 한마디 했다가 무수한 여성에게 야유를 받았다. 그는 도서전에 자료를 제공하는 사람으로서 조직위원회의 부탁으로 인사말을 하게 된 것이었다. 사람들은 서로 얼굴만 쳐다보면서 무슨 일인지 몰라 어리둥절해했다. 아주 즐거워야 할 자리가 다소 어색하고 우스운 자리가 되고 말았다. 여성들의 전면적인 승리는 저녁 파티에서 실현되었다. 남성들은 장내로 들어올 수조차 없었다. 하지만 만찬이 끝나면 우리는 또다시 각자의 생활로, 남성들과 함께하는 세계로 돌아가야 했다.

세계적인 여성 집회에서 남녀관계는 작가의 구체적인 역사적·사회적 상황을 이탈하여 추상적인 형태로 변할 수 있었고, 아주 애매하고 모호한 상태에서 관념이 또 한차례의 협애성에 빠지게 되었다. 남녀관계의 불평등 요소는 추상성에 의해 더욱 강화되어 서로 대치하게 되면서 더 확대되어 생활 전체를 뒤덮게 되고, 현실생활에 존재하는 복잡성을 단순화시켜버렸다. 나는 여전히 행운에게 버림받은 것이 아니었다.

이번에 나는 특별히 내가 처한 현실에 대해 감사하게 되었다.

나의 현실은 극렬하게 변화하는 어려움과 곤경 속에서 고통스럽게 울부짖으면서 모두가 고개를 돌려 자신의 처지를 똑바로 볼 것을 요구하고 있었다. 시간은 빠르게 흘러 눈 깜짝할 사이에 새로운 세기로 접어들면서 눈에 가득 새로운 풍경이 펼쳐지고 있었다. 소박한 여성의 얼굴도 화려하고 빛나는 모습으로 변하고 있었다. 성별의 새로운 발견이 인성의 내포를 가득 채우면서 그 풍부함을 더해주었고, 개인적 가치의 자기 긍정을 강화시켜주었다. 여성들이 유연하고 아름다운 자태로 사회의 무대에 서게 된 것은 정말 극도로 아름다운 광경이었다. 그러나 화는 복에 의지하기 마련이고 복은 화의 버팀목이었다.

여성들이 자신을 활력으로 가득 채우면서 생기발랄한 모습을 보이고 있을 때, 그리하여 아무런 방비도 없이 시장경제 속으로 걸어 들어가고 있을 때, 이러한 사상과 실천의 결과는 어느 정도 소비의 대상으로 전락하고 말았다. 다양한 상품이 광고를 통해 여론을 형성하고, '여인은 자신을 즐겁게 하기 위해 얼굴을 꾸민다'女爲悅己者容는 가치 관념이 대량으로 신문의 문화면에 등장하게 되었다.

여성문제를 전문적으로 다루는 칼럼이 여기저기 늘어나 대중에게 여성들의 사생활을 대대적으로 공개하고 있다. 더욱이 여성 작가들은 단련된 필력과 사상으로 여성들의 모습을 정교하게 묘사함으로써 성별의 대상인 남성들에게 관상의 향유를 제공한다. 사실은 이 시장을 더욱더 강력한 소비권력이 압도하고 있는 것이다. 소비야말로 이 세계의 강세문화인 셈이다. 점차 지구화로 진입되는 과정에서 불평등의 현실은 사회적 약세 집단인 여성들의 몸을 더욱 세게 짓누르고 있다.

제3세계의 여성 작가로서 나는 자신이 보고 들은 모든 경험을 피할 수 없다. 나의 처지는 특별히 예민하여 때와 장소를 가리지 않고 나의 사상을 공격한다. 그리하여 나의 사유는 한순간도 멈추거나 쉬지 못하고 끊임없는 소요逍遙를 계속한다. 나의 사유는 끊임없이 새로운 과목을 만들어내 학습과 학습, 재학습, 인식과 인식, 재인식을 요구했다. 그보다 중요한 것은 사유가 시종일관 나의 감정을 격동시켜 절대로 냉담해질 수가 없다는 사실이다. 이 물질시대의 질환이 항상 나도 모르는 사이에 나를 마비시키고 있는 것이다. 나는 항상 긴장된 상태 속에서 작가로서의 활력을 유지해야 했다.

1950년대부터 오늘날에 이르는 이 구간의 역사에 속해 있다는 것이 나로서는 정말로 만족스럽다. 먼저 이 시대는 내가 자유롭게 성장할 수 있게 해주었고, 충실하게 나의 사상을 개방할 수 있게 해주었다. 그런 다음, 나를 아주 힘든 곤경으로 밀어 넣어 계속 학습하고 인식하며 실천하고 경험하게 했다. 나는 오로지 나의 노동을 통해 가능한 존재, 적어도 문자상으로는 존재가 가능한 아름다운 세계를 모사하여 행운에 대한 나의 선물로 표현해냈다.

『시경』詩經에 나오는 "나에게 복숭아를 던져주기에 옥구슬로 보답했지요"投我以木桃, 報之以瓊瑤*라는 아름다운 구절에서 따온 이 글의

---

* 『시경』 「위풍」(衛風) 편, '모과'(木瓜)의 일부.

제목도 그 일례다. 원문에서는 이 문구와 격식과 대의가 같은 구절이 세 번 이어지고, 매 단락이 "보답한 것이 아니라, 영원히 잘 지내고자 한 것이지요"匪報也, 永以爲好也라는 문구로 마무리된다. 바로 여기에서 나는 자신의 생활과 세상, 존재에 대한 희망을 취했다. 자신이 이것들과 영원히 잘 지낼 수 있기를 간절히 바라는 것이다!

우울한 봄

　상하이는 창강 이남에 위치하다 보니 봄이 항상 일찍 찾아온다. 사실 음력설이 되기 전부터 이미 봄기운이 느껴진다. 가장 흔히 볼 수 있는 것은 좁은 골목 울타리 밑, 손바닥만 한 땅에 피는 개나리다. 듬성듬성한 가지 사이로 별처럼 노랗게 작은 꽃들이 폭발한다. 이것이 전부다. 도시 안이라 온통 시멘트의 세계이다 보니 계절의 징후는 그다지 뚜렷하지 않다. 하지만 빛이 있지 않은가!

　빛에도 변화가 있다. 이때가 되면 빛이 약간 노랗게 변한다. 오렌지색에 가까운 노란색이다. 그리고 약간 두텁고 조밀하다. 이 때문에 빛이 고르지 못해 어떤 곳에는 강하고 어떤 곳에는 약하다. 그리하여 꽃송이 같은 그림자가 생긴다. 잔털이 송송 난 것처럼 표면이 거칠거나 평평하게 다듬어진 콘크리트벽과 벽돌 그리고 기와나, 길 위에 아스팔트로 포장되어 있거나 벽돌이 깔렸거나 심지어 자갈이 깔린 노면에, 원래는 선명한 색깔이 없었지만 이때는 밝고 아름다운 그림자가 나타난다. 음력설이 다가오고 또 음력설이 지나가면 갑자기 이런 서곡이 마무리되면서 화들짝 봄이 등장한다.

이처럼 밀폐되고 인공적인 곳일수록 온갖 이음새나 터진 틈새로 이런 그림자들이 달라붙거나 비집고 들어오면서 계절의 징후로 가득하게 된다. 이로 인해 사람들의 감각기관이 막혀 원초적인 형태로 전이하게 된다. 진화 중인 모든 억제와 발양의 일부 기능들이 다른 기능에 의해 대체되는 것과 같다고 할 수 있다. 직접적인 접촉이 간접적인 접촉으로 변하고, 간접적인 것들은 아무런 상관이 없는 것처럼 느껴져 서로 연결되지 못한다. 이런 조짐들을 누가 알 수 있을까? 아무도 알지 못한다. 결국 이런 조짐들은 자연스럽게 하나로 이어진다.

이 도시에는 항간을 떠도는 속담이 있다. 정신이 나간 사람들의 모습을 해석하고 풍자하는 말이다. "물론이지요, 유채꽃이 피었잖아요!" 유채꽃이 피면 이미 한창 봄이 무르익는 계절이지만 이 도시에서는 유채꽃의 흔적도 보이지 않는다. 하지만 도시 밖으로 나가면 교외 지역에는 서쪽으로나 동쪽으로나 온통 노란 유채꽃의 물결이다. 너무나 눈부신 풍경이 아닐 수 없다. 이 도시는 이렇게 노란 유채꽃으로 포위된다. 유채꽃의 꽃가루 속에는 꽃가루만 있는 것이 아니라 계절 자체가 담겨 있고 사람들을 극도로 흥분시키는 성분이 들어 있다. 약간 거리를 두고 멀리서 바라보면 이 도시에 무척 위험한 숨결이 잠재되어 있는 것을 알 수 있다. 불안과 소동이 수시로 어떤 사고를 만들어내고 있지만 그 안에 살고 있는 사람들은 이를 전혀 감지하지 못한다. 이는 이 도시로부터 가장 가까운 곳에서 감지할 수 있는 계절의 징후로서 담을 기어오르는 호랑이처럼 도시의 철벽과 구리 담장에 가득 자라난다. 그러고 나면 자연변화의 소식이 하나하나 그 사이에 스며들어 점점 공간을 가득 채우게 된다. 이는 진화하거나 변화의 발걸음을 충실히 따르면서 생존의 적응과 전환을 완성하는 것에 지나지 않는다.

내게는 봄날 오후가 항상 우울하고 서글프다. 봄의 햇살이 밝아지면 밝아질수록 처연한 느낌도 더 강해져 점차 우울함으로 바뀐다. 이는 일반적으로 말하는 그런 야릇한 그리움이 수반된 서글픔이 아니라 사실은 아주 간단하고 명료한 느낌이다. 이렇게 좋은 날을 어떻게 보내나 하는 걱정인 것 같기도 하다. 하지만 나는 대부분의 시간을 집 안에 틀어박혀 이처럼 활발하고 아름다운 하늘이 아무런 구속 없이 한순간 한순간 자유롭게 지나가다가 점점 색깔이 바뀌면서 황혼으로 가라앉는 모습을 바라보곤 한다. 그 심정은 정말 초조하고 걱정스럽다! 그렇게 두텁고 노랗고 풍성하고 푸짐한 광선이 우리 집 앞의 담장을 지나간다. 뭔가 하려고 생각할 틈도 없다. 이런 햇빛에 뭔가 책임을 지려고 할 때, 햇빛은 이미 지나가 버린 뒤다. 비가 오는 날이면 이런 초조함과 걱정이 다소 나아진다! 그렇게 귀중한 날씨가 아니다 보니 시간도 비교적 편안해지고 압박감이 사라진다. 그러나 날씨가 좋아지면 나의 걱정은 또다시 시작된다!

이러한 긴박감과는 상대적으로, 오후 열두 시부터는 시간이 더없이 느려져 지루할 정도로 길어진다. 하지만 그 늘어짐으로 인해 모든 것이 조용해지고 초조한 마음은 반대로 더 확대되고 연장되며 더욱 극렬해져 기다리기 어려울 정도로 다급해진다. 일분일초의 시간도 내게서 고통과 고문을 걷어가지 않는다. 이럴 때는 어떤 일을 하는 것이 가장 가치 있는 선택일까? 해답은 그 어떤 일도 가치가 없다는 것이다. 마음이 편치 않기 때문이다. 온도가 올라가다 보니 너무나 현저하게 공기가 건조해지고 공간도 훨씬 넓게 느껴진다. 이리하여 공허한 느낌도 상승한다. 끝없이 넓은 공간에서 아무것도 손에 잡히지 않는다. 철저한 허공이다.

인체의 내분비도 육안으로 볼 수 없는 기류 속에서 마구 변하면서 다시 새로운 배열과 조합을 진행한다. 기온과 공간 사이에 어떤 관계가 있는지는 알 수 없다. 형태와 정신이 서로 분리되어 있는 상태가 오히려 정말로 확실한 기능을 한다. 그렇지 않다면 해석이 불가능할 것이다. 이처럼 밝고 요염한 빛과 색 속에서 왜 기분은 그토록 우울하게 가라앉는 것일까? 도시 밖의 유채꽃 위로는 형형색색의 나비가 날아다니면서 부지런히 꽃가루를 받아 우울함을 퍼뜨리고 있다.

이런 우울함이 일종의 생리적 병증이 되어야만 비로소 봄날의 감상을 직시할 수 있게 된다. 이는 시간에 대한 일종의 깊이 있는 이해이자 두려움이기도 하다. 시간이 잿빛 동면에서 깨어나 몽롱한 관심 속에 점차 뚜렷하게 모습을 드러낸다. 그렇게 수정처럼 맑고 요염한 모습으로 몸을 비비 꼬면서 다가온다. 이런 찬란한 빛 속의 우울함은 아예 구제할 방법이 없다. 낮잠으로 한두 시간을 밀어낼 수 있기를 기대해보지만 역시 방법이 없다. 눈을 감으면 시간은 더욱 더디게 흘러가고 눈꺼풀 위로는 햇빛의 강한 압박이 밀려와 눈두덩 안의 어둠 속으로 파고든다. 기괴한 활발함이 심신 내부의 리듬과 화음을 이루면서 어수선하게 움직인다. 시간에는 탄성이 없는 것 같다. 그래서 우리가 시간을 자세히 살피지 않으면 스스로 시간을 제대로 대하지 못하고 낭비해버리는 것에 대해 부끄러움을 느끼지 못한다. 우리를 가슴 아프게 하는 것은, 외부의 밝고 경쾌함과 내면의 어둡고 무거움이 공존한다는 사실이다. 우리는 밝음과 어둠, 경쾌함과 무거움을 빤히 바라보고 그 존재를 강렬하게 느끼면서도 그 안으로 걸어 들어가거나 밖으로 걸어 나오지 못한다. 양자 사이의 거리는 지척이다. 이렇게 아름다운 시간이 우리의 마음을 아프게 찌르고 있고, 우리의 감정은 아무런 대책도 없이 큰 상처를 입고 있다.

간신히 버텨 세 시를 넘긴다. 이때가 바로 오후의 가장 깊은 구간이다. 계곡의 맨 밑바닥과 같다. 집 밖의 햇빛은 가장 활발하지만 마음속은 더욱더 괴롭고 힘들어진다. 건조하고 메마른 시멘트 숲 속에서도 이 시간이면 어김없이 새가 운다. 하지만 이런 새 울음마저도 창문 아래서 들려오기 때문에 아주 아득하고 멀게만 느껴진다. 또 다른 공간, 이름을 알 수 없는 이상한 공간에서 들려오는 소리 같다. 이때쯤이면 지면의 노란색이 점차 확대되어 위로 올라오기 시작한다. 불과 몇 분 사이에 황금처럼 노랗게 빛나며 올라와 모든 물건이 빛을 발하는 동시에 빛을 반사한다. 천지가 온통 오색 빛으로 가득 찬다. 하지만 밖은 이렇게 휘황찬란한데 내면은 또 얼마나 어둡고 침울한가.

안과 밖이 이렇게 힘겨루기를 하면서 조화와 평형에 도달하려고 노력하지만 이것이 바로 가장 극렬한 충돌의 단계다. 화해의 희망이 조금도 보이지 않는다. 이런 황금빛 빛줄기 속에서 목욕을 하면서 우리는 슬픔으로 이에 호응한다. 그 원인을 말하지도 못한다. 그저 슬프고 괴로울 뿐이다. 이토록 찬란한 계절의 빛을 인정하지는 못하고 그저 견디기만 할 뿐이다. 게다가 우리는 이 빛이 지나가면 다시 올 수 없지만, 우리가 할 수 있는 것은 아무것도 없다는 사실을 분명히 알고 있다. 만회할 수 없기 때문에 이 짧은 시간은 사라짐의 슬픔을 지니고 있는 것이다. '춘광사설'春光乍洩*의 세월은 너무도 극렬하게 상영된다. 그 안에 푹 빠져들지 못한다면 남는 것은 이로 인한 흐느낌뿐일 것이다.

좀더 버티다 보면 마침내 진애낙정塵埃落定**의 단계에 이르게 된다. 공기 중의 빛의 입자가 점점 희박해지기 시작하는 것이다. 안과 밖의 대비도 그다지 첨예하지 않다. 안과 밖이 서로 동시에 연약해지고 해이해지기 때문이다. 그러나 빛과 색은 여전히 남아 흘러 다닌다. 소동도 끝나지 않는다. 하지만 격렬하던 고통은 서서히 부드러워져 서글픔으로 변한다. 여전히 참기 힘들지만 그래도 서광이 보인다. 활발하던 해가 서쪽을 향해 춤추듯 물러가는 것이다. 해의 여행은 정말로 충분히 길다. 겨울의 두 배는 되는 것 같

* 갑작스런 계절의 변화로 인해 봄날의 아름다운 풍광이 펼쳐지는 것을 의미하는 말로, 1997년에 발표된 장궈룽(張國榮)과 양자오웨이(梁朝偉) 주연의 영화 제목으로 잘 알려져 있다.
** 어떤 일들이 수많은 곡절과 변화를 거쳐 결국 결과를 맺게 되는 것을 말한다. 이를 제목으로 한 아라이(阿來)의 유명한 소설도 있다.

다. 겨울에는 아무래도 해가 피곤하고 지치기 마련이다. 황혼도 아주 길고 무겁다. 밝기도 대낮의 밝기에 손색없다. 다른 것이 있다면 그 날카로움과 두터움이 이때가 되면 많이 약해진다는 것뿐이다. 그래서 서글픔과 우울함도 여전하고 슬픈 눈물은 이미 멎었지만 가는 흐느낌이 남아 있다. 하루의 굴절과 변화는 이렇게 막바지에 이르게 되어 모든 것이 완전히 제자리로 돌아간다. 그래서 봄에는 항상 밤이 짧게만 느껴지는 것이다.

사실 오후 내내 나는 아무것도 하지 못한다. 그저 멍하니 앉아서 시간이 불꽃처럼 타오르며 빛나는 모습을 바라볼 뿐이다. 마음도 함께 타들어가 딱지가 앉는다. 이 시간 안에 무엇을 담아야 그 허무감과 공허감을 떨칠 수 있을지 모르겠다. 시간은 이렇게 알몸으로 내 앞에 서 있다가 점점 흘러간다. 가서는 다시 돌아오지 않는다. 병을 앓는 것 같은 이 시기는 어쩌면 아주 긴 세월의 주기 속에서 가장 두드러지게 힘든 단계가 지나가고 이제 막 비교적 쉬운 단계로 들어선 것을 암시하고 있는지도 모른다. 그래서인지 오후의 시간들이 훨씬 견디기 쉬워지고 그 길이도 많이 짧아져 있다. 사실 유채꽃은 여전히 도시 주변에 만발해 있다.

천천히 사방으로 빛과 불꽃을 내뿜던 오후의 시간이 압축되기 시작한다. 우리는 이런 변화가 너무나 반갑고 좋다. 하지만 더 이상 접근하기 어려운 현상은 아니다. 이런 사태의 전환이 어떻게 시작되었고 어떤 계기가 있었는지는 알 수 없다. 그냥 견디고 견디다 보니 훨씬 지내기 쉬워진 것 같다. 이리하여 조금 한눈을 팔거나 얼굴을 돌리면서 자신을 보살필 수 있게 된다. 이때가 되면 우리는 약간 자발적이고 적극적인 태도를 보이면서 주도적으로 오후의 시간을 나눌 수 있게 된다. 이런 시간의 주기 속에서 나는 정오가 지나면 으레 간행물들을 옆구리에 끼고 적당한 카페를 찾아간다.

오후를 보내는 방법은 오전부터 준비된다. 한 끼 식사만 있다면 그것이 비싸고 맛이 없다 하더라도 이것저것 따지지 않고 오후 시간에 대한 대가로 지불할 각오가 되어 있다. 내가 자주 가는 카페는 '사계정원'이라는 곳으로, 정오에는 손님이 거의 없다. 카페 주인이 한때 외국에서 살다 왔는지 카페 안에서는 온통 유럽 분위기가 느껴진다. 바 스탠드에는 집에서 흔히 볼 수 있는 소품들이 놓여 있다. 공중제비를 넘고 있는 인형이나 나무로 만든 작은 테이블과 의자, 작은 자기 항아리 같은 것들이다. 입구의 신문꽂이에는 패션잡지가 꽂혀 있다. 나는 식사를 하면서 신문을 보기도 하고 창밖을 오가는 행인들을 바라보기도 한다. 어쩌다 연인들이 들어오기도 하고 사업하는 사람들 몇몇이 들어와 얘기를 나누기도 한다. 창밖의 길 건너편은 양달이고 이쪽은 응달이다.

이처럼 확연한 차이 때문에 공간이 더욱 좁게만 느껴진다. 거리의 쇼윈도나 정거장, 행인들, 자동차 등에 약간의 디테일이 더해지면서 충만감이 높아진다. 빛은 이 수많은 사물에 골고루 분배되면서 더 이상 집중되지 않는다. 적을 제압할 수 있을 정도로 거대한 체적이 아니라 작고 다양한 부스러기가 되는 것이다. 여전히 무소부재한 반짝임이긴 하지만 이미 와해되어 위협적이지 않다. 사람들도 그렇게 긴장하지 않는다.

시간은 또 이렇게 조용히 지나간다. 한 시간 심지어 두 시간이 지나간다. 그러다가 마침내 오후의 한가운데에 이른다. 이런 오후의 정점은 조용히 다가오기 때문에 뭔가에 빠져드는 듯한 느낌이 전혀 들지 않는다.

강한 빛 속에서 집으로 돌아오면 집 안의 어둠이 마음을 편안하게 해준다. 집 밖의 밝음은 방금 그곳에 있다 와서 그런지 그렇게 멀리 단절된 듯한 느낌이 들지 않는다. 그래도 한가하게 앉아 책을 읽는다. 하지만 이처럼 병증이 막 제거된 초기에는 책읽기에 전념할 수가 없다. 한 줄로 배열된 글자들이 눈 안에서 걸어 다니면서 거의 아무런 인상도 남기지 못하는 것 같다. 모두 아는 글자들인 데다가 문장을 이루고 있지만 그 의미를 제대로 알 수 없다. 제대로 알지 못해도 그것으로 그만이다. 어차피 시간을 소모하기 위한 행동이었으니까. 마음속 걱정이 행간의 궤도 사이를 앞서간다. 궤도를 벗어나기도 하지만 상관없다. 범위가 한정되어 있기 때문에 한없이 퍼져나가진 못한다. 붙잡을 데가 없어 금세 흩어지고 만다. 이제는 하상河床 속을 흘러간다. 천천히 빠져나오다가 오래지 않아 도로 들어간다.

수많은 책을 이런 신비한 느낌 속에서 읽었다. 사실 내가 읽은 것은 '시간'이라는 두 글자밖에 없다. 시간이 한 무더기 글자 옆에서 무너진다. 씹어 삼키기가 쉬워진다. 그러는 동안 아직 밝은 황혼이 이처럼 무의미한 책읽기 사이에 조용히 다가와 나를 낮은 계곡에서 벗어나게 해준다. 덕분에 마음과 정신이 편안한 밤으로 넘어갈 수 있다. 밤은 나를 안전하게 보호해준다. 밤은 내면의 어둠과 비교적 가깝고 쉽게 화합할 수 있기 때문에 비교적 안전하다. 오후의 잔재를 쫓아내기가 훨씬 쉬워지는 것이다. 모든 것이 순조롭게 흘러내려 오기 때문에 사전에 두려워할 것도 없다. 하지만 기억 속에는 아직 상처의 고통이 남아 있다.

때로는 무엇이 나를 치료하는 것일까 하는 생각이 들기도 한다. 변화는 이처럼 부드럽고 완만하기 때문에 전혀 감지하지 못한다. 그러던 어느 날 답안을 얻은 것 같았다. 내가 사는 동네에는 노인이 한 분 살고 계신다. 내 생각에 그분은 아마도 시골에서 올라와 출세한 자식 집에서 사는 것 같다. 큰 병이 있는지 몸이 말을 잘 듣지 않고 표정은 나무 같다. 게다가 몹시 우울하다. 노인은 매일 아침부터 저녁까지 이 작은 동네의 운동기구 옆에서 기계적으로 위아래로 링 운동을 한다. 운동을 하다 보면 막막한 표정은 이내 사라진다. 그에게는 이것이 바로 하루 또 하루의 치료일 것이다. 시간은 인간을 단련시키는 동시에 구제하고 치료하기도 한다. 인내심과 적극적인 태도는 바로 이런 공백의 시간에 축적되고 배양되어 점점 그 용량을 채워나간다. 그리하여 시간의 칼날이 그다지 날카롭지 않고 오히려 부드러운 탄성을 갖게 하여 우리를 그 안에 수용하게 하는 것이다.

이제 모든 것이 정상을 향해 가고 있다. '사계정원'에서 소비한 금액에 따라 VIP카드를 받은 다음부터 나는 더 이상 그곳에 가서 오후의 생활에 시동을 걸려고 애쓸 필요가 없게 되었다. 별실에 혼자 있을 수 있게 된 것이다. 단지 때때로 날씨가 너무 좋을 때면 소파에 나와 책을 읽다가 갑자기 고개를 들어 창밖의 찬란한 햇빛을 볼 수도 있다. 가끔씩 희미한 그림자가 눈에 들어오기도 한다. 위층에 사는 사람이 발코니에 옷을 말리기 위해 널고 있는 모양이다. 순간 이 우울한 봄날에 또다시 날카로운 고통이 엄습한다. 시간이 우리의 몸 밖을 흐르면서 우리를 흔들어대는 것이다. 어쩌면 바로 이 시간에 집 밖에 나가 걸어보면 빛이 충만하여 공간을 가득 채우고 있을지도 모른다. 그러면 우리는 또다시 우리의 외부와 단절되고 만다. 이 세상도 우리와 단절되어 자기만 돌보면서 신나게 춤을 추고 있는 것 같다. 이런 기억이 이때 나타나면 우리에게 아무런 상처도 주진 못한다. 이미 시간의 위험한 주기를 벗어나 안전한 상태에 와 있기 때문이다. 심지어 뭔가 달콤한 느낌이 들기도 한다.

하지만 그래도 우리는 봄에 대해 경각심을 늦추지 말아야 한다. 특별히 밝고 아름다운 날씨에는 아무래도 자신의 삶이 이런 날씨에 어울리지 않는다는 생각을 갖게 된다. 아마도 욕망이 극점에 이르러도 만족을 얻지 못하고 결국에는 추락하여 버려지거나 잊히는 것과 같다고 할 수 있다. 교외에 나가면 사방이 온통 유채꽃이다. 지금 이 순간 저토록 격앙되어 노란 빛깔과 밝은 빛을 과장되게 쏟아내면서 이 도시의 콘크리트 외벽을 뚫고 들어오고 있는 것이다. 우리는 이 서글픔의 단련을 통과해야만 봄의 유혹에 저항할 수 있을 것이다.

공간은 시간 속을 흐른다

내가 종사하고 있는 소설 창작의 영역은 일종의 서사 예술로서 시간 속에서 진행된다고 할 수 있다. 공간은 반드시 형태를 전환해야만 나의 영역으로 들어올 수 있다. 그래서 내 소설의 눈에는 건물이 더 이상 입체적이거나 견고하지 않다. 시대를 대변하는 갖가지 정치와 경제, 이데올로기의 명문銘文들이 새겨져 있지도 않고, 과학의 진보와 심미적 유행을 체현하는 기념비도 없다. 나의 소설은 또 다른 물질이 되어 부드럽고 넉넉한 탄성을 지닌 채 개별적이고 구체적인 경험들을 기억한다. 그리고 사람과 사건에 관한 디테일로 가득 차 있다. 이런 디테일들은 상당히 섬세하고 자잘하여 일찌감치 건물의 본의와는 거리가 멀지만 우리의 삶에 철저하게 닿아 있다. 여기서 독자들께 내가 어렸을 때 살았던 집에 관해 자세히 설명할 필요가 있을 것 같다.

사람들은 자신이 살고 있는 곳에 대해 객관적으로 인식하기가 어렵다. 나도 내가 살았던 그 집의 건축 유형에 대해 전혀 관심을 가져보지 않았고, 어떤 유파의 풍격에 속하는지 알지도 못했다. 그저 눈을 뜨면 집이 보일 뿐이었다. 그 집은 내게 지극히 자연스런 존재였다. 우리는 큰 방과 작은 방이 각각 한 개씩 있는 집에 살았다. 3층 건물의 맨 아래층이었다. 그 3층 건물은 같은 모양의 건물 네 동과 하나로 연결되어 룽탕 뒤쪽에 자리 잡고 있었다. 룽탕 앞쪽으로는 건물 다섯 동이 한 줄로 붙어 있었다. 그러나 한 줄로 늘어선 건물 다섯 동은 우리가 살고 있는 뒤쪽 다섯 동의 건물보다 점유하는 공간이 좁아 속칭 '단개간'單開間이라 불렸다. 한 건물의 한 층이 큰 방과 작은 방 두 칸으로 구성되어 있는 형식이다. 반면에 우리가 살았던 건물은 '쌍개간'雙開間으로, 한 층에 큰 방이 두 개, 작은 방이 하나였다.

우리 엄마가 네 살 난 언니와 한 살밖에 안 된 나를 데리고 해방군 난징군구南京軍區에서 상하이로 이주했을 때, 기관의 행정원은 우리에게 그 집을 배정해주었다. 우리 엄마는 그 건물의 큰 방 하나와 작은 방 하나를 차지하여 나머지 한 칸에 사는 다른 집 사람들과는 완전히 독립된 생활을 보장받을 수 있었다. 그런 조건과 환경을 그대로 수용한 데는 이 도시의 건축구조와 생활방식에 대한 우리 엄마의 무지와 미숙함이 그대로 반영되어 있었다. 이는 우리가 이 도시에서 오래 살지 못할 것이라는 당시 엄마의 인식을 증명하는 것이기도 했다.

혼란의 시대를 사는 사람들은 안거낙업安居樂業의 생활에 대해 항상 준비가 부족한 법이다. 그러나 꼭 그렇다고 할 수는 없겠지만 어쩌면 엄마는 집을 보러 왔을 때 그 방 두 칸에 만족했으나 나중에야 그 건물의 구조가 다변적이라는 사실을 알게 되었는지도 모른다. 나중에 보니 3층은 한 가구가 혼자 사용하면서 완전한 독립성을 유지하고 있고, 1층과 2층만 세 가구가 함께 살고 있었던 것이다. 우리 집 바로 옆 큰 방에 사는 사람들은 2층에 있는 큰 방 하나와 작은 방 하나를 더 차지하고 있었다. 이는 정말 이상한 일이었다. 그들은 1층이나 2층 전체를 통째로 차지하여 살 수도 있었지만 굳이 두 층에 나누어 거주하고 있었다. 2층에 있는 또 한 칸의 큰 방에는 제3의 가구가 살고 있었다. 이런 배치가 도대체 어떤 역사의 연혁에 근거하여 이루어진 것인지 도무지 알 수가 없었다.

우리 집 뒷줄에 있는 건물은 점유 면적이 앞줄에 있는 집들의 3분의 2밖에 되지 않았기 때문에 그 차이가 조성하는 구간에 한 여자 중학교의 운동장이 들어서 있었다. 운동장은 앞줄의 건물까지 이어져 있고, 그 건물들은 우리와 운동장을 사이에 두고 서로 마주보면서 길가로 이어져 있었다. 하지만 우리와는 다른 룽탕을 통해 출입해야 했기 때문에 번지수에 10이 넘는 차이가 있었다. 이것이 바로 우리 룽탕의 기본적인 시스템이었다.

또 한 가지 의심스러운 것이 있었다. 이치대로 하자면 룽탕 안의 번지수는 룽탕 입구에서 시작하여 안으로 들어갈수록 숫자가 커져야 한다. 앞줄은 1부터 5까지이고, 뒷줄은 6부터 10까지여야 하는 것이다. 하지만 실제로는 완전히 반대였다. 이런 특이한 번지수 배열이 그 룽탕의 원시적인 모습을 의미하는 것은 아닐까? 룽탕 입구가 지금의 룽탕 맨 안쪽이 되고 룽탕 맨 안쪽이 입구가 되는 상반된 구조 때문에, 처음에는 우리 룽탕을 찾기도 힘들었다. 하지만 자세히 살펴보면 꼭 그런 것 같지도 않았다. 모든 것이 상규에 부합하는 것 같았다. 건물 정면이 남쪽인 룽탕 입구를 향하고 있고, 모든 건물 아래에 작은 마당이 하나씩 있으며, 마당의 앞문이 바로 정문이고, 뒤쪽 그늘의 뒷골목 쪽이 뒷문이기 때문이다. 이런 룽탕을 사람들은 '신식 룽탕'이라고 불렀다. 우리가 살고 있는 룽탕은 '신식 룽탕' 중에서도 신식에 속해 '납지철창'蜡地鋼窗, 즉 초를 먹인 마룻바닥에 철제 창틀이 설치되어 있는 가옥 형태에 그대로 체현되어 있었다.

우리 가족은 군대의 거칠고 엉성한 주거생활에서 벗어난 상하이 신시민이라 이처럼 가늘고 섬세한 나무마루판에 대해 특별한 경의를 가질 수도 없었다. 그래서 바닥을 너무 자주 습기에 노출시키는 바람에 하얗게 변해 표면의 광택이 다 사라지고 말았다. 창들의 질 좋은 강철도 1958년의 대규모 강철제련운동 때 룽탕 안에 설치된 토제 용광로 안으로 들어가버리고, 저급한 철창을 대신 설치하게 되었다. 이 화려한 모던 건물이 새로 시작된 '노동자, 농민'工農 정부 시대를 맞이하면서 세련된 모습을 완전히 씻어버리고 아주 소박한 표정을 드러내게 된 것이다.

사실 오랜 세월이 흐른 뒤에야 나는 이 골목이 처음 생겼을 때부터 변화의 운명이 시작되었다는 것을 알게 되었다. 내전이 격렬하던 시절에 부동산 개발업자들은 지면을 쪼개 땅을 파고 공사를 벌였다. 그 뒤로도 이 도시는 정말로 근심이 많은 세월을 보내야 했다. 어떤 동란과 변고가 있어도 개발 의지가 시들어서는 안 되고 근시적인 안목으로 계획에 실수를 범해 큰 착오로 이어져서도 안 되었다. 이때 사람들은 거대한 해방군 대오가 강을 건너는 포성을 듣게 되었다. 공산국가에 대한 이야기도 사방에서 들려왔다. 이리하여 개발업자들은 지출을 줄이기 위해 자재와 시공을 생략하여 두부 찌꺼기처럼 허술한 부실공사를 하기도 했다. 사람들의 얘기에 따르면, 지반을 얇게 다지는 것은 말할 것도 없고 누런 모래와 시멘트도 질이 떨어지는 제품을 사용했다고 한다. 가장 생동감 있는 얘기는 담장이 삐뚤게 올라가고 있는데도 담장 장인이 어깨로 받친 채 계속 쌓아 올렸다는 것이다.

　당시에는 이런 사실을 전혀 알지 못했지만 그래도 집이 부실하다는 것은 충분히 감지할 수 있었다. 걸핏하면 담장과 지면 사이에 틈이 벌어졌고, 지네와 비슷한 그리마라는 벌레가 출몰하여 밤새 여기저기 돌아다니면서 땅바닥에 은회색 궤적을 남겼다. 수박벌레도 있어 몸을 말면 공처럼 단단하게 뭉쳐졌다가 몸을 펼치면 회색 복부 양쪽 끝에 두 갈래로 퇴화의 거의 마지막 단계에 이른 발이 나타났다. 건물 바닥도 물러져 발을 세게 디디면 쿵쿵 소리가 났다. 수도관에서는 물이 새 아래층에 사는 사람들의 천장을 적셨고, 관리사무소에서 수리를 하고 천장을 덧대면 박쥐 모양의 얼룩이 남았다. 변기는 사흘에 한 번씩 막혀 도관공이 긴 대나무 꼬챙이로 한참을 쑤셔대야 관로를 막고 있던 분뇨가 내려갔다. 깨끗한 상태로 온 대나무 꼬챙이가 갈 때는 룽탕에 더러운 똥물을 뚝뚝 떨어뜨렸다. 룽탕의 시멘트 바닥에도 균열이 생긴 지 오래라 이리저리 갈라진 모습이 마치 그물 같았다.

하지만 그 집의 이러한 쇠퇴가 우리 아이들에게는 작은 즐거움을 가져다주었다. 우리는 작은 마당 안에서 열심히 땅을 개간했지만 장난감 같은 낮은 금세 쓰레기더미에 막히고 말았다. 이처럼 힘들게 확보한 땅에서 우리는 씨앗을 뿌리고 빈약하게나마 농작물을 거둬들일 수 있기를 기다렸다. 하지만 우리의 수확은 알이 채 맺히지 않은 옥수수와 뭉개진 해바라기 꽃봉오리가 전부였다. 반면에 들풀은 무척 무성하게 자랐다. 그 가운데 차전초車前草라 불리는 질경이 과科의 식물은 푸르스름한 이삭을 맺기도 했다. 이것이 우리가 거둔 가장 풍성한 수확인 셈이었다.

담장 구석의 그리마와 수박벌레는 우리가 가장 흔히 볼 수 있는 야생동물로서 우리를 학살에 익숙한 야만인으로 만들었다. 또한 땅바닥 틈새는 우리에게 신비감을 느끼게 해주었다. 우리는 그 밑에 무엇이 있는지 알 수 없었다. 보물이 숨겨져 있을 수도 있고 비밀이 감춰져 있을 수도 있었다. 어쨌든 뭔가 놀라운 것이 감춰져 있을 것 같았다. 물이 새는 관은 우리를 더욱 흥분시켰다. 평화로운 생활에 마침내 사고가 나고 말았다. 이어서 낯선 사람들이 드나들기 시작했다. 다름 아닌 수리공들이었다. 대부분 건장한 남자들로 각양각색의 공구를 손에 들고 있었다. 사통팔달로 이어진 그 룽탕에서 여자아이들은 뒤꽁무니를 쫓아다니는 남자아이들 때문에 항상 미친 듯이 뛰어다녀야 했다. 이것이 바로 우리가 경험한 최초의 남녀관계였다.

하지만 음산하고 침울한 룽탕 앞쪽이 바로 빛과 화려함이 넘치는 서구의 화이하이로라는 사실은 누구도 상상하기 어려울 것이다. 그곳에는 항상 최신 유행이 흐르고 있었다. 그 거리의 상점들은 전부 규모가 작고 한 칸 한 칸 독립되어 있었다. 비교적 대중화된 백화점들은 전부 난징로南京路의 동쪽에 자리 잡고 있어 중산층 시민들의 소비를 만족시키고 있는 반면, 그곳은 고상한 상업구역이라 우리가 성장했던 공화국 시절이 무척이나 엄숙했는데도 도시 향락주의의 유습과 분위기를 그대로 간직하고 있었다.

거리 양쪽에 늘어선 플라타너스는 마치 하늘에 손이 달려 있는 것 같았다. 쇼윈도는 강렬한 햇빛을 반사하고, 그 안에는 최신 패션 옷들이 진열되어 있었다. 하지만 이런 옷들은 유행의 첨단을 걷는 신제품들이 아니라 기존의 제품에 작고 티가 나지 않는 변화와 특징을 더한 옷들이었다. 예컨대 여성 외투의 앞부분에 같은 재질과 색깔의 천으로 장식을 하나 만들어 달고 작은 예모와 신발로 조합을 맞추면 무척이나 우아하고 세련된 멋을 풍겼다. 진정한 파리의 풍격이었다. 미용실도 있었다. 미용실의 여자 손님들은 머리에 커다란 파마 모자를 쓴 채 한 손으로는 이야기가 담긴 파노라마 그림책을 뒤적거리고, 다른 한 손은 손톱 손질을 담당하는 종업원에게 맡겨 손톱을 다듬고 있었다. 마치 이전 왕조시대의 유민들 같았다.

그렇다고 그 거리가 시대의 변화를 모른다고 생각해선 안 된다. 그 거리도 시대의 모든 흔적과 기억을 고스란히 간직하고 있다. 아침 일찍 가게 문을 열기 전에 전민운동 방송체조 음악이 흘러나오면 점원들은 일제히 밖으로 나와 거리를 따라 늘어서 아침체조를 했고, 바로 옆 거리의 화단에서는 초등학교의 국기게양식이 거행되었다. 국가도 울려 퍼졌다. 매주 목요일은 애국위생의 날이라 모든 사람이 룽탕과 거리에 나와 의무노동을 해야 했다. 여기저기 쓸고 닦으면서 웅위한 기상을 과시하는 것이다.

우리 집은 바로 그런 거리 뒤쪽에 있었다. 방금 말한 것처럼 신식 룽탕의 신식 주택이고 초를 먹인 목재 마루에 철제 창틀을 갖추고 있었다. 밖에서 보면 건물 아래에 작은 정원이 있고 담장 가에는 협죽도가 자라고 있었다. 이는 마당에서 일어날 수 있는 가장 화려한 사건이었다. 2층과 3층에는 미끄럼 방지를 위해 표면을 거칠게 처리한 담장 위로 각각 시멘트로 된 발코니가 설치되어 있었다. 건물의 수많은 기능은 집 뒤쪽에 감춰져 있었다. 햇빛이 부족하여 항상 축축하고 음침한 벽에는 하수관과 배기관이 매달려 있고, 벽 맨 아래에는 하수도가 지나고 있었다. 지붕에는 건조대가 두 개 설치되어 있고, 그 바로 옆에는 굴뚝이 있었다. 벽난로를 위한 굴뚝이었다. 벽난로를 쓰기 시작했는지는 모르겠지만 내 기억으로는 당시에는 연기도 불도 찾아볼 수 없었다. 벽난로와 마찬가지로 거의 폐기되어 있는 것으로 욕조와 온수 수도꼭지도 있었다. 보일러가 있어야 했지만 대체 어디에 보일러가 있었단 말인가. 도저히 생각이 나지 않았다. 어쨌든 지붕의 기와로 덮인 경사면 옆에 굴뚝이 있었던 것만은 분명하다.

내가 스무 살이 되던 해에 우리 집은 이곳을 나와 다른 곳으로 이사했다. 그러다가 여러 해가 지나 나는 그 집과 아주 희극적인 해후를 경험하게 되었다. 내 소설을 각색하여 제작한 영화 「장한가」에서 왕치야오王琦瑤가 사는 핑안리 집에서였다. 화면에 나오는 그 집의 첫 번째 계단을 나는 한눈에 알아볼 수 있었다. 어렸을 때 우리는 이 계단 난간에 올라타 소리를 지르며 미끄러져 내려오곤 했다. 「장한가」에서 이런 집을 세트로 선택한 것은 정말 생각지도 못한 일이었다. 내가 소설에서 왕치야오의 거처를 구상할 때도 이런 장소를 염두에 두진 못했었다. 하지만 어쩌면 내가 어렸을 때 살았던 그 집의 세밀한 모습이 무의식중에 왕치야오의 생활 속으로 전이된 것인지도 모른다. 이것이 바로 건축과 글쓰기의 관계일 것이다.

마지막으로 한 가지 언급하고 싶은 것은 그 집과 골목들이 이미 새로운 도시계획으로 철거되거나 개조되었다는 사실이다. 지금 그곳에는 최신 상업구역이 조성되어 있다. 이제 이 도시에는 계급적 편견이 사라져버렸다. 어디를 가든 대형 또는 초대형 백화점이나 쇼핑센터가 들어서 있고 거리도 대중화의 풍경 속으로 녹아들어 가고 있는 것이다.

천사창* 아래서

초등학생 시절, 상하이 근교 농촌에 가서 집단노동을 한 적이 있었다. 여학생들은 농촌의 어느 빈집에서 함께 지냈다. 이 집에는 갓 시집온 젊은 며느리가 있었고, 남자는 어디에 가서 일하는지 집에 없었다. 신방은 우리가 묵고 있는 숙소 바로 옆채의 방 한 칸을 차지하고 있었다. 우리는 자주 그 방에 가서 고개를 들이밀고 기웃거리곤 했지만, 새색시는 그런 우리를 쫓아내지 않았다. 그녀 등 뒤의 문 틈새는 갈수록 넓어졌고 결국에는 완전히 열리고 말았다. 우리의 눈길 속에서 그녀는 조용히 머리를 빗고 손과 얼굴을 씻은 다음 잠자리를 정리하곤 했다. 그녀는 우리를 귀찮아하지 않을 뿐만 아니라 심지어 상하이 아이들이 자신의 신방을 구경하는 것을 반기는 것 같았다.

---

* 천사창(茜紗窗)이란 붉은빛이 도는 꼭두서니풀을 망사처럼 엮어 만든 창문으로, 일반적으로 기생집 창문을 의미한다.

그녀의 신방에 대한 나의 인상은 뭔가 '꽉 차 있다'는 것이었다. 사실 신방은 옆채의 방 한 칸이 아니라 절반을 차지하고 있었다. 이 절반 정도의 공간 바닥에는 나무판이 깔려 있고 두세 걸음만 걸으면 곧장 침대로 연결됐다. 구체적으로 어떤 가구들이 있었는지 유심히 살피지는 않았지만 어쨌든 뭔가 가득 들어차 있다는 느낌이었다. 게다가 기름을 칠해 반짝이기라도 하듯이 붉은빛이 반사되어 나왔다. 알고 보니 침대 좌우 양쪽에서부터 나무판 주변까지, 그리고 침대 위에서 천장 꼭대기까지 반짝거리는 붉은 목기들로 가득했다. 두 폭짜리 휘장 아래에만 공간이 약간 남아 있을 뿐이었다. 어느 날 저녁 우리가 신방을 구경하러 갔을 때, 새색시는 마침 휘장 아래 침대 가까이 앉아 한쪽 다리를 접고 턱을 무릎에 받친 채 아주 세심하게 발톱을 깎고 있었다. 이런 모습을 보고 있자니 새삼스럽게 '동방'洞房의 그윽한 느낌이 다가왔다.

지금도 그 동방 새색시의 모습이 눈에 선하다. 그녀는 매끄럽게 빛나는 목기들 사이 억눌린 공간에서 몸을 움직이고 있었다. 표정은 나무처럼 굳어 있었지만, 자태에는 여전히 신방 가구를 누리는 듯한 즐거움과 편안함이 흐르고 있었다.

나중에 저장의 우전烏鎭*에 갔다가 새로 수리한 고택에 마련된 침대박물관을 구경하게 되었다. 전시된 여러 개의 옛 침대들 가운데 가장 멋있는 침대는 대청과 화장대에서 각각 대반보大半步**의

* 물가를 따라 옛 주택이 늘어선 마을로, 중국 남방 수향(水鄉)의 정취를 경험할 수 있는 유명 관광지다.
** 약 50센티미터.

거리를 두고 놓여 있었다. 침대 사방의 테두리와 휘장을 거는 기둥, 격선隔扇*, 가림 병풍 등도 잘 보존되어 있고, 그 위에 새겨진 화려한 무늬도 아주 섬세하고 정교한 것이 화려함의 극치를 이루고 있었다. 이 침대를 멀리서 바라보고 있다 보니 문득 유년 시절의 그 새색시가 생각났다. 그 농가의 새색시도 바로 이런 침대 위에 앉아 발톱을 깎고 있었던 것이다.

사람들의 설명에 따르면 목수들은 좀처럼 남에게 침대를 짜주지 않는다고 한다. 남의 침대를 짜주면 자기 수명이 줄어들고 관을 짜주면 수명이 늘어난다는 속설 때문이었다. 어쩔 수 없어 침대를 짜줄 때는 돈을 받지 않고 선물하는 형식으로 짜주되, 다 짠 다음에는 명패를 걸어 침대 위에 붙이고 그 위에 목수의 성명과 관적貫籍을 기입한다고 한다. 그러면 침대를 받은 쪽에서는 목수에게 붉은 봉투에 사례금을 담아 보낸다. 굳이 이렇게 번거로운 형식을 취하는 원인은 침대가 자손을 잇게 해주는 물건이라 목수의 수명을 빌려 남의 수명을 늘려주는 꼴이 되기 때문일 것이다. 그래서 이런 관례가 목수들의 금기로 자리 잡게 된 것이리라.

이런 침대 그리고 초등학생 시절에 본 그 동방의 풍경은 내게 매우 비밀스런 인상을 남겼다. '가득 찬' 느낌 말고도 뭔가 '깊고 그윽하면서' 왠지 '어두운' 인상을 주었던 것이다. 그 안에는 적막한 분위기와 함께 약간의 불결함이 담겨 있었다. 사실은 정욕의

---

* 침대를 가리는 일종의 병풍식 나무문으로, 상반부에는 다양한 무늬로 구멍을 만들어 안팎을 볼 수 있게 했다.

숨결이었는지도 모른다.

한번은 강남 지방의 시골에 갔다가 강가의 나루터에서 한 젊은 여자가 나무 병풍 몇 폭을 닦고 있는 모습을 보게 되었다. 가까이 다가가 보니 침대를 가리기 위해 세우는 나무 병풍이었다. 병풍에는 투조透彫된 화려한 무늬를 바탕으로 갖가지 인물과 기명, 산수, 화훼가 아로새겨져 있었다. 칠은 너무 오래된 탓인지 옅은 홍색으로 퇴색되어 있었다. 원래는 아주 선명하고 빛나는 붉은색이었을 것이라는 생각이 들었다. 얼마나 많은 세대를 거쳐 이 젊은 여인에게까지 전해진 것인지는 알 수 없었다.

그녀는 아주 섬세하고 야무지게 병풍을 닦고 있었다. 병풍을 얕은 물에 담가 투조 부분의 틈새를 잘 닦아낸 다음, 나뭇결에 따라 세게 물을 뿌렸다. 그런 다음 마지막으로 대마포로 병풍 표면을 가볍게 문질러 물기를 닦아냈다. 이렇게 앞면을 다 닦은 다음에는 다시 뒷면을 닦았다. 이렇게 목욕을 한 나무 병풍은 투명할 정도로 깨끗해졌다. 이 병풍은 동방의 어둡고 음산한 기운을 말끔히 떨어내고 밝고 맑은 이미지를 갖게 되었다.

자신과 무관한 물건들은 마음속에 섬세한 기억을 남기지 못한다. 하지만 사용을 통해 사람의 기운이 붙으면 다시 살아나 영혼과 생명을 갖게 된다. 그래서 그 앞을 지나다 보면 어떤 분위기를 느낄 수 있게 된다. 중학교 때 한 친구 집에 간 적이 있었다. 엄마와 단 둘이 서로 의지하며 오붓하게 살고 있는 친구였다. 나무 계단을 따라 위층으로 올라가다 보면 갑자기 그 애의 집으로 연결되는 문이 하나 나타났다. 아주 작은 방 한 칸에 불과한 그 애의 집 안에는 홍목 가구들이 아주 정갈하게 배치되어 있었다. 값비싼 홍목 가구였는데도 전혀 사치스럽게 느껴지지 않았다. 심지어 부유하기보다는 근근이 살아가는 분위기였다. 지나치게 깨끗한 방이었지만 따스한 온기가 느껴졌다. 펑쯔카이豊子愷*의 그림에 흔히 나오는 작은 의자는 아예 귀여운 동물을 연상케 했다. 아이들이 그 위에 앉기도 하고 품에 끌어안기도 하는 이 의자는 너무나 앙증맞았다. 농가에서나 볼 수 있는 등받이 대나무 의자도 있었다. 힘들게 일하는 사람들의 살과 땀이 닿아서 그런지 누렇고 반지르르했다. 이 대나무 의자는 등받이가 비스듬하게 뻗어 있고, 골간이 되는 대나무 마디 부분에 등나무 껍질이 조밀하게 엮여 있어 튼실하고 믿음직한 모습이었다.

한번은 우리 집 나이 든 가정부가 나를 데리고 자신의 전 주인집을 방문한 적이 있었다. 대단한 자산가의 집이었다. 그 집은 안팎 객청 사이에 서양식 홍목 유리진열장이 놓여 있었다. 높고 크고 넓은 데다 서너 층으로 구분되어 있었고, 층마다 옥으로 된 손톱 크기의 토끼, 개, 고양이, 새 등이 가득 들어 있었다. 백옥이나 비취 같은 보석도 들어 있었다. 내 등 뒤에서 가정부와 한가하게 얘기를 주고받는 주인마님은 눈썹 화장을 하면서 화를 내고 있었다. 이 유리진열장에서는 뭔가 썩어 문드러지는 듯한 냄새가 났다. 금옥장교金屋藏嬌, 즉 '훌륭한 집에 미인을 감춘다'는 속담에서 말하는 '금옥'을 떠올리게 했다.

---

* 豊子愷(1898~1975): 근대 중국의 유명한 삽화가이자 문인.

반면 자신과 아주 밀접한 관계를 갖는 물건들은 사실 별로 관심의 대상이 되지 못한다. 몸의 일부분으로 여겨지면서 물과 젖처럼 서로 잘 융화되기 때문이다. 디테일이 있기는 하지만 그것이 전체적인 인상이나 분위기를 형성하지도 못한다. 내 기억 속에는 이런 물건이 세 개나 있다.

첫 번째 물건은 작은 원탁이다. 탁자 표면은 제법 크지만 높이는 비교적 낮은 편이었다. 이 탁자에는 작은 의자가 네 개 따라다녔고, 하나같이 누런색 아니면 갈색이었다. 탁자의 형태를 따라 작은 홈이 파여 원을 이루고 있었다. 탁자 밑으로 들어가면 빙 둘러 테두리가 있어 그 틈새에 먼지가 끼기 때문에 수시로 닦아줘야 했다. 테두리 밑에는 다리가 있고 다리 윗부분은 납작한 구형으로 조각되어 있었다. 어렸을 때는 큰 탁자에 앉을 수가 없어서 이 탁자에서 식사를 했다. 조금 자란 뒤에 집에 손님들이 올 때면 어른들은 큰 식탁에서 식사를 하고 아이들은 따로 이 탁자를 펼쳐놓고 밥을 먹었다. 무더운 여름날에 어쩌다 마당에 나가 저녁 식사를 할 때도 이 탁자를 사용했다.

이 탁자와 의자 네 개는 아이들의 키에 잘 맞았고 어른들에게도 불편하지 않았다. 게다가 좋은 재질의 나무로 만든 것이 아닌데도 상당히 튼튼했기 때문에 아이들의 극성을 잘 견뎌냈다. 다리에 칠이 벗겨진 것을 제외하면 몇십 년을 사용해도 큰 불편이 없었다. 다리 윗부분의 납작한 구형 조각이 갈라지긴 했지만 원래 통나무를 깎은 것이 아니라 접착제로 붙여놓은 것이라 다시 붙이고 칠을 하면 감쪽같았다. 아쉽게도 네 의자는 너무 험하게 사용한 탓인지 골격이 부러져 언제부턴가 사라지고 없었다.

이 탁자는 집에서 분가한 뒤에도 십 년 가까이 나를 따라다녔지만 결국에는 내 친구 차지가 되었다. 친구는 지금도 이 탁자를 사용한다. 예쁜 무늬의 테이블보를 깔기만 하면 여전히 화려한 모습을 자랑했다. 이 탁자는 내 유년의 동반자로서 수많은 놀이와 작업을 그 위에서 했다. 그림 그리기나 종이 오리기는 물론, 나무 토막 쌓기와 인형놀이까지 전부 이 탁자 위에서 한 일이다.

어느 날 오후 집에 손님이 오셨다. 손님은 엄마랑 얘기를 나누고 나는 이 탁자 앞에 앉아 놀면서 노래를 불렀다. 나중에는 노는 것도 지겹고 노래 부르는 것도 힘들어서 그만하고 자리에서 일어나고 싶었다. 하지만 어찌 된 일인지 의자에서 일어설 수가 없었다. 하는 수 없이 계속 의자에 앉아 놀면서 노래를 계속해야 했다. 손님이 가고 나서야 엄마가 달려와 나를 의자에서 풀어주었다. 알고 보니 내가 입고 있던 솜저고리와 스웨터 사이에 의자 등받이가 끼어 있었던 것이다. 쑥스러운 상황이어서 더욱 기억이 선명하다. 손님은 친척 가운데 한 분이었다. 집에 들어서자마자 엄마에게 뭔가를 부탁했지만 엄마는 이를 거절하는 듯한 태도를 보였던 것 같다. 하지만 이런 부탁과 거절은 완전히 어둠 속에서 이루어졌기 때문에 어려움과 경험을 호소하는 두 분의 탄식을 통해서만 대충 내막을 짐작할 수 있을 뿐이었다. 엄마가 나를 가리키면서 말했다.

"쟤가 큰애보다 먹는 걸 훨씬 더 밝힌다니까요."

친척이 말을 받았다.

"○○가 저 애보다 더하면 더했지 덜하지는 않을 거예요."

○○도 그 집 작은딸이었다.

1960년대 기아 시대의 풍경이었다.

두 번째 물건은 오단서랍장이다. 이 서랍장의 자세한 모양은 이미 기억이 흐릿해졌지만 두 부분으로 나뉘어 있었던 것만은 뚜렷하게 기억한다. 왼쪽 절반은 여닫이 서랍이고 오른쪽 절반은 미닫이문이 달린 수납공간이었다. 문을 열면 위쪽에는 작은 서랍들이 있고 자물쇠가 채워져 있어 그 안에 돈이나 증권, 집문서 등을 보관하곤 했다. 요컨대 한 가정의 중요한 서류들이 전부 그 서랍 안에 들어 있는 것이다.

엄마가 이 서랍을 열 때마다 나는 먼저 허락을 받은 다음, 작은 의자를 그 앞으로 끌어다 놓고 의자에 올라서서 서랍에 든 물건들을 감상할 수 있었다. 내게 이 서랍장이 가장 친밀한 접촉 대상이었던 것은 그 위에 거울이 하나 놓여 있었기 때문이다. 낮에 부모님은 출근하고 언니는 학교에 가고 가정부 아줌마는 부엌에서 음식을 하거나 빨래를 했기 때문에 방에는 나 혼자뿐이었다. 나는 의자를 끌어다 놓고 그 위에 올라가 거울 앞에 서서 앞머리가 유난히 무성한 얼굴을 앞으로 내밀었다. 나는 그런 내 얼굴이 항상 낯설고 만족스럽지 못했다. 그것이 뜻밖에도 내 얼굴이라는 사실을 생각하면 실망감이 밀려왔다. 아주 오랫동안 나는 항상 자신의 모습에 불만이었고, 이것이 나를 우울하게 만들었다.

여러 해가 지나 친척 집에서 또다시 그런 가구를 보게 되었다. 놀라움을 금할 수 없었다. 그렇게 작고 낮은 가구인데 왜 군이 의자를 딛고 올라갔었는지 이해가 되지 않았다. 심지어 그때는 몸을 구부려야 거울에 내 모습을 비춰볼 수 있었다. 내 모습은 흐릿하기만 했다. 거울 표면에 습기가 맺혀 있었기 때문이다.

세 번째 물건은 측백나무 탁자와 녹나무로 상자를 조합하여 만든 가구다. 우리 부모님처럼 1949년 이후에 남하하여 도시로 들어온 신시민들은 하나같이 빈손이었고 가구라고는 가지고 있는 것이 거의 없었다. 집에서 사용하는 물건들은 대부분 국가기관에서 빌려온 측백나무 가구라, 위에 쇠로 된 조그만 표지판이 붙어 있고 그 위에 기관의 명칭과 일련번호가 명기되어 있었다.

우리 집에는 이런 탁자가 두 개 있었다. 하나는 주방에서 사용했고 하나는 집 안으로 들어오는 입구에 배치했다. 그 위에는 온수가 담긴 보온병과 냉수가 담긴 주전자, 찻잔, 밥솥 등 다양한 잡동사니가 놓여 있었다. 탁자 아래에는 녹나무 상자가 하나 놓여 있었다. 이것은 상하이로 온 뒤에 들여놓은 가구로, 우리가 무사히 상하이에 정착했음을 나타내는 일종의 상징이 되고 있었다.

상하이 중산층 시민의 가정이라면 어느 집이든 녹나무 서랍장이 하나씩 있었다. 하지만 다른 집들은 이런 서랍장이 여러 개였고 침대 옆이나 방 한쪽 구석 같은 비교적 후미진 자리에 놓여 있었는 데 비해, 우리 집에는 하나밖에 없었고 놓는 자리도 달랐다. 하지만 우리 같은 아이들도 얼마든지 이를 옮겨놓고 발을 딛고 탁자 위로 올라가 컵에 물을 따라 마실 수 있었고, 그 안에 든 바구니에서 쭝쯔粽子* 같은 저장음식을 꺼내 먹을 수 있었다.

---

* 찹쌀에 대추 따위를 넣어 댓잎이나 갈잎에 싸서 찐 음식.

어느 날 밤, 나와 언니는 아동극장에 가서 연극 「백설공주」를 보고 왔다. 날이 몹시 더워 갈증이 심했던 우리는 집에 오자마자 녹나무 서랍장을 딛고 올라가 냉수 주전자에서 물을 따라 마셨다. 냉수 주전자 안에 들어 있는 물은 밥솥에 끓였기에 구수한 밥 냄새가 남아 있었다. 그 냄새를 나는 아직도 생생하게 기억하고 있다. 어린 시절의 사소한 일들은 정말 기억이 잘 나지 않는다. 항상 어딘가를 기어올라 갔다가 기어내려 온 기억뿐이다. 이런 기어오름의 기억이 우리에게 다양한 기물에 대해 아프고 가렵게 몸에 와닿는 친밀함의 관계를 만들어주었다. 이런 기물들의 표면은 하나같이 매끄럽고 광택이 났다. 게다가 내 손과 발, 무릎과 머리로 쉽게 만지거나 스칠 수 있는 것들이었다.

어른이 된 뒤로 이런 기물들과의 관계는 더 이상 그다지 친밀하지 않게 되었다. 물건들은 아주 오래 그 자리를 지키고 있어 자연처럼 익숙해졌기 때문이다. 하지만 집 안에는 항상 특별한 기물들이 있어 특수한 감정을 남기기 마련이다. 우리 집에는 홍목 장식장이 하나 있었다. 가운데 커다란 책상이 있고 양쪽에 수납장이 조합되어 있는 형태였다.

이 수납장 맨 위에는 작은 서랍들이 있고 중간에는 유리문 안으로 선반이 있었으며 맨 밑에는 커다란 서랍이 두 개 달려 있었다. 문화대혁명 시절에 엄마가 가택수색을 통해 압수된 물건을 파는 시장에서 사온 것이다. 당시에는 가택수색을 통해 압수한 물건이 산더미처럼 쌓여 있었기 때문에 장기간 보관하기가 힘들어 싼 가격에 처분하곤 했다. 가격은 상하이 사람들이 흔히 말하듯이

'두 개 살 돈으로 세 개를 살 수 있는' 정도였다. 엄마는 40위안밖에 안 되는 돈으로 이 가구를 살 수 있었다. 하지만 이만한 돈은 당시 우리 집 살림으로는 엄청난 금액이었고 누추한 집 안 분위기로 볼 때 진열장이 달린 홍목 가구는 상당한 사치였다. 아버지는 여러 차례 사지 말 것을 권고했지만 엄마의 고집은 막무가내였다. 엄마는 이 가구가 우리 집에서 유일하게 정취가 있는 가구라고 말했다. 이리하여 큰 방과 작은 방 두 칸뿐인 우리 집에 침대와 장식장, 식탁과 의자 그리고 남녀노소 삼대의 식구들 사이로 이처럼 커다란 '정취'가 비집고 들어오게 되었다.

이 장식장 안에는 엄마가 외국에서 가져온 예쁘고 아기자기한 물건들이 진열되었다. 북유럽에서 가져온 철판 주전자와 목각 인형도 있고 일본에서 가져온 얇은 도자기 기름등과 비단으로 만든 게이샤 인형도 있었다. 미국 시카고에서 사온 유리 풍령風鈴과 금으로 도금된 탁상시계, 슬라브 민족영웅의 조각상도 있었다. 장식장 맨 꼭대기에는 소비에트 러시아의 리얼리즘 양식으로 제작된 푸시킨Aleksandr Pushkin의 전신 좌식 동상이 떡하니 자리를 차지하고 있었다. 이 장식장은 내가 어렸을 때 그 부잣집 거실에서 본 것과 완전히 달랐다. 이 장식장은 사치스런 구석이 전혀 없을 뿐만 아니라 오히려 소박하고 천진한 무산계급의 풍격을 지니고 있으면서도 개방적인 생활을 내포하고 있었다.

우리 엄마는 포화가 그치지 않는 전쟁 시기에도 전사들의 총열 안에 몇 송이 야생화를 꽂아야 한다고 주장하는 그런 사람이었다. 문화대혁명 시절에 매일 먹고 입는 것을 걱정해야 하는 와중에도 서랍 구석에 뒹굴고 있는 동전을 모아 우리에게 아이스크림을 사줄 정도였다. 이처럼 엄마에게는 항상 약간의 사치를 즐기려는 욕망이 있었다. 어떠한 생존의 압력 속에서도 이런 욕망은 사라지지 않았다.

만년에 이르러 우리 아이들은 하나둘씩 집을 떠나 분가했다. 집안의 공간은 갈수록 커졌고 경제적으로도 여유가 생겼다. 하지만 병이 많았던 엄마에게는 정취를 즐길 시간도 힘도 없었다. 이 장식장의 유리와 그 안에 진열된 물건에는 잔뜩 먼지만 쌓여가고 있다. 정말 가슴 아픈 일이 아닐 수 없다. 지금은 엄마의 이 보물이 내 집 객청에 놓여 있다. 주변 환경과 아주 잘 어울린다. 하지만 나는 오히려 이 가구에서 왠지 모를 차가움을 느낀다. 이 가구가 원래 가지고 있던 사람 냄새 나는 훈훈하고 활기 넘치던 모습이 차갑게 가라앉아 버렸기 때문일 것이다.

구체적이고 사소한 사물들의
집합체로서의 상하이

옮긴이의 말

 우리는 도시를 거시적인 시각으로만 바라보는 습관이 있다. 작은 어촌에서 불과 일이십 년 만에 '동양의 파리'라는 미명을 얻으면서 동아시아 최고의 메트로폴리스로 자리 잡았고, 지금은 '중국 경제의 수도' '중국의 뉴욕'이라는 별칭을 갖고 있는 거대 도시 상하이도 예외가 아니다. 하지만 숲만 보고 나무를 보지 못하는 이런 시각은 한 도시가 갖는 역사기억과 문화의 축적을 소홀히 하거나 생략해버리기 십상이다. 자세하고 구체적인 내용 없이 추상적인 하나의 덩어리로 펼쳐지는 도시 풍경은 그것이 담고 있는 진정한 삶의 모습이 아니라 강요된 상징이자 이데올로기의 형상화이기 쉽다. 백 년 전 조계지 시절 '양장십리'洋場十里*의 탈식민 풍경

---

* 상하이 와이탄 황푸강 강변 10리에 달하는 거리에 세계 각국의 은행과 세관, 상점, 호텔 등 다양한 양식의 건축이 지어져 많은 외국인이 거주했던 지역.

을 그대로 간직한 채 개혁개방 직후부터 지금까지 중국 대륙을 먹여 살리는 자본과 물류의 중요한 창구이자 세계 전체를 향한 열린 도시로 성장한 상하이의 역사, 경제, 문화, 사회를 포괄적으로 다루면서, 도시구조의 모델과 도시문제, 환경, 지구화, 이주, 가상공간 등 다양한 관련 주제를 하나로 아우르는 입체적이고 생동감 넘치는 저작이 절실하게 요구되는 시점이다.

이 책에 담긴 상하이 사람들의 사소한 삶의 풍경에 대한 작가 왕안이의 기억과 사유의 편린들은 우리에게 사소한 사실들의 집합체로서의 상하이를 볼 수 있는 전혀 낯설고 새로운 시각과 함께 상당한 내포와 무게를 지닌 그림들을 제공한다. 왕안이는 상하이라는 대도시를 대표하는 작가일 뿐만 아니라 하나의 문화코드다. 한 작가가 한 지역의 문화코드가 된다는 것은 결코 흔한 일이 아니다. 상하이에 대해 그녀보다 더 깊은 인식과 풍부한 기억을 가진 사람은 없을 것이다. 1954년 난징에서 태어난 그녀는 1955년 상하이로 이주하여 60년 가까이 상하이를 회상하고 바라보고 관찰하면서 변화하는 상하이를 살아가고 있다.

그녀는 상하이의 화신이고, 그녀의 삶은 송두리째 상하이다. 이런 그녀는 상하이라는 도시의 특징을 '모던'과 '보수' 그리고 '조려'粗礪라는 세 단어로 요약한다. '모던'은 상하이가 조계지 시절부터 갖게 된 서구적 경관과 분위기를 말하는 것이고, '보수'는 상하이가 농촌에서 도시로 변하는 과정에서 여전히 씻어내지 못한 중국 전통의 흔적들을 말한다. 그리고 '조려'는 상하이라는 도시가 태생적으로 갖고 있는 거친 기질을 상징한다. 이 세 가지가 한

데 어우러져 구성하는 구체적인 풍경이 바로 상하이의 참모습일 것이다. 그녀는 상하이 토박이답게 깊은 역사인식과 오랜 상하이 살이의 체험을 바탕으로 다른 상하이 예찬론자들이 보지 못하는 과거와 현재의 지속태持續態로서의 상하이, 가늘고 섬세한 만큼 깊이 있고 정확한 디테일로서의 상하이를 읽어내고 있다. 이 책에 담긴 30편의 글은 그녀가 매일 만나는 상하이의 섬세한 풍경화라고 할 수 있다. 그 안 어딘가에 거칠면서도 여리고 탐욕스러우면서도 절제할 줄 아는 상하이의 진정한 기질과 정신이 서려 있을 것이다.

2013년 4월, 인천문화재단이 주최하는 AALA아시아Asia, 아프리카Africa, 라틴아메리카Latin America문학포럼에 참가하기 위해 한국을 찾은 왕안이는, 자유공원에 만개한 봄꽃들이 자신이 떠날 때까지 지지 않고 남아주어 고맙다는 폐막인사를 남기고 다시 상하이로 돌아갔다. 확대와 팽창을 거듭하는 도시의 크기와 속도, 생존과 욕망의 몸부림 속에서도 꽃이 피는 아름다움과 꽃이 지는 슬픔은 여전히 세밀한 공필화工筆畵 같은 상하이가 보여주는 소박한 모습의 일부일 것이다.

2017년 2월
김태성

왕안이王安憶

1954년 중국 난징에서 출생하여 1955년 상하이로 이주했다. 1976년부터 작품을 발표하기 시작하여 1985년에 상하이작가협회 소속 전업작가가 되었다. 오늘의 중국문학을 대표하는 작가이자 상하이작가협회 주석으로, 중국의 중요한 문학상을 두루 섭렵했다. 주요 작품으로 『미니』米尼, 『장한가』長恨歌, 『기실과 허구』紀實與虛構, 『해상번화몽』海上繁華夢 등이 있고, 산문집으로 『상하이를 찾아서』尋找上海, 『나는 읽고 본다』我讀我看, 『혼잣말』獨語 등이 있다. 현재 상하이작가협회 주석 및 푸단復旦대학교 중문과 교수로 재직 중이다.

김태성金泰成

1959년 서울에서 출생하여 한국외국어대학교 중국어과를 졸업하고 동대학원에서 타이완문학 연구로 박사학위를 받았다. 중국학 연구공동체 한성문화연구소漢聲文化研究所를 운영하면서 화문華文문학 번역과 중국, 타이완과의 문학교류 활동에 주력하고 있다. 한길사에서 출간한 『굶주린 여자』를 비롯하여 『인민을 위해 복무하라』 『사람의 목소리는 빛보다 멀리 간다』 등 100여 권의 중국 저작물을 번역했다.